我在哪儿错过了你

洪子诚　刘鼎　卢迎华——主编

商务印书馆

2019年·北京

图书在版编目（CIP）数据

我在哪儿错过了你 / 洪子诚, 刘鼎, 卢迎华主编. —北京：商务印书馆, 2019
ISBN 978 - 7 - 100 - 17503 - 6

Ⅰ. ①我… Ⅱ. ①洪… ②刘… ③卢… Ⅲ. ①中国文学 — 当代文学 — 作品综合集 Ⅳ. ①I217.2

中国版本图书馆 CIP 数据核字（2019）第094501号

权利保留，侵权必究。

本项目获得北京中间美术馆资助

中间美术馆　INSIDE - OUT ART MUSEUM

我 在 哪 儿 错 过 了 你

洪子诚　刘 鼎　卢迎华　主编

商 务 印 书 馆 出 版
（北京王府井大街36号　邮政编码 100710）
商 务 印 书 馆 发 行
苏州市越洋印刷有限公司印刷
ISBN　978 - 7 - 100 - 17503 - 6

2019年7月第1版　　开本 670×960　1/16
2019年7月第1次印刷　印张 20½
定价：68.00元

序　言

一个偶然的机会，我们产生了组织一个合集的念头，并立刻为这个合集起名为"我在哪儿错过了你"——这个名字来自记忆中的一篇小说。今年7月，我们向一些从事文学、史学、电影、戏剧与艺术工作的朋友，发出了如下的约稿信：

"又是一个星期六的傍晚。电车依然沿着熟悉、热闹的大街一站站驶过。"
这是作家张辛欣1981年发表于《收获》的小说《我在哪儿错过了你》开篇的一句话。这个短篇叙述一位女电车售票员一次擦身而过的恋情。尽管故事中男女双方惺惺相惜，但因为过去经历形成的性格在自身的认知和期待之间的矛盾，他们错过了彼此。作为故事的讲述者，女电车售票员事后深深地感到遗憾。

借用这个题目，我们将编辑一本合集，邀请有思想、有感受的人们选取一些曾经错过、差点错过或认为不应该错过的文本，它们曾经、正在或可能对他们的思考与创作实践产生潜在的、深刻的，甚至是根本性的影响。作为在自己领域中深耕并富于想象力和开拓性的实践者，我们邀请你为我们推荐一个与你的思想和实践紧密相关的文本。它也许曾改变你的思考，也许是你反复重读、回顾、准则性的内容，也许是你觉得年轻一代应该读到的，或是你希望在你实践的早期就接触到的文字。

当然，这不是说要你提供那种所谓"最"（影响最深、最经典、最值得阅读……）的文本。重要的是，它是你现在认为值得再读和重释的。通过你对它的整体或局部的注解、重释，读者将既从你提供的文本，也从你的注解和重释中获益。也就是说，了解你为何对它特别关注，以及你在重释、注解中所体现的观念、趣味、角度和方法，借此希望能对实现在差异性中开拓、深化我们的思想疆域和美学感受的期望有所帮助。

我们邀请的撰稿者来自不同领域，既有作家、诗人、研究者、学者，也有艺术家、设计师等。这就决定了希望被选取的文本不仅限于诗、小说、散文、论文，也可能是绘画、雕塑、装置、戏剧、音乐、照片、电影等创造物。它们可以是中国的，也可以是外国的，可以是当代作品，也可以是古典作品。我们对撰稿人提供文本的具体要求是：

1. 提供文本的整体简介及其作者简介。提供你打算注释的段落。它或者是一或若干段文字，或者是一或若干幅绘画、装置等的图片，或者是某部电影、戏剧的场景截图。

2. 你可以直接在选取的段落上面做注解和笔记。注解和点评包括一段总论——对所选文本的基本描述，也包括对所摘抄和节选部分的详细点评。总论与点评的文字一般不超过3 000字。

3. 以个性化的风格、文字介绍你的情况，包括从事研究专业和思想艺术理念等。并提供一幅你的生活照。

稿件请在2018年11月15日之前用电子邮件提交。

本书由北京大学教授洪子诚，艺术家刘鼎，中间美术馆馆长卢迎华共同策划、主编，本项目由北京中间美术馆发起、组织，并将于2019年正式汇集出版。

殷切期待你的支持，有什么建议也请提出。

约稿人：洪子诚、刘鼎、卢迎华
2018年7月20日

序　言

　　约稿信发出后，得到许多朋友的积极响应，陆续有文稿传来。因为这一写作方式不为我们所熟悉，一些撰稿人提出了文体上的疑问，希望我们能做进一步的解释。10月下旬我们再次发出《〈我在哪儿错过了你〉写作的补充说明》：

　　1. 如选择的文本篇幅很大，则不需要提供全文，但需要对这个文本做总括性的介绍和评述。只需提供文本中你打算注解、分析的一个或几个段落（或图片）。

　　2. 注释主要针对字、词，涉及的人、概念、版本等的使用和相关的背景性知识方面，而较长的阐释性文字可放在选取的每一段之后，或在选取的几个段落之后做总体的分析评述，这由你灵活处理。

　　3. 注解和阐释的内容和文字方式，希望是多样化的。一方面基于文本自身的特点，更主要的是你要有提出、回答问题的意向，突出你的写作个性。方法上，可以是"新批评"式的对意象、语词的细读，可以涉及文本的接受、变异，可以是互文式的对读，可以是主题学的考察，可以是不同译本的比照……总之，我们希望你能提供回应现实问题的精湛见解，同时在批评方法论上也能让读者得到启示。

　　因为这是一个探索性的计划，我们对这一成果的面目其实并不清楚，期待诸位共同的创造。

　　到了11月底，邀约的文稿基本到达。它们既有我们所设想的在对于某个文本（或它的节选）细读基础上的注释与阐发，也有超出我们想象的自由创作；在阅读过程中，常常引发我们的欣喜和感动。借助这些来自不同身份的学者和艺术家的写作，借助他们选择某一图像、电影和文字作品所做的聚焦与延伸，我们得以窥见其关切、思考和情感脉动的一个侧影，对他们面对时代和自身问题做出何种呼应，也有了进一步的了解。

从中国20世纪艺术史上看，文学、史学、电影、美术、戏剧等领域一直存在相互关照、启迪的关系。不过自20世纪90年代以来，我国学术上专业化和规范化的趋势使各领域之间的学者、创作者鲜有机会交流，失去了借重彼此的宝贵机会；这种"错过"无疑是一种损失。在这个写作计划中，我们同时向不同领域的实践者发出邀请，意在使合集的视野具有一定的开阔度，也使诸位作者各自关注的话题、提出的问题、表现出的价值观和审美趣味为不同领域的从业者共同分享，它们或许可以成为信息和思想的一种索引。在这一意义上，本书也是在尝试建立我们曾经错过的那些艺术的交会点，重拾那些曾经"在一起"的、互相激发的时光。

对于文稿，我们仅提出少量的修改建议，做了一些格式的调整，而尽量不做过多的编辑，让文稿保持本来的风格和气息。编排上依照撰稿者的姓氏音序，不强调作者学科、背景、代际的分别。希望这一次小小的联谊，能起到抛砖引玉的效果，催生更多的互动与集结。

洪子诚、刘鼎、卢迎华
2018年12月25日

1	丁 乙	关于弗兰克·斯特拉
11	格 非	在写作期间即被历史超过
		——罗伯特·穆齐尔的《没有个性的人》
19	耿占春	读章学诚《文史通义·易教上》的笔记
27	顾瀚允	随风而逝
37	贺桂梅	"我们准备着深深地领受"
		——冯至的《里尔克——为十周年祭日作》
53	黄建宏	如果戈达尔错过维托夫40年,那我就错过戈达尔半个世纪
61	黄子平	真理、谎言与扯淡
		——鲁迅《野草·聪明人和傻子和奴才》
69	贾 淳	他站在那儿,目光投向我们
77	姜 涛	"莫须有先生教国语"

93	娄 烨	错过:关于空间、时间的叙述,以及搬演
101	毛 尖	一棵树生长得超出他自己
		——我们这一代和金庸的相遇
109	钱理群	与鲁迅《颓败线的颤动》的迟迟结缘
117	丘 挺	云过影不灭
123	苏 伟	作品价值的历史坐标
131	孙 郁	徐梵澄谈诗
139	滕 威	"过气"的大师伊巴涅斯
157	田戈兵	卡夫卡的《万里长城建造时》

目　录

179　汪剑钊　风吹自遥远的地方：诗人勃洛克
187　王广义　三个"蒙娜丽莎"
193　王璜生　得与失都是一种缘分
203　王家新　临时的"补缺者"，或许就是时代的"先驱者"
　　　　　　——布莱希特
213　王友身　放大 ｜ 红色沙漠
227　吴晓东　经典重释中的历史褶皱
　　　　　　——读《日瓦戈医生》
239　西　川　杜甫的形象
263　徐　坚　打开金村之门
269　翟永明　弗里达的神秘星球
283　赵　川　越过冗长、怪异的译文段落，期待一些闪亮、通透的
　　　　　　思想扑面而来
　　　　　　——读詹明信《布莱希特与方法》中文版
293　赵　刚　革命、修身，与爱情：我们在哪儿错过了陈映真的
　　　　　　《我的弟弟康雄》？
311　周伟驰　郭士立版《启示录》与洪秀全的"千禧年主义"

关于弗兰克·斯特拉

| 丁 乙

| 丁乙

　　艺术家，1962年出生于上海，现工作、生活于上海。从20世纪80年代后期开始，丁乙将视觉符号"十"字与变体的"X"作为结构和理性的代表，以及反映事物本质的图像表现的代名词。丁乙的创作领域包括绘画、雕塑、空间装置和建筑。丁乙的作品在全球多个机构和画廊展出，包括古根海姆博物馆（纽约/毕尔巴鄂）、戴姆勒当代艺术馆（柏林）、蓬皮杜艺术中心（巴黎）、广东美术馆（广州）、龙美术馆西岸馆（上海）、民生现代美术馆（上海）、香格纳画廊（上海/北京/新加坡）、泰勒画廊（伦敦/纽约），卡斯滕·格雷韦（Karsten Greve）画廊（巴黎/圣莫里茨/科隆）等。

在20世纪80年代后期曾看到蒙德里安、弗兰克·斯特拉、莱因哈特、纽曼等艺术家的作品散录在各类不同的出版物中，如报刊、画册、书籍等。我深深地记住了这些图像与艺术家的名字，之后又不断从新的出版物中慢慢看到他们更多的作品。然而弗兰克·斯特拉20世纪60年代的黑色条纹作品始终是震撼我的。

弗兰克·斯特拉是一个在细节处理上拥有极高天赋的艺术家，他能够精细地、不厌其烦地把绘画的语言压缩到最低限度，仅仅留出"回"字形的线条。所以当我们观看他的作品时，他画面中的线条都是留出画布的部分，在那黑色的色层里面，你会感觉到有一种迷人的具有融化性的色彩。

我们知道蒙德里安是从对塞尚和立体派的简化开创了抽象主义概念，他的画面结构的平衡术来源于前者和荷兰哲学家肖恩·马克思的"造型的数学"的新柏拉图主义体系，并始终遵循着这一道路。而弗兰克·斯特拉直截了当的绘画观念从另一角度重启了抽象绘画的路线。

美国的抽象艺术发展脉络之中，弗兰克·斯特拉属于第二批中最年轻的艺术家。此时美国的抽象表现主义已经发展了近20年，他所做的事情是在这个基础之上结合几何化、平面性的元素，创造一种硬边绘画。从注重表现性转向更加注重视觉体验的方向，在视觉的体验中把所有的物象转化为更加精神性的美国抽象艺术。让人们进入一种新的艺术思考，而最重要的是，这样的抽象方式非常符合美国20世纪60年代末至70年代初充满开拓精神的时代特征。

弗兰克·斯特拉出生于1936年，18岁时到普林斯顿大学学习艺术与历史，读书时他做过一些粉刷房屋的工作，后来就开始创作大尺寸的作品。他开始使用条带、正方形、长方形、弧形去组成简单的几何图案，开始渐渐形成自己的风格。"黑暗画"（Black Paintings）系列就是这种风格的最初代表。"黑暗画"系列的第一幅画——一幅黑白条纹的对称图案，在1959年展出时引起了极大的争议。我从1988年开始画"十示"系列一直到1992年，几年间我想没有人比我更了解这种孤独的感觉。当时在中国，一般的观众在对抽象艺术的认知上非常困难。我的第一批抽象作品出现的时候，周围的人基本上不认可这样的绘画语言——这种非常坚硬、理性、没有绘画性的绘画方式。我想我理解这种反应，创造性的艺术对于观众来说都是陌生的。同时意味着它具有开拓的性质，只有这样的非主流才能促使新的艺术方式的诞生。

几何绘画在抽象表现主义时期几乎销声匿迹，而当我们回顾更早的抽象绘画历史，几何绘画是其非常重要的组成部分。有人说"黑暗画"系列建构了极简主义，我觉得更准确的说法是弗兰克·斯特拉用他的几何语言在美国恢复了和欧洲几何抽象传统的联系，可以追溯到"杜尚和他的格言'减少，减少，再减少'"[1]。这些绘画实际上也塑造了美国式理性绘画的特征。在创作黑白条纹画作之后，弗兰克·斯特拉在1958至1960年间，一鼓作气地创作了23张"黑暗画"。其基本原则之一是重复一个基本的模型单元，他游走在黑白条纹的持续构建中，进行着语言精练的探索。弗兰克·斯特拉以理性果断的方式构建了绘画新的空间，以极简的纯粹性将观看直接带入精神性领地。在不同时期，都有许多艺术家希望重新审视抽象艺术真正的本质。这种本质通常会回到纯粹性的原点，这个原点让我们重新观看绘画，用看的方式真正来体验绘画，而不是绘画背后的语言。弗兰克·斯特拉曾说："我期待每

丁 乙 / 关于弗兰克·斯特拉

图1　弗兰克·斯特拉,《旗帜高扬!》,
　　　1959年,布面油漆,308.6×185.4厘米
　　　(© 2019 Digital Image Whitney Museum
　　　of American Art/ Licensed by Scala)

图2　弗兰克·斯特拉,《Sunapee》,1966年,
　　　布面醇酸树脂、环氧树脂,
　　　323.9×304.8×10.2厘米

个人从我的画中所获得的,以及我能从中获得的,不过是这样一个事实:你可以毫不混乱地看到全部思想……你看到的正是你能看到的。"[2]他的作品中能清晰地看到这种意图,始终抱有对观看体验的关注,通过尺度、构图、纯粹、克制等语言坦率地呈现绘画的全部含义。当被问及和蒙德里安的联系时,他答道:"联系显然是有的,你总是和某些东西有联系,我与那些更为几何化的,或者更为简练的绘画有联系,但其动机却都和欧洲那种几何化的绘画完全无关。"同时,贾德在同一访谈中也说:"我对欧洲艺术根本不感兴趣,而且我认为它已经过时。"[3]同样,纽曼也认为蒙德里安的抽象和自然的理论有关:"对于蒙德里安,整体是局部之和。对于我,整体中不含局部。"[4]由此我们可以明确地感受到20世纪60年代初期美国艺术家反欧洲现代艺术及传统抽象主义的一系列共识,此时他们已非常坚定地创造着美国式的新抽象。

《旗帜高扬!》可能是斯特拉早期最著名的黑色绘画中最简洁的一幅作品。画面截取四个回形结构的局部,线条呈直角如同矩形的画框。艺术家用铅笔画线定位,平面涂刷纵横黑色线条,并在画布上留出细小的空白作为白线,这些在等宽黑色条纹之间的细线,谨慎而细微,有着手工性的细节变化,并且具有锐度。当绘画内容简化至最低限度,我们可以感受到什么?也许正是斯特拉的看到了什么就是什么。当我们面对被间离着的黑色条纹,其中隐含着回形的结构,观看者视觉反应的机能即被幻化、发生变异。通过整体结构的把握,画面既是绝对的平面,又呈现了三维立体的语言特征。在我看来《旗帜高扬!》是极为内向的作品,对观者有着吸纳的力量。节制的一种颜色、一种画法让绘画变得自信而沉着,其纯粹也恰恰更有精神性的魅力。我喜欢弗兰克·斯特拉的作品中所蕴含的那种近乎完美的理性之光。无论怎样的抽象艺术作品,它的基础和理性都是分不开的。即使是表现主义画家,他们早期的思想也都是从理性出发,逐步走向感性。理性可以被理解为

图3 弗兰克·斯特拉,《我没有愚蠢的恐惧》(*Lo sciocco senza paura*),1987年,综合涂料、铝板上蚀刻镁,266.7×215.3×152.4厘米

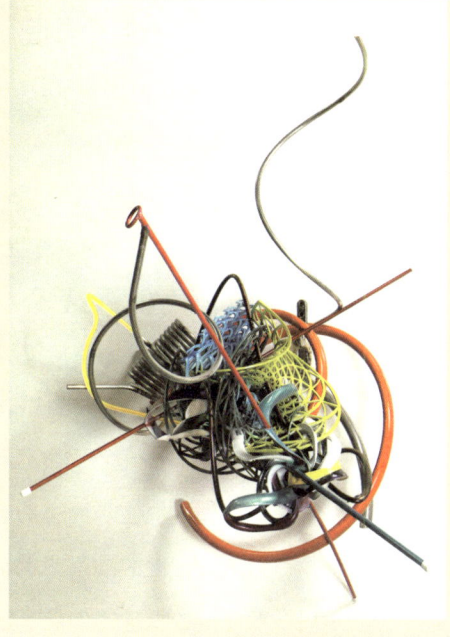

图4 弗兰克·斯特拉,《K.179》,2011年,硫酸锌、不锈钢、漆,180.3×142.2×162.6厘米

一种画面的结构，或是一种对绘画的经验起始的把控能力，这种能力建立在人类理性的基础之上。

除了画面本身，弗兰克·斯特拉也一直在追求画面外框的造型，思考新的关于绘画系统扩展的可能性。我也做过这样的探索，有的时候是画面的结构、透视，有的时候是画布的造型重新组织。在20世纪70年代以前，弗兰克·斯特拉的绘画结构一直非常简单。到了70年代初期，他开始探讨画布自身的造型结构，采用的颜色越来越明亮、丰富，也逐步走向了造型的画布。所谓的"造型画布"，就是以铜板、铝板等代替画布设计出L形、U形、V形等各种形状的"画布"，这些形状各异的画框本身又是画面，使得最终的作品也成为一种介于绘画与浮雕之间的探索。"在他最近的结构中，我们很难说清它们是绘画还是雕塑，他在铝的基底上使用了漆和油彩。这些给人印象深刻以及强有力的作品，证明了他在70年代试图打破各个独立艺术形式之间传统界限的倾向。"[5]

他从简单的结构，到追求平面画布，之后开始变成浮雕，直至演进到立体雕塑，你可以清晰地看到一个艺术家艺术生涯的演化。他后期特别是2000年以后完全转到雕塑创作领域，至少我个人不太认同这些雕塑作品。

2014年夏天，我在弗兰克·斯特拉瑞士的展览上见到了他，和他一起抽雪茄并进行交流。他看起来就是那种很普通的老人，如果走在你身边可能都不会发现他就是斯特拉。从我个人的观感来说，整个展览更像是一个雕塑展，从挂在墙上的雕塑到立在地面上的雕塑，让我很难联想到20世纪六七十年代那么一个严谨的、理性的抽象艺术家，我心目中充满锐气的英雄，现在几乎像儿童玩游戏一样去做他的作品。这些作品的随机性、自由性让我觉得这种语言缺失了逻辑的基础，一旦他离开了几何关系那种可控的强大底座，作品即开始晃动和不稳定。有时候一个艺术家发展的历程是令人奇怪的，同时也带有种种疑问，他一生的思想脉络并不一定是恒定的。

  我想弗兰克·斯特拉的转变也与他所身处的时代息息相关，他的创作从一种极简的几何形式过渡到立体的、复杂的"造型画布"，其实是从精神到物质的一个过渡。生活在美国消费主义的最鼎盛时期，弗兰克·斯特拉的作品从精神性转到了物质性，在他后期的作品里，这种对物质性的表现是非常明显的。对材料的信手拈来的堆叠扩充了他语言指涉的宽度，同时也消耗着其早期单纯而直指心魄的锐度。它们似乎又回到欧洲传统中巴洛克或者矫饰主义图像系统。我特别想问他：是否对精神性追求一旦达到极限便难以持续？抵达绘画的极简深处也是难以自我超越的？

  而我又何尝不是生活在巨变时代之下的人呢？当我们去观看艺术作品时，总能从其中感受到更多的值得关注的部分，它们具有某种与这个时代相近的复杂性，不论是对现实社会的表达，还是对人们精神领域的探究。我和弗兰克·斯特拉生活的背景完全不一样，在我的作品里面中国的社会转型背景中的巨大的能量深刻地影响着我的思想和艺术实践。我们不仅从欧洲与美国的抽象艺术中获得启示，同时也从自身的社会发展和变迁的现实中获得新观念的刺激，正是这样的综合因素塑造着我们新的艺术视野以及独特的张力，它本身是特殊且又充满冒险的经验历程。构建其自信的新的语系正是我们此时此刻需要的雄心。

注　释

[1]　赫伯特·里德：《现代绘画简史》，刘萍君译，上海人民美术出版社，1979年。
[2]　陈侗、杨小彦选编：《与实验艺术家的谈话》，杜莉等译，湖南美术出版社，1993年。

[3] 陈侗、杨小彦选编:《与实验艺术家的谈话》。

[4] 田辉、夏岚编著:《纽曼论艺》,人民美术出版社,2001年。

[5] H. H. 阿纳森:《西方现代艺术史》,邹德侬等译,天津人民美术出版社,1986年。

在写作期间即被历史超过
罗伯特·穆齐尔的《没有个性的人》

| 格 非

格 非

原名刘勇，作家、中国作家协会会员、清华大学中文系教授。1964年出生于江苏镇江丹徒，1981年考入上海华东师范大学中文系，毕业后留校任教；2000年获文学博士学位，并于同年调入清华大学中文系。著有《格非文集》《欲望的旗帜》《塞壬的歌声》《小说艺术面面观》等，中篇小说《褐色鸟群》曾被视为当代中国最玄奥的一篇小说，是人们谈论"先锋文学"时必提的作品。2015年8月，作品"江南三部曲"获第九届茅盾文学奖。2018年9月，长篇小说《春尽江南》入选"改革开放四十年最具影响力小说"。

一 《显然没有任何结果》[1]

（罗伯特·穆齐尔 著 张荣昌 译）

大西洋上空有一个低压槽，它向东移动，和笼罩在俄罗斯上空的高压槽相汇合，还看不出有向北移避开这个高压槽的迹象。等温线和等夏温线对此负有责任。空气温度与年平均温度，与最冷月份和最热月份的温度以及与周期不定的月气温变动处于一种有序的关系之中。太阳、月亮的升起和下落，月亮、金星、土星环的亮度变化以及许多别的重要现象都与天文年鉴里的预言相吻合。空气里的水蒸气达到最高膨胀力，空气的湿度是低的。[2] 一句话，这句话颇能说明实际情况，尽管有一些不时髦：这是一九一三年八月里的一个风和日丽的日子。[3]

汽车从狭窄、深邃的街道急速驶进明亮、平坦的场所。片片纤云给步行者送来阴影。速度表上的指针有力地晃动，后来在经过不多几次振荡后便又恢复其均匀的跳动。成百个声音被缠绕成一种金属丝般的噪声，个别极高的声音从这个噪声里突显出来，沿着其劲头十足的边缘伸展出来并重新舒平，清晰的声音从噪声分裂出来并渐渐消逝。虽然这个噪声的特征难以描绘，但从这个噪声上，一个数年不在此地的人闭上眼睛也能听得出，他是置身在帝国首都维也纳了。[4] 城市和人一样都可以从其步态上分辨出来。一睁开眼睛，他就会从街上运动行进的方式上看出这同样的结果，远比他通过某一个有特色的细节发现这一情况要早得多。如果他只不过是自以为有这个能力，这也没什么关系。对于人们自知置身于何地这个问题的过高估计源出于游牧时代,那时人们必须记住饲料场。也许重要的是要知道为什么人们碰上一个红鼻子便笼笼统统地满足于晓得这鼻子是红的,而从不过问这鼻子是哪种特殊的红色,虽然这完全可以用微毫米波长表述出来;而人们若遇到某些一如逗留于一座城市这样错综复杂得多的事情,则总想完全精确地知道这是哪座特殊的城市。这转移了对更重要的事情的注意力。

所以还是不要特别注意这城市的名字吧。和所有的大城市一样,它也由不规则、更替、预先滑动、跟不上步伐、事物和事件的碰撞、穿插于其间的深不可测的寂静点,由道路和没有被开出的道路,由一种大的有节奏的搏动和全部节奏的永远的不和谐和相互位移组成,并且总的说来像一个存放在容器里的沸腾的水泡,那容器由房屋、法律、规定和历史沉积的经久的材料组成。[5] 两个人在这座城市里顺着一条宽阔、繁华的大街向上走去,他们自然丝毫没有这样的印象。他们显然属于一个特权阶层,衣着考究,举止和相互谈话的方式优雅,身穿的内衣上意义深远地绣着他们姓名的首字母,并且同样地,在他们意识的精致内衣上,他们知道他们是谁,知道他们置身在一个大都会的广场上。假定他们叫阿恩海姆和埃尔梅琳达·图齐,可这不对呀,因为图齐夫人正在她丈夫陪同下在巴特奥塞度假,阿恩海特博士则还在伊斯坦布尔,所以人们猜不透他们是谁。[6] 生性活跃的人经常会在街上感觉到这样的谜团。值得注意的是这些谜团常以这样的方式解开:人们会忘记他们,如果不能在此后的五十步内回忆起曾在哪儿见过这两个人的话。如今这两个人突然停住脚步,因为他们发现前方聚集起了一堆人,先前的一个瞬间出了什么乱子,一种横向的骚动;什么东西一旋转,滑向一边,现在看出来了,那是一辆载货很重、突然刹车的载重卡车,它和一辆自行车一道,搁浅在人行道的镶边石上了。顿时人群就像蜜蜂附着在蜂房出入口四周那样附着在这一小块地方的四周,他们把这块地方团团围住。从车上下来后,那位司机便站在人群中间,脸色像包装纸一样灰白,打着粗重的手势解释事故的经过。刚刚来到的人们盯住他,随后便小心翼翼低垂头朝这窟窿的纵深望去,看到人们已经在那儿把一个像死人般躺着的男子安放在人行道边上。他是由于自己不小心才出事的,大家普遍这样认为。人们交替着在他身旁跪下,和他搭讪着什么;人们打开他的上衣,又给他系上,人们试图扶起他来或相反,让他重新躺下;其实人们做这些不为别的,就为度过救护队派来负责的专门救护人员赶到之前的这段时光。

那位女士和她的陪同者也已走近过来并从头顶和弯下的后背的上方看了看在那儿躺着的那个人。然后他们退回,迟疑着。女士觉得心窝里有某种不舒服的感觉,她有权认为这种感觉是同情;那是一种拿不定主意的、折磨人的感觉。男士在沉默片刻后对她说:"这里用的重型载重卡车制动距离太长。"女士听了这话感到宽心并投以关切的一瞥以示感谢。她大概已经听过几次这句话,但是她不知道制动距离是什么,并且也不想知道;她满足了,这个可怕的事件反正会处理好的,而且会变成一个不再与她直接相干的技术问题。现在人们也已经听见一辆救护车的喇叭发出尖锐刺耳的声音,这辆救护车的快速到达令所有等候的人感到满意。这些社会公益机构值得钦佩。人们把出事的人抬上担架并把他连着担架一起推进救护车。穿统一制服的男人在他四周照看他,一眼可以望到底的救护车内部看上去像一间病房那样干净和井然有序。人们几乎带着这样合理的印象离去:发生了一件合法的、按照规章制度办的事情。"按照美国的统计数字,"男士这样说道,"那里每年因汽车致死十九万人,致伤四十五万人。"[7]

"您认为他死了吗?"他的同伴问,她还一直有一种没有什么道理的感觉,好像经历了什么特殊的事。

"我希望,他活着,"男士回答,"人们抬他进车的时候,情况看上去完全就是这样。"

二　评　注

1. 选自罗伯特·穆齐尔:《没有个性的人》卷一，第一部，第一章，张荣昌译，上海译文出版社，2015年。

2. 这一段文字写的是天气。一般来说，小说中对天气的描写，通常着意于交代气候环境给人带来的具体感受或视觉印象。但这段文字所提供的却是专业的气象学报告，带有强烈的反讽意味。作者这么做是有理由的。在穆齐尔看来，世界上已不存在单纯的事物。任何事物或现象，在我们接触它之前，已经被覆盖了无数的观念或阐释。这些附着在事物之上的话语或阐释学，对我们观察、接近事物造成了很大的妨碍。顺便说一句，穆齐尔和普鲁斯特是受现象学哲学影响极大的两位卓越的小说家，但笔法完全不同。

3.《没有个性的人》的故事构架是这样的：奥匈帝国上层权贵莱恩斯多夫伯爵授意成立了一个专门委员会，召集了维也纳的上流社会精英、学者和政府官员，筹备1918年12月2日奥皇弗兰茨·约瑟夫在位70年庆典。因为德国人也打算在1918年6月15日庆祝威廉二世皇帝执政30周年，奥地利的庆典筹备活动被称为"平行行动"。"平行行动"的主题是"和平"和"爱"。考虑到这个叙事框架，"一九一三年八月"这个具体的时间节点和"风和日丽"这个形容词就很值得玩味——在音乐的轰鸣声中，第一次世界大战的阴云正在积聚，一场尚未爆发的世界大战将从内部蚀坏、动摇这个世界的构架。

4. 这里的"他"指的是作品的主人公乌尔里希。此刻，他正站在自己寓所的窗口俯瞰着城市的街道。他的出场具有某种不确定性，仿佛是被捎带着提及。这极为符合作者对乌尔里希这个人物的设定：他是一个没有个性的人。没有正当职业，甚至没有经历，只是一个置身于世外的观察者，与生活刻意保持着距离。

5. 这段有关城市街道的描写，也带有明显的"现象学"色彩。城市的景观、街道、行人一次次出现在穆齐尔的笔下,并不是外部环境的简单呈现。它实际上是丧失了基本目标的"历史道路"的一个隐喻:历史的道路,不是一只台球的道路,一旦被推出就沿着某条轨道运行,而是云朵的道路、一个漫步于城市大街小巷的人的道路。"这条路时而因一个阴影,时而因一群人或房屋正面的某种奇特的装修而偏转并且最后来到一处它既没见过也不想到达的地方。"

6. 阿恩海姆是小说中的核心人物之一。这人被称作当代的浮士德,集金融寡头、投机商、疑似间谍、声名显赫的学者和作家身份于一身。他的著作涉及唯物历史观、相对论、个性心理学、实验心理学、社会心理学、音乐史、喜马拉雅植物志、桥墩、布尔原子论、气焊法、苯环、代数级数,并在所有的知识领域都取得了相当大的成就。作为乌尔里希的对立面,阿恩海姆自然称得上是这个时代"最有个性"的人了,因为在这个时代,金钱的魔力是个性产生的最重要前提。穆齐尔对阿恩海姆所取得的成就,有过这样的评价:"这些成就阻碍一个拥有这些成就的时代造就出善良、完整、统一的人。"

埃尔梅琳达·图齐,又名狄奥蒂玛,是高大而貌美的沙龙女主人,也是"平行行动"的主要召集人。这位中学教师的女儿因"和平行动"而突然置身于世界舞台的中心,她的身上混杂了时尚的癫狂和理想主义的虚荣。作为一位已婚妇女,当她发现自己爱上了阿恩海姆时,不免会陷入道德的痛苦之中——她在离婚、直接通奸或柏拉图式的精神恋爱之间犹豫不决。

在这里,这两个重要人物的出场,通过一个"假定性叙事"而完成,意味深长。也就是说,这两个人物也可被视为大街上随处可见的任意一对男女。精神世界的分裂或"灵魂将尽",也发生在每一个人的身上。

7. 在作品的另外一个章节里,穆齐尔也提到了车祸:维也纳城市快捷交通工具(区别于传统的马车)所造成的死者,比印度的老虎有史以来吃掉的人还要多。如果我们将迄今为止全世界死于现代交通事故的人精确地统计出来，那一定是一个天文数字。引发穆齐尔深思的，显然不仅仅是数字本身，而是这样一个问题：是什么样的规则、观念或机制，使得我们在进步的名义下，对如此之多的"牺牲者"习以为常？

三　总　评

与弗兰茨·卡夫卡一样，罗伯特·穆齐尔（1880—1942）也是用德语写作的奥地利作家。他一生创作的作品不多，除了《没有个性的人》这部长篇巨著之外，其他作品还有《青年特尔莱斯》（1905年）、《卓识者》（1921年）和小说集《三个女人》（1924年）。穆齐尔于1942年在瑞士的日内瓦去世时，《没有个性的人》尚未完成。我们现在看到的中译本，只包括作品第一卷的123章和第二卷的前38章。

《没有个性的人》将社会思想话语、道德观念和情感状态作为小说的主要内容加以剖析、诊断和呈现，从而在整体上为时代把脉，沿袭了现代德语长篇小说重视哲学思辨的传统。虽然我们从托马斯·曼和黑塞的作品中也可以辨认出相似的特质，但穆齐尔显然比这两人都走得更远。他的笔触涉及人类思想（包括历史、文化、哲学和自然科学）以及生命情感体验的一切领域。

穆齐尔在世时，他实际上已经目睹了希特勒占领奥地利以及第二次世界大战的爆发，亲眼看到了他在小说中所预言的传统社会和现代自由派社会秩序的解体和分崩离析——预示着危机和灾难的地平线，以不可思议的速度流动起来，并朝我们迎面扑来。正是在这个意义上，南非作家库切将《没有个性的人》看成是"在写作期间即被历史超过"的小说。不过在我看来，让穆齐尔感到忧心忡忡的现代社会的"坠落"过程，并不因两次世界大战的结束而告终结。因此，这部旷世之作，不会随着时间的推移而减损它无与伦比的喻世和警世力量。

读章学诚《文史通义·易教上》的笔记

耿占春

耿占春

1957年1月出生于河南柘城。赶上1977年冬天恢复高考，于是有了改变命运的读书机会。痛感一种运动式话语远不像一场浩劫那样结束，于是开始关注语言问题，遂有了20世纪80年代《隐喻》一书的写作；90年代初期写了一些意在治愈自身精神危机的书，如《观察者的幻象》等，随后也写了至今暂未出版的书《末世学的革命》(或《向初始时间的复归》)；之后开始构想历史虚构类的小说写作，但因转入高校，叙事的兴趣只得暂时在一本《叙事美学——探索一种百科全书式的小说》中聊以打发；稍后较为成熟一点的著述是《失去象征的世界》；并一直在从事诗学研究、文学批评及诗歌写作。而自己最期待的是有朝一日能够出版自1993年以来的编年体札记。

一

  六经皆史也。古人不著书，古人未尝离事而言理，六经皆先王之政典也。……曰：闻诸夫子之言矣："夫《易》开物成务，冒天下之道。""知来藏往，吉凶与民同患。"其道盖包政教典章之所不及矣。象天法地，"是兴神物，以前民用"。其教盖出政教典章之先矣。

评述：实斋[1]的"六经皆史"显然比顾炎武的"经学即理学"说来得更具历史感。经书被放在它所产生的历史中，具有史料价值，而非永恒的真理："古人未尝离事而言理，六经皆先王之政典也。"它们不是后儒据以考据训诂的专门载道之书，"古人不著书"。实斋的言论对清儒具有批判作用，可也埋伏着歧途。

顾炎武对所谓朴学的倡导中包含着一种认识，即将明朝的灭亡归结为阳明学左派"无忌惮"（思想的放纵）而导致人心荒废。这一见识很难说会是客观的分析，社会中某一哲学思想的状况与一个王朝的生死存亡之间的这种直接联系，即使二者之间有所关联的话，这样的链接也是思想方式的短路，它的判断省略了太复杂的中间环节。何况一个王朝的统治阶级万难按照那个时代的哲学思想去实施社会治理。对于统治者来说，一种思想或舆论没有向他实施巨大压力的合法形式，他是定然不可能自觉采纳它，毫无疑问的是统治者自身的利益高于一切，无论披着什么样的遮羞布。

一个学派的思想方式是否能够直接承担历史的如此巨变显然是一个疑问，也总算包含着愿意使思想或学术具有经世致用的动机。他的"经学即理学"，主张终极之道（理）不是像阳明学左派那样通过空疏的思辨和议论来主观把握，而必须通过圣人遗留下来的经书进行领会，即通过客观的文献来完成。但是，顾炎武的朴学或实学的愿望并没有导向思想的经世致用方面，反而较之阳明学更加陷入一种文献主义的自我孤立化。实斋的"六经皆史"是对这种终于再次脱离经世致用的孤立、自夸的文献主义的一种批评。

二

夫子曰："我观夏道，杞不足征，吾得夏时焉。我观殷道，宋不足征，吾得坤乾焉。"夫夏时，夏正书也。坤乾，《易》类也。夫子憾夏、商之文献无所征矣，而坤乾乃与夏正之书同为观于夏、商之所得；则其所以厚民生与利民用者，盖与治历明时，同为一代之法宪，而非圣人一己之心思，离事物而特著一书，以谓明道也。夫悬象设教，与治历授时，天道也。《礼》《乐》《诗》《书》，与刑、政、教、令，人事也。天与人参，王者治世之大全也。……《易》象亦称周礼，其为政教典章，切于民用而非一己空言，自垂昭代而非相沿旧制，则又明矣。夫子曰："《易》之兴也，其于中古乎？作《易》者，其有忧患乎？"

评述：很显然，要把握六经之后的"道"，把握夫子撰述之后出现的理，在经书自身之中以经学的方法求道是难以奏效的。对章学诚来说，对经学的谈论变成了一种史学问题，即使在经学自身的探究上，史学也由此占据了更重要的位置。章学诚的知识观被其反复申说——知识的性质是历史的，"自垂昭代而非相沿旧制"；知识的功用为"厚民生与利民用"，所谓"切于民用而非一己空言"；知识的形态为政教典章，"一代之法宪，而非圣人一己之心思"。知识总体的定位是"王者治世之大全"，章学诚描绘了他心目中知识的理想状态。

当王者的德行没有疑问时，知识到底是"切于民用"还是"王者治世"似乎不是一个问题。然而，至少在章学诚所处的时代，这早已成为问题。不是今天故意这样判断，或找出问题的罅隙，在章学诚之前，黄宗羲在他的著作中已经出于刻骨之痛质疑了王者的合法地位。章学诚是故意还是无意省略了对真实处境的关心？通过王权对知识进行的大一统支配仍然能够作为一种知识的理想状态吗？

三

或曰：文王拘幽，未尝得位行道，岂得谓之作《易》以垂政典欤？曰：八卦为三《易》所同，文王自就八卦而系之辞，商道之衰，文王与民同其忧患，故反覆于处忧患之道，而要于无咎，非创制也。周武既定天下，遂名《周易》，而立一代之典教，非文王初意所计及也。夫子生不得位，不能创制立法，以前民用，因见《周易》之于道法，美善无可复加，惧其久而失传，故作《彖》《象》《文言》诸传，以申其义蕴，所谓述而不作。非力有所不能，理势固有所不可也。

评述：值得关切的是章学诚对于知识主体，或认知主体的毫不含糊的定位。知识被等同于一代典教。知识的恰当主体是"文王"，即使如文王起初也难以是一代典教的合法创制者。实斋注意并回应了这一事实："文王拘幽，未尝得位行道"，亦即治道衰微之时，文王与民同其忧患，"故反覆于处忧患之道"，文王所寻找的是身处忧患之中的准则，一开始是消极的准则，即在于消除过错。成为一代法典的知识拥有一种忧患处境的起源,是实斋所一再突出的意思。实斋的思想总是要让人体谅到许多的"不得已"之处。忧患也是章学诚知识论的基本意识,即使所讨论的是"道",道亦是在被损毁的处境中渐著渐显。

周公辅佐天子治教天下靠的就是他的知识创制,即"作《易》以垂政典"等知识建构活动。夫子并非知识的合适主体,因为夫子无法得位以实行王道,夫子只是文王所创制的知识的一个传述者,只能"述六经以垂教","以申其义蕴"。夫子的"所谓述而不作"不是因其才能逊于文王,而是因其不得其位,不能创制典章制度。

四

后儒拟《易》,则亦妄而不思之甚矣!彼其所谓理与数者,有以出《周易》之外邪!无以出之,而惟变其象数法式,以示与古不相袭焉;此王者宰制天下,作新耳目,殆如汉制所谓色黄数五,事与改正朔而易服色者为一例也。扬雄不知而作……夫数乃古今所共,凡明于历学者皆可推寻,岂必《太玄》而始合哉?蓍揲合其凶吉,则又阴阳自然之至理。诚之所至,探筹钻瓦,皆可以知吉凶,何必支离其文,艰深其字,然后可以知吉凶乎?……故六经不可拟也。先儒所论仅谓畏先圣而当知严惮耳,此指杨氏《法言》、王氏《中说》,诚为中其弊矣。若夫六经,皆先王得位行道、经纬世宙之迹,而非托于空言。故以夫子之圣,犹且述而不作。如其不知妄作,不特有拟圣之嫌,抑且蹈于僭窃王章之罪也,可不慎欤!

评述:六经皆史即六经皆先王典章制度,"皆先王得位行道、经纬世宙之迹",因此章学诚一再强调六经之不可拟,他将后儒拟经的做法或斥之为愚妄之行，或温和地批评为"不免贤者之多事矣"。在实斋看来，后儒面对先圣应有所尊敬与畏惧，"故以夫子之圣，犹且述而不作"。否则无论如何支离其文、艰深其字都不过是"托于空言"，尚且不致如此，如若后儒"如其不知妄作，不特有拟圣之嫌，抑且蹈于僭窃王章之罪"。由此而论，六经或先圣所遗经典，后儒只有传述、注释一途。

由此而言，后儒再也没有了"为生民立命"之责，只有"为往圣继绝学"一途了吗？作为经典的历史作用而言，六经皆史或六经之不可仿拟无疑是恰当的判断。但后世知识人除了谦卑地传述、除了对经书进行注疏就再也无所作为了？那么，"六经皆史说"的批判意义就从实斋的论说中消失了，六经就没有被当作历史，而被当作不可效法的神圣的"创世"行为了。尽管不能得位行道的儒生不能制作一代典教，但后儒由此就被合理地剥夺了对道（真理）的思考与表述权利，显然并非实斋思路之中的问题。一方面，六经被作为"史"或"史料"，作为不完备的"道"的显现，是先圣经纬世宙之迹；另一方面，六经被置于"创世"一样的位置，任何仿效都是不知妄作。那么，关于道，关于终极之真理，是否就再也不能放在历史过程中去加以同样不完备的实践，或同样不完备的表述了？后儒的这一处境似乎结束了道的历史实践的合法性，甚至取消了后儒进行自主表述的合法性。一切都可能成为对王道和王章的僭越而因言获罪。而最终，实斋认为应该给予先圣的敬畏是敬献于先哲还是顺服于时王的伪装？实斋的这种想法也许黄宗羲不会同意，最初的顾炎武也难以认同：那就是立法之言似乎表面上看来属于先圣（周公），实则完全属于时王。毋论民间话语与道、真理、法言有任何干系，连后儒阶层也不容置喙。除了对腐朽的清儒考据学的批判之外，除了历史书写的认知之外，章学诚的"六经皆史"本身所包含的深刻的批判资源就这样被自己耗尽了吗？

也许，知行合一的强烈愿望致使章学诚如饥似渴地羡慕官师未分的三代，而这一思想逻辑却倒置了过来，既然是愿意让知识免于成为空谈，愿意化认知于实践，就虚构了三代盛时，可当三代以后，由于先圣既殁，甚至也当夫子既殁而微言绝，七十子死而大义乖，当真理不复存在时，当师失其之责，当官失其道义，官师合一仍然在实斋的心目中具有最高的合法性，不幸却沦为真理、道为官守所垄断。他的逻辑还被他自己的论述这样颠倒了：既然后儒（士）的话已经成为托于空言而不能得位行道，那么他们就没有了论道的权利，没有了论道的合法性。这当然不是章学诚最初所自觉意识的论域。

注　释

[1] 章学诚（1738—1801），原名文镳、文酕，字实斋，号少岩，会稽（今浙江绍兴）人，清代杰出史学家和思想家，中国古典史学的终结者，方志学奠基人，有"浙东史学殿军"之誉。曾先后主修《和州志》《永清县志》等十多部志书，创立了一套完整的修志义例，并用毕生精力撰写了《文史通义》《校雠通义》《史籍考》等论著，总结、发展了中国古代史学理论，对后世产生了深远影响。其《文史通义》与唐代刘知几的《史通》齐名，并为中国古代史学理论的"双璧"。

随风而逝

顾瀚允

顾瀚允

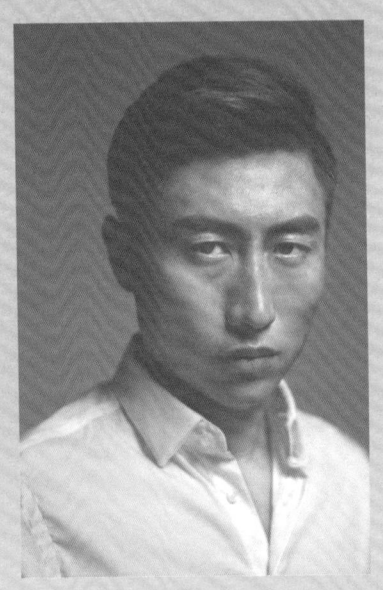

艺术指导，微设计协作体（T-workshop）创始人，现工作、生活于北京。作品多次入选日本东京字体指导俱乐部奖（TDC），曾获得香港设计师协会（HKDA）金奖、银奖、铜奖，加拿大平面设计师（GDC）提名奖，亚洲最具影响力大奖，美国国际设计大奖（IDA），德国红点奖及其他奖项。近年受邀参加"AGI中国展""图文——2016年全球华人平面设计德国展""第二届首尔国际字体艺术双年展"等展览。

Blowin' in the Wind

Bob Dylan

答案在风中飘扬

鲍勃·迪伦 词、曲

顾瀚允 译

How many roads must a man walk down	男人要走多长的路
Before you call him a man?	才能成为一个真正的男人
How many seas must a white dove sail	鸽子要飞过多少海洋
Before she sleeps in the sand?	才能安眠于沙滩
How many times must the cannonballs fly	天空中炮弹再飞多少次
Before they're forever banned?	才能被永远禁止
The answer, my friend, is blowin' in the wind	答案，我的朋友，在风中飘荡
The answer is blowin' in the wind.	答案随风而逝
How many years can a mountain exist	山峰要屹立多久
Before it is washed to the sea?	在它被冲入大海之前
How many years can some people exist	人们要活下去多久
Before they're allowed to be free?	才能获得自由
How many times can a man turn his head	人要扭头多少次
Pretend that he just doesn't see?	才能假装什么也没有看见

The answer, my friend, is blowin' in the wind	答案，我的朋友，在风中飘荡
The answer is blowin' in the wind.	答案随风而逝
How many times must a man look up	人要仰望多少次
Before he can see the sky?	才能看见天空
How many ears must one man have	人要有几双耳朵
Before he can hear people cry?	才能听见众人的哭泣
How many deaths will it take till he knows	要死亡多少条生命
That too many people have died?	才知道太多人已经死去
The answer, my friend, is blowin' in the wind	答案，我的朋友，在风中飘荡
The answer is blowin' in the wind.	答案随风而逝

2018年11月我收到卢迎华发来的约稿文章，我表示很感兴趣成为这些写作者中的一员，于是便有了如下这篇文章。

2016年，鲍勃·迪伦[1]获得诺贝尔文学奖，成为第一位获得该奖项的作曲家。这消息铺天盖地地充斥在世界的各个角落，也让所有人从一个写作者的身份重新认识了他。评委给出的获奖理由是："用美国传统歌曲创造了新的诗意表达。"也就是说，主要表彰的是他的"歌词/诗"。鲍勃·迪伦在他递交的获奖演讲中写道："我们的歌曲在这片人们生存的土地上存活着。但是歌曲和文学不尽相同。歌曲是用来唱的，不是读的。莎士比亚的剧本是用来在舞台上表演的，就像歌词是用来唱的，而不是印在纸上念的。我希望你们有机会以正确的方式聆听到歌词：或是在演唱会上，或是在唱片上，或是以人们如今听歌的某种方式。"

时间呼啸着退回到1996年，我通过一盘破旧的打口磁带听到了涅槃乐队（Nirvana），里面传来了嘶哑的人声伴随着刺耳嘈杂的吉他声，仿佛突然打开了一个少年通往新世界的大门，这就是摇滚乐，我疯狂地迷恋上它。我舔着摇滚的血液，狂躁的音乐却平抚着我无处安放的青春。打口磁带成了我重要的艺术口粮，我的大部分零花钱都消耗其中。我开始涉猎更多的类型，死亡金属、迷幻摇滚、哥特成了那个时期"酷"的代名词，激烈和极端成了检验是否是一个"摇滚尖迷"的标准。就在那时我第一次听到了鲍勃·迪伦的《答案在风中飘扬》，我只依稀记得这歌曲有些失落但声音又循序渐进久久不能逝去，而关于歌词则毫无印象，我想我"错过"了它。1997年香港回归，学校放假我坐在电视机前安静地观看了回归仪式的直播，画面中那红色的旗帜和欢呼的人群在我脑海里的配乐竟然是循环播放的《答案在风中飘扬》，我也不清楚为何会听到它，那情境化成黑白分明的影像存留在我的记忆里。1998年我高中毕业，因为摇滚乐，我已经成了一个"愤怒"的文艺青年。我时常通过书写表达我对周遭的不满，例如在《我爱摇滚乐》等类似的小众媒体上发表一些零碎的文章。摇滚乐赋予了我一个年轻人某些特殊的性格和反抗的特质。我当时并不了解为何一种音乐形式会有如此强烈的主体意识。但它确实让我在认知一些问题上有了不同的见地。进入大学，在学习艺术的同时我开始关注社会时事，我对摇滚音乐的理解也由单纯的声音刺激转化为对亚文化的涉猎。2003年"非典"暴发，我们作为学生都被困于学校之内，校门紧闭，学校仿佛成了汪洋中独立存在的孤岛。透过白天的阳光我才能感受到真实的存在。学校停课，百无聊赖又隐隐作痛的气息弥漫，记忆中我和同学偷偷地跑到小门去见来看他的女朋友，口罩被铁栏杆分成若干个白色的方块，我记不得他们聊了什么，我跟来的唯一理由也许是我想看看"外面"的人都还好吗。整个夏天我都是在塞着耳机听着摇滚乐的时光中逃避着现实。其中鲍勃·迪伦的《答案在风中飘扬》被我无数次循环播放。后来一段时间郝舫的《伤花怒放》[2]成了我的枕边之书。2004年我开始参加工作，设计消耗了我大部分的时间，听摇滚乐成了忙碌中获得片刻喘息的安慰剂。落灰的吉他被安置在我临租房的角落早已"五音不全"。那几年时间我开始变成一个经济改革中的社会"栋梁"和亲身经历中国国内生产总值（GDP）高涨的"贡献者"。2007年我因工作过度劳累突患重疾辞职在家，开始反思我的人生，根植在深处的热血告诉我必须要寻求改变，走自己的路是我唯一的选择。电影《阿甘正传》和其中出现的鲍勃·迪伦的音乐在深夜遁入我的内心。而这首插曲正是《答案在风中飘扬》，它出现在影片的第37分钟，珍妮化名鲍勃·迪伦，怀抱吉他，独自在狭小的舞台中央弹唱。她梦想成为一名歌手，不放弃任何一次尝试，也不在乎付出的代价。2009年5月9日我的工作室正式成立，我用自己的方式开始了设计实验和创造社会生产力的实践。

时间来到2016年，鲍勃·迪伦获得诺贝尔文学奖。当我看到消息，再次聆听《答案在风中飘扬》的时候，歌曲里飘忽沙哑的声音唱到的每一句话都开始变得如此清晰和坚定，我好像错过了什么，又好像得到了什么。那声音呼唤道："我的朋友啊，答案在风中飘荡……"

此时的我从2015年开始关注设计个体的权利和义务，但面对现实我还是无法弄清什么才是设计的真正价值，而这个事件的发生极大地鼓励了我也帮助我消除了在专业领域中关于个体身份的焦虑。我们在一个行业内努力地工作去创造自我的价值，获取相应的物质或名誉回报，但很多时候我们忘记了自我身份中关于社会性的一面。鲍勃·迪伦明确地用自己的作品和行动告诉了我们一个人在工作中的职业责任和社会责任是如此地重要。音乐在给我们带来声音和内心愉悦的同时也能让我们关注医疗问题、关注生态环境、关注弱势群体、关注战争、关注人和社会的一切关系，它也可以鼓励我们去寻找自由和平等。正如弥尔顿·格拉泽（Milton Glaser）[3]常说的："好设计就是好

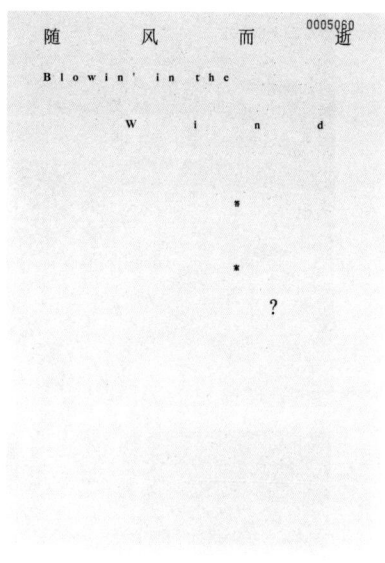

图1　顾瀚允,《随风而逝》,综合材料,2018年

公民。"它意味着当你有权利去完成一个所谓的"好设计"的同时,也要对其所在的行业和社会承担责无旁贷的义务。

2018年我受邀参加AGI在中国的展览,需要创作一个关于中国AGI主题的作品。[4]一个国际设计协会在中国成立分会,吸纳中国会员并开展活动。作为设计师个体,我们为什么要加入它?它能给我们带来什么?作为单一专业的设计协会在未来如何能够保持引领行业的活力和能量都是值得我们去思考的。于是我提出六个关于AGI的问题,其中既有我个人的疑惑,也包含了平面设计师群体需要共同面对的议题。我将它们发散出来,希望能触发你的思考。我并不期许得到准确的答案,因为它已经在随风飘荡。我提交的这个作品《随风而逝》其名称和背后的理念正来自鲍勃·迪伦的歌曲《答案在风中飘扬》。这样的一次创作也促使我深刻认知到鲍勃·迪伦在音乐之外平行进

图2 顾瀚允,《随风而逝》,
综合材料,2018年

图3 顾瀚允,《随风而逝》,
综合材料,2018年

图4 顾瀚允,《随风而逝》,
综合材料,2018年

行的关于个体介入社会的实践和理想。

当我决定写下这些文字的时候,那声音又在耳边回响:"我的朋友啊,答案在风中飘荡……"

注　释

[1] 鲍勃·迪伦(Bob Dylan),1941年5月24日出生,原名罗伯特·艾伦·齐默曼(Robert Allen Zimmerman),美国唱作人、艺术家和作家。从1961年发布首张专辑至今,迪伦在流行音乐界和文化界引起的影响已超过50年。他的大多数著名作品都来自20世纪60年代的反抗民谣,他被广泛认为是当时美国新兴的反叛文化的代言人,尽管他否认了这一点。他的部分早期作品成了当时美国民权反战运动的圣歌,例如《答案在风中飘扬》(*Blowin' in the Wind*)和《时代在变》(*The Times They Are a-Changin'*)。20世纪60年代中期,迪伦开始从原先的抗议民谣风格转型,并在1965年发行长达六分钟的单曲《像一块滚石》(*Like a Rolling Stone*),也从此改变了流行音乐的传统分类。迪伦60年代中期的一些作品登上了《告示牌》(*Billboard*)榜单冠军,但由于其使用摇滚元素亦受到了民谣运动中一些人士的批评。

自1994年以来迪伦已出版了6本画集,他的作品也曾在大型艺术画廊中展出过。作为一个音乐家,迪伦的唱片总销量已超过了1亿,也让他成为畅销音乐艺人之一。迪伦曾获诸多奖项,包括12项格莱美奖、1项金球奖及1项奥斯卡金像奖,并被引入摇滚名人堂及作曲家名人堂。2008年普利策奖评选委员会授予其一特别奖,以表彰其通过作词及作诗对流行音乐及美国文化产生的重大影响。2012年5月,迪伦获得了由时任美国总统贝拉克·奥巴马颁发的总统自由勋章。2016年,迪伦获得诺贝尔文学奖。

[2] 郝舫，《伤花怒放》，江苏人民出版社，2003年。该书是一本摇滚乐理论读物，它涉及早期摇滚乐的社会文化意义，研究了一些至今没有得到深入探讨的问题。

[3] 弥尔顿·格拉泽，出生于1929年，是美国著名的平面设计师。他设计了闻名世界的 I LOVE NY（我爱纽约）标志和鲍勃·迪伦迷幻海报。他的作品获得过许多奖项，包括2009年由时任美国总统奥巴马颁发的国家艺术奖章，他是第一位获此殊荣的平面设计师。

[4] AGI即国际平面设计协会，全称Alliance Graphique Internationale，作为各国著名设计师的联合组织，是国际平面设计界的权威组织，在国际上享有崇高的声誉。AGI1951年创建于法国巴黎，首任主席是法国的卡吕（Carlu）。多年来，AGI一直致力于把全球各大洲的知名平面设计师聚集到一起，把平面设计推广成为一个信息、教育和交流的媒介，并且通过一切途径去鼓励、发动和教育年轻的专业设计人士，它集中了全世界最优秀的和最有影响的著名设计师，引领着现代平面设计的潮流。

自1951年起，AGI每年轮流在世界各地举行聚会，会员们进行认真和富有成果的学术讨论，举办会员作品展览，培训有才干的平面设计大学生和青年设计师，并用平面设计的方法帮助世界各国的企业、公司和他们的跨国组织。1955年，AGI在巴黎的卢浮宫举办首届展览，展出了来自11个国家的75位成员的作品。虽然包豪斯时期所产生的国际风格日趋明显，但由于历史的原因，展览会上各国的风格差异十分明显。但仅仅在一年以后，针对1956年在伦敦的AGI展览，评论家埃尔文（Elvin）这样写道："很明显，国际风格已经统领一代潮流。"可见AGI深远的影响力。

"我们准备着深深地领受"
冯至的《里尔克——为十周年祭日作》

| 贺桂梅

贺桂梅

1970年出生于长江中下游平原的一个乡村家庭，16岁离家外出求学，初中时期在语文老师和姐姐们的影响下开始成为文学爱好者。1989年考入北京大学中文系，在燕园读完十年书后，继续在那里从事中国现当代文学专业的研究和教学工作。著有《转折的时代——40—50年代作家研究》《"新启蒙"知识档案——80年代中国文化研究》和《女性文学与性别政治的变迁》等。2011至2012年曾在日本交换教学一年，其间写成了目前唯一正式出版的文学作品《西日本时间》。

一 《里尔克——为十周年祭日作》[1]

（冯　至）[2]

1926年秋天，我第一次知道里尔克的名字，读到他早期的作品《旗手》。这篇现在已有两种中文译本的散文诗，在我那时是一种意外的、奇异的得获。色彩的绚烂、音调的铿锵，从头到尾被一种幽郁而神秘的情调支配着，像一阵深山中的骤雨，又像一片秋夜里的铁马风声：这是一部神助的作品，我当时想；但哪里知道，它是在一个风吹云涌的夜间，那青年诗人倚着窗，凝神望着夜的变化，一气呵成的呢？

随后我再也无缘读到里尔克其他的作品，只以为他不过是一个新浪漫派的、充满了北方气味的神秘诗人；却不知他在那时已经观察遍世上的真实，体味尽人与物的悲欢，后来竟达到了与天地精灵相往还的境地，而于当年除夕的前两天逝世了。

至于读到他的《祈祷书》(1905年)、他的《新诗》(1907年)、他的《布里格随笔》(1910年)、他晚年的《杜伊诺哀歌》(1923年)和十四行诗，还有那写不尽也读不完的娓娓动人的书简，却是最近五年的事。在《祈祷书》里处处洋溢着北欧人的宗教情绪，那是无穷的音乐，那是永久的感情泛滥。在这无穷的音乐与永久的感情泛滥中德国18世纪末期的浪漫派诗人们（他们撇开了歌德）已经上演了一番无可奈何的悲剧。他们只有青春，并没有成年，更不用说白发的完成了。但是里尔克并不如此，他内心里虽然也遭逢过那样的运命，可是他克制了它。在诺瓦利斯死去、荷尔德林渐趋于疯狂的年龄，也就是在从青春走入中年的过程中，里尔克却有一种新的意志产生。他使音乐的变为雕刻的，流动的变为结晶的，从浩无涯涘的海洋转向凝重的山岳。他到了巴黎，从他倾心崇拜的大师罗丹那里学会了一件事：工作——工匠般地工作。

他开始观看，他怀着纯洁的爱观看宇宙间的万物。他观看玫瑰花瓣、罂粟花；豹、犀、天鹅、红鹤、黑猫；他观看囚犯、病后与成熟的妇女、娼妓、疯人、乞丐、老妇、盲人；他观看镜、美丽的花边、女子的运命、童年。他虚心侍奉他们，静听他们的有声或无语，分担他们人们都漠然视之的运命。一件件的事物在他周围，都像刚刚从上帝手里做成；他呢，赤裸裸地脱去文化的衣裳，用原始的眼睛来观看。这时他深深感到，人类有史以来几千年是过于浪费了，他这样问："我们到底是发现了些什么呢？围绕我们的一切不都几乎像是不曾说过，多半甚至于不曾见过吗？对于每个我们真实观看的物体，我们不是第一个人吗？"直到他的晚年，还写过这样的诗句：

苦难没有认清，
爱也没有学成，
远远在死乡的事物
没有揭开了面目。

里尔克就这样小心翼翼地发现许多物体的灵魂，见到许多物体的姿态；他要把他所把握住的这一些自有生以来、从未被人注意到的事物在文字里表现出来，文字对于他，也就成为不是过于雕琢，便是从来还没有雕琢过的石与玉了。

罗丹怎样从生硬的石中雕琢出他生动的雕像，里尔克便怎样从文字中锻炼他的《新诗》里边的诗。我每逢展开这本《新诗》，便想到巴黎的罗丹博物馆。这集子里多半是咏物诗，其中再也看不见诗人在叙说他自己，抒写个人的哀愁；只见万物各自有它自己的世界，共同组成一个真实、严肃、生存着的共和国。

美和丑、善和恶、贵和贱已经不是他取材的标准；他唯一的标准却是：真实与虚伪、生存与游离、严肃与滑稽。他在他的《布里格随笔》里提到波德莱尔的《腐尸》："你记得波德莱尔的那首不可思议的诗《腐尸》吗？那是可能的，我现在了解它了。……那是他的使命，在这种恐怖的表面上只是引人反感的事物里看出存在者，它生存在一切存在者的中间。没有选择和拒绝。……我时常惊讶，我是怎样情愿为了实物放弃我所期待的一切，纵使那实物是恶的。"

"选择和拒绝"是许多诗人的态度，我们常听人说，这不是诗的材料，这不能入诗，但是里尔克回答，没有一事一物不能入诗，只要它是真实的存在者；一般人说，诗需要的是情感，但是里尔克说，情感是我们早已有了的，我们需要的是经验：这样的经验，像是佛家弟子，化身万物，尝遍众生的苦恼一般。他在《随笔》里说："我们必须观看许多城市，观看人和物，我们必须认识动物，我们必须去感觉鸟是怎样飞翔，知道小小的花朵在早晨开放时的姿态。我们必须能够回想：异乡的路途、不期的相遇、逐渐临近的别离；——回想那还不清楚的童年的岁月；……想到儿童的疾病……想到寂静、沉闷的小屋内的白昼和海滨的早晨，想到海的一般，想到许多的海，想到旅途之夜，在这些夜里万籁齐鸣，群星飞舞——可是这还不够，如果这一切都能想到。我们必须回忆许多爱情的夜，一夜与一夜不同，要记住分娩者痛苦的呼喊，和轻轻睡眠着、翕止了的白衣产妇。但是我们还要陪伴过临死的人,坐在死者的身边,在窗子开着的小屋里有些突如其来的声息。……等到它们成为我们身内的血、我们的目光和姿态,无名地和我们自己再也不能区分,那才能以实现,在一个很稀有的时刻有一行诗的第一个字在它们的中心形成,脱颖而出。"——这是里尔克的诗的自白,同时他也这样生活着。

关于《布里格随笔》那部奇书的内容,我不能在这里叙述(我希望将来能有另一个机会来讲它)。在《新诗》前后两集相继出版、《随笔》告成以后,整整十几年,里尔克陷入一种停滞、枯涩、没有创造的状态中,这中间他忍受了那对他是不能担当的、残酷的灭绝人性的世界大战。

经过长时期的沉默,忽然灵感充溢,于1922年在几日之内,在瑞士南部一座从13世纪遗留下来的古宫中(那古旧的宫墙里只种着玫瑰),一气完成在战前已经开端、经过长期停顿的10首长篇的《杜伊诺哀歌》,同时还附带着写出几十首十四行诗。这时,那《新诗》中一座座的石刻又融汇成汪洋的大海,诗人好似海夜的歌人,独自望着万象的变化,对着无穷无尽的生命之流,发出沉毅的歌声:赞美,赞美,赞美……

这样他完成了他的使命。

就他晚年的诗歌来看,他是可以和辽远的古希腊的宾达列在一起的。但若是读起最近出版的他的书简,我们会感到他和我们比任何一个最亲切的朋友还要亲切。我们会跟随着他到俄国去拜访托尔斯泰,到巴黎谒见罗丹,经过丹麦怀念雅各布森和基尔克郭尔,在罗马欣赏米开朗琪罗设计的喷水池,随后到埃及和西班牙旅行……最后是在哀歌和十四行诗完成后,他在夜半向他的远方友人发出幸福的高歌。

里尔克是一个稀有的书简家,他一生在行旅中、在寂寞中,无时不和他的朋友们讲着最紧密的话——不但是和他的朋友们,也和许多青年:年轻的母亲、失业的工人、试笔的作家、监狱里的革命者,都爱把他们无处申诉的痛苦写给他,他都诚恳地答复。——几年来,这几册书简每每是我最寂寞、最彷徨时候的伴侣。

1936年11月

二

我30岁的时候,开始认真地阅读中国现代作家冯至20世纪40年代写就的一系列作品,他的诗集《十四行集》、散文集《山水》和小说《伍子胥》,他翻译的奥地利诗人里尔克的《给一个青年诗人的十封信》和其他诗作,他的研究论文《里尔克》和论著《论歌德》。从那时起,冯至这个时期的作品、译作和研究文章,就常常是我阅读的对象,直到今天。作为一个文学专业的研究者和非严格意义上的文学青年,文学作品从我识字期开始就一直接触,但没有哪个作家像40年代的冯至这样,成为我时常咀嚼和品读的对象。

对冯至的这种阅读,最早的动机是从文学研究开始的。当时,我刚刚完成全部学业留在北大任教,从事一个叫"(20世纪)40—50年代转型期作家研究"的课题。冯至是我的研究对象。但这种阅读却不仅仅是专业性的,我感到有些在人生经验中遭遇的思想与情感的困惑,在这样的阅读中能够得到无名的舒解。在完成那个课题之后,冯至依然是我不时阅读的对象,那是一种学术研究之外理解自我和人生的需要,而冯至的作品也常常能够满足我的这种需求。后来我读到他这样的话:"我不是学者,没有写过一定水平的学术著作。但我一生没有停止过读书,也经常写作。我读书,有如饥渴时需要饮食,却不曾像营养学家那样分析饮料和食品的成分;我写作,不过是抒发自己的思想感情,人们说这是文学创作。"冯至说自己不是学者,自然是谦辞,但我却觉得他说出了学术研究的真谛。学术研究的对象未必都是自己喜欢和认同的,但如果学术工作不能和自己的精神需要、生命历程发生关联,那么研究也不免是空洞而且缺乏持久的内在动力的吧。

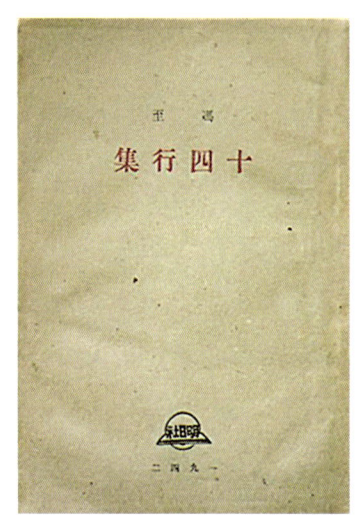

图1　冯至，《十四行集》书影，明日社，1942年

回想起来，40年代的冯至能够对我产生这样大的吸引力，文字的流丽、优雅造就的特殊美感是很重要的原因。同样的诗句，读完他翻译的版本再读其他人的译本，感觉便不那么完美。这使我意识到文字和形式本身的意义。但更重要的，是他展示给我的一种独特的生命智慧和生命哲学阐释。那时我正从青年步入中年，青春期时常遭遇的矫情和混乱情绪似乎要告一段落，而未来的生命如何展开却并没有清晰的考虑。冯至却告诉给我一个长的生命展开的图景，告诉给我另一种人生体验的可能性。

我从他翻译的《给一个青年诗人的十封信》中理解了怎样对待"寂寞"，怎样独自"担当"自己的生命而成为一个"新人"；我从他的《十四行集》中懂得了如何对待烦忧——"什么能从我们身上脱落，我们都让它化作尘埃"，如何敬畏生命——"我们准备着深深地领受，那些意想不到的奇迹，在漫长的岁月里忽然有，彗星的出现，狂风乍起"，如何接受平凡——"好像宇宙在那儿寂寞地运行，但是不曾有一分一秒的停息，随时随处都演化出新的生机，不管风风雨雨，或是日朗天晴"，如何包容世界——"我在深夜祈求，用迫切的声音：给我狭窄的心，一个大的宇宙！"我也从他的《论歌德》中，去理解什么是生命的"蜕变"、反否定精神和向外而又向内的生活……

那些语言有一种神奇的抚慰和舒解作用，启发我更深地沉浸在生命自身的内在体验中。文字越是单纯，就越像是反复抚摸后的石铁，有一种沉静的由内而外地散发出来的光泽。我常常在这样的文字中安静下来，也从此慢慢摆脱青春的烦扰，步入自己的中年期。

三

这其中，冯至那篇评述诗人里尔克的短文《里尔克——为十周年祭日作》，是我读得最多也认为最经得起咀嚼的文章。这篇文章写于1936年，那时冯至刚刚结束他在德国的留学生涯回到中国，开始步入他的40年代；那一年正逢里尔克逝世十年，冯至写下这篇纪念文章，向中国读者最早比较全面地介绍里尔克。让我着迷的，其实不是里尔克本身，而是冯至关于生命、关于诗歌、关于不同生命阶段的精神境界的描述。

关于里尔克如何跨越了早年的浪漫派风格而步入中年写作，冯至这样写道：

> 在《祈祷书》里处处洋溢着北欧人的宗教情绪，那是无穷的音乐，那是永久的感情泛滥。在这无穷的音乐与永久的感情泛滥中德国18世纪末期的浪漫派诗人们（他们撇开了歌德）已经上演了一番无可奈何的悲剧。他们只有青春，并没有成年，更不用说白发的完成了。但是里尔克并不如此，他内心里虽然也遭逢过那样的运命，可是他克制了它。在诺瓦利斯死去、荷尔德林渐趋于疯狂的年龄，也就是在从青春走入中年的过程中，里尔克却有一种新的意志产生。他使音乐的变为雕刻的，流动的变为结晶的，从浩无涯涘的海洋转向凝重的山岳。他到了巴黎，从他倾心崇拜的大师罗丹那里学会了一件事：工作——工匠般地工作。

冯至关于18世纪末期德国浪漫派诗人的描述，几乎可以直接移用来描述

20世纪80年代中国诗歌和知识界的普遍情绪。"无穷的音乐与永久的感情泛滥",更是我自己对青春期的切身体验。相信每一个在青春期拿起笔写作的人,都对这样的情绪感同身受。我最早投入文学阅读和自发地写作,始于初中时期。那是80年代初期,在"新时期"弥散的文学浪漫主义氛围里,我周围有许多文学爱好者——我的姐姐们、我的初中语文老师和我的几个能够互换书籍的文友。我从那时开始读泰戈尔的《飞鸟集》,读屠格涅夫的散文和小说,读19世纪的司汤达和罗曼·罗兰,也读中国"朦胧诗"诗人和现代文学作家的作品……并且模仿他们开始写诗和散文。当然,写得最多的是日记,那种无病呻吟的情绪和意识流水账记录,我一直坚持到北大研究生毕业。高考毕业时选择北大中文系,也就是为了这种爱好。那是真正的"感情泛滥",身陷青春期的混乱情绪中,文学能召唤我的是情绪的共鸣,而我用笔写下来的,也是无穷的音乐般的情绪汹涌的印痕。那时,我也曾努力参加北大学生的文学社团活动,并投过几次文学竞赛的稿件,可惜都被退回,评语是"感情无节制,文字不讲究"。所以,我这种不入流的写作是真正的"抽屉文学"。但这并没有彻底打击我的文学热情。写日记记录自己的情绪和感受,阅读有共鸣的文学作品,对我像是稳定自己生命的某种仪式。

但是,我并没有学会如何控制这种情绪和书写文字的技艺。所以,冯至所说的从青春走入中年的过程中,"使音乐的变为雕刻的,流动的变为结晶的,从浩无涯涘的海洋转向凝重的山岳",这种不仅是写作也是生命的"新的意志",对我是全新的意识。特别是我正逢生命的转折期,努力地要"告别青春"但又似乎总也无法摆脱情绪的困扰,冯至的这种描述真如他在《给一个青年诗人的十封信》的前言中所说,对我是"对症下药",是"恰逢其时"的疏导。

于是,这些句子对我有着某种神奇的魔力:

一般人说，诗需要的是情感，但是里尔克说，情感是我们早已有了的，我们需要的是经验：这样的经验，像是佛家弟子，化身万物，尝遍众生的苦恼一般。他在《随笔》里说："我们必须观看许多城市，观看人和物，我们必须认识动物，我们必须去感觉鸟是怎样飞翔，知道小小的花朵在早晨开放时的姿态。我们必须能够回想：异乡的路途、不期的相遇、逐渐临近的别离；——回想那还不清楚的童年的岁月；……想到儿童的疾病……想到寂静、沉闷的小屋内的白昼和海滨的早晨，想到海的一般，想到许多的海，想到旅途之夜，在这些夜里万籁齐鸣，群星飞舞——可是这还不够，如果这一切都能想到。我们必须回忆许多爱情的夜，一夜与一夜不同，要记住分娩者痛苦的呼喊，和轻轻睡眠着、翕止了的白衣产妇。但是我们还要陪伴过临死的人，坐在死者的身边，在窗子开着的小屋里有些突如其来的声息。……等到它们成为我们身内的血、我们的目光和姿态，无名地和我们自己再也不能区分，那才能以实现，在一个很稀有的时刻有一行诗的第一个字在它们的中心形成，脱颖而出。"

这不只是在谈论诗歌的技艺，我更把它看作是一种生活态度和理解生命的途径。我们需要表达的不是个我的"情感"，而是普遍的广大的"经验"，是这样的经验："像是佛家弟子，化身万物，尝遍众生的苦恼一般。"这是一个忘掉"自我"而进入"世界"的过程。我懂得了真正的成熟和深刻，不是炫技般地展示一己之我的喜怒哀乐，而是把自己看作与万物同等的存在，用"心"去体会、感受、领略世界上的人与物。这样一个忘掉自我的过程，让更大的世界进入我的视野。我似乎获得了某种"闲暇"来体会燕园的春花秋月和四季轮换：在初春的时候，坐在未名湖边体会春水的涤荡，坐在花草丛中观看一朵花的美好，它们自内而外地静静开放时的热烈；在深秋的某些天，会看见蓝天的高远和开阔，银杏的黄叶在温暖的秋阳下缓缓坠落时的静谧……这是真正的诗意，可我不再急着要把它们用文字写下来。我好像是从那时起就不再写日记了，内心却感受到了一种余裕和从容。

冯至描述了里尔克在《布里格随笔》中写到的那个过程：先是"观看"，然后是"回想"，比"回想"更深的是"回忆"，比"回忆"更深的是"忘记"，"直到它们成为我们身内的血、我们的目光和姿态，无名地和我们自己再也不能区分"，他说，那才是"第一个字"形成的时刻。冯至的《十四行集》就是这样写出来的。规整的诗歌形式，箴言一般的文字和内在的情绪韵律，使这本只有27首十四行诗的薄薄的小册子，让我觉得百读不厌。

2011至2012年间，我有机会在日本神户大学教书一年。海港城市清雅幽静的居住环境、关西地区美好洁净的山水和弥漫着历史幽灵的名胜古迹，对我是一种奇异的生活体验和情感教育。在那里，我常常会想到冯至的诗句，想到他说的"像是佛家弟子，化身万物"的观看。在语言不通的环境里，"观看"变成了一种实实在在的需要，而异国的日常生活也常常是孤独的，但我不再感到"寂寞"。我每天有如此多的闲暇来观看周围的花草树木，体验日式山水的风景以及萦绕在古寺大佛之上的历史。在奈良的唐招提寺，站在高大的古佛和巨大的木制建筑下，一瞬间感受到众生的渺小和历史的绵长，我有一种无名的感动；穿行在京都比叡山雨后的云杉树丛中，草木的清香和水雾的包裹，使我感到一种透彻心肺的迷醉……这些感受和体验，让我再次有写日记的需要。我把它们写在了《西日本时间》这本书里。从那时直到现在，西日本的山水和风景就沉积在我的感官记忆里，并启发我去更多地理解自己生活其间的北京和中国。这也算是冯至带给我的一份生命礼物吧。

四

后来，我开始慢慢感觉到，仅仅是"观看"和"忘我"也是不够的。当对世界和人生的体验变得丰富之后，有另一种新的需要和意识在产生。我留意到在《里尔克》中，冯至这样写到晚年的里尔克："这时，那《新诗》中一座座的石刻又融汇成汪洋的大海，诗人好似海夜的歌人，独自望着万象的变化，对着无穷无尽的生命之流，发出沉毅的歌声：赞美，赞美，赞美……"这是一种更高的综合，是主体在包容世界之后一种新的创造。让那些进入内心的万物重新融合并创造为一个新的世界，一个比现实世界更高的精神王国。那会是一种怎样的体验？

冯至在20世纪40年代完成《十四行集》的同期和之后，倾注全力研究的是杜甫和歌德。或许因为时代经验的差别，我总是难以进入冯至所描述的杜甫世界，但是对于他的歌德研究，特别是他在1948年完成的《论歌德》，却产生了浓厚的阅读兴趣。冯至关心的歌德是别样的，他关注的不是那个写《少年维特的烦恼》的青春歌德，而是那个完成《浮士德》《威廉·迈斯特》和《西东合集》的晚年歌德。他把这称为"人的教育"。有这样的句子让我觉得熟悉而亲切："人生如旅行，中途总不免遇见一些艰险。最艰险的地方多半在从青年转入中年，从中年转入老年的过渡时期……在这行旅上，歌德却给人以一个好榜样。"冯至将这概括为人的生命作为"有机体"的"蜕变论"。他解释歌德的思想说："有机的形体不是一次便固定了的，却是流动的、永久演变的。"于是"青年""中年""老年"的生命有机体想象和人生修养，便在这样的叙述中形成。如果说中年是"真实的生活者"，那么老年将是更高意义上的生命的完成与综合。在冯至那些阐述歌德生命哲学的文章中，我很喜欢那篇《歌德的晚年》，讲他对美的"断念"，对情感的"限制"和工作的"责任"——"在这寂寞的晚年，断念和工作，成为歌德生活的原则"、"从此只看见一个孜孜不息的老人在寂寞中不住地工作"。歌德就是在这样寂寞的工作中，完成了他一生都在写作的两部最重要作品《浮士德》和《威廉·迈斯特》（学习时代与漫游时代）。他创造了另一个包容了现实世界而又比现实世界更高的精神世界，而使此后的人们可以像他那样地生活。这是"修养小说"的真义，也是最高的人文理想。

  但是，除了20世纪40年代的那些文字，我没有能够从冯至后来的创作和研究中读到更多的满足。他在80年代也写过一些关于歌德的学术文章，并没有引起我同样的阅读兴趣。冯至自己也说，这些文章"虽然略有自己的见解，却总觉得不深不透"。在我读来，虽然有更细致全面的学术考辨，但不再有40年代那种文字上和内在情绪上的情致和感染力。这或许因为自己体验不到其中的深意，或许因为晚年冯至也没有完美地捕捉住那更高的生命的情态。在冯至的一生中，40年代怎么看都像一个奇迹，一次灿烂的精神爆发，就像他在十四行诗里写到的那样：

> 我们准备着深深地领受，
> 那些意想不到的奇迹，
> 在漫长的岁月里忽然有，
> 彗星的出现，狂风乍起。

  在歌德生活的18世纪德国，人文主义的理想乃是成为"完整的人"——"既不是像启蒙运动那样完全崇尚理智，也不是狂飙突进时期那样强调热情，而是情理并茂，美和伦理的结合"。这种古典的人文理想和生命修养的理念，我是通过冯至40年代的文字和精神状态才触摸到。虽然对冯至晚年的作品有许多不满足，但在我看来，他仍旧是20世纪中国作家中少有的超越了浪漫主义和现代主义的人,因为他对那个"克服了青春的里尔克"和"古典式的歌德"做出了最多体认和阐释。他对我的许多启发都是由此而来。他不仅教会我如何看待文学,也教会我如何看待生活,每天每时去体认并领略生命的奥秘。这也是我常常感到有需要回到40年代的冯至,去阅读他的十四行诗、他的里尔克和他的歌德的原因。

注　释

[1]　里尔克:《给青年诗人的信》附录二,冯至译,云南人民出版社,2016年。
[2]　冯至(1905—1993),中国现代著名诗人、学者、翻译家。著有诗集《昨日之歌》《北游及其他》《十四行集》和散文集《山水》等;是中国最重要的德语文学研究者之一,也是杜甫研究专家;翻译了歌德、里尔克、海涅等人的著作。1921至1927年就读于北京大学,因其间发表的诗作后被鲁迅誉为"中国最为杰出的抒情诗人"。1930至1935年赴德国留学,主要研修德国文学与哲学。1939至1946年任教于西南联合大学德文系,其间完成他最重要的诗作《十四行集》和研究著作《论歌德》(初名《歌德论述》)。

如果戈达尔错过维托夫40年，那我就错过戈达尔半个世纪

| 黄建宏

| 黄建宏

现为台北艺术大学艺术跨域研究所副教授,从事关于影像与策展的研究,书写电影、当代艺术、表演艺术的评论,并从事法国当代理论如德勒兹(Gilles Deleuze)、鲍德里亚(Jean Baudrillard)与朗西埃(Jacques Rancière)等人著作的翻译。

著作有《CO-Q》(合著)、《一种独立论述》、《EMU》、《蒙太奇的微笑》、《失调的和谐》、《N度亚洲》,编有《从电影看》(合编)、《浑变》(合编)。策划展览包括"Ex-ception"(台湾美术馆在线展览)、"S-HOMO"、"后地方:post.o"、"从电影看"(与OCAT深圳馆合作)、"浑变"交流展、视盟艺博会"日光浴"特展、Chim↑Pom(日本艺术团体)"美丽世界:幸存之舞"与"心动EMU"特展、"NG的罗曼史"、"运动之后:穆勒咖啡之夜"、"亚洲展览史"、"失调的和谐"、"档案穿越法"、"穿越—正义:科技@潜殖"等。

戈达尔[1]无疑是电影史中最具创造力与批判思想的导演之一，他从未停止过对影像和声音关系的严肃思考。在他超过半个世纪的电影创作历程中，不仅每个阶段都出现极大的转变，而且一次次挑战影像和声音的关系及其语言。尤以他的毛派年代为著，也就是和毛派运动青年让-皮埃尔·戈汉（Jean-Pierre Gorin）合组维托夫小组[2]"政治地"拍电影的时期（1969—1974）。然而，他的"毛派年代"在台湾因为"冷战"的关系，而成为我们最难发现并得以进行理解的创作阶段，其中1969年六七月间进行拍摄的《东风》，就是开启这个阶段的宣言影片，更是他们构思"政治地"拍电影的一个尝试和示范。为何是《东风》？因为它并非商业发行的影片，而且谈的是"毛派"，所以在当时很难想象可以在台湾看到这部片，但也因此对甫一解严的台湾文艺界来说，它就像是一则令进步青年产生许多遐想的传说；一如戈达尔看不到"文革"而想象出"毛派革命"，我们也因为看不到《东风》而遥想着"毛派戈达尔"和"革命电影"。就在这样的状况下，邵懿德、林宝元、王俊杰、郭维雄、李尚仁、刘佳音等人于1988年借《电影欣赏》月刊纪念十周年而制作的"戈达尔专题"中，让我们首次看到这些革命电影的一些中文讯息和描述，也因为讯息的难以取得，《东风》似乎变成这股"顾名思义"的激情和浮夸想象的欲望对象。

就这样，几张杂志上转印的斯大林等人的照片，支撑了几乎20多年间一丝载浮载沉的悬念，直到2012年高蒙制片以"政治的戈达尔"为名发行了一套DVD，收录维托夫小组所制作包含《东风》在内的五部影片，我们才有机会能够好好地观看并研究这部影片；然而，即使这部影片曾于1970年9月11日在纽约影展放映过，也在隔天的《纽约时报》刊登了文森特·坎比（Vincent Canby）的报道，由"箭学院"以"戈达尔＋戈汉：1968—1971五部影片"为名发行了套装DVD和蓝光，并附有59页的别册，但别册中收入了米歇尔·威特（Micheal Witt）于2006年完成、2017年重新修订的评论《高达与极左媒体》，却独独没有提到《东风》这部宣言式的影片。可见欧美对于这部影片或者说对于该时期的研究仍然保留了很多空间。而在1988年《电影欣赏》中对于该片的整理段落，虽然较其他影片占据更多篇幅，但当我们今天能够借着光盘数据进行更详细的阅读时，便会发现当时的整理是非常"印象式"的片段摘记，难以让读者进行想象的还原。我与《东风》的缘分更迟地出现在2017至2018年间"穿越—正义：科技@潜殖"的构思与策划中，由于该计划特别关注"技术"对于政治性关系与再现政治问题所产生的影响，无论是叙事或是影像语言，电影可以说是该计划无法忽略的一个面向，因此这个面向就成为组成展览的要素之一，而"戈达尔"更是这项考虑下最直接浮现在我脑中的人物。

《东风》承继着维托夫"真实电影"（Kino-Pravda）的想法，试图对于当时的政治实况进行电影的记述，然而，相较于20世纪20年代大量对于城市景象与行为记录进行的呈现，戈达尔实况记录的并非现象学式的"社会景观"，或是呈现某种对世界的客观性记录，而是将工作者和运动者合组成临时性的团队，记录由这些参与者间的话语、行动、拍摄、标语、图像所构成的政治辩证，并将"分析"和"行动"时而并置、时而重叠交错。这个临时性团队包含当时被法国政府驱逐出境的学运领导人丹尼尔·柯恩－班迪（Daniel Cohn-Bendit），后来成为欧洲绿党的主要领导人之一与欧盟议员，以及巴西新电影运动最重要的代表人格劳伯·罗沙（Glauber Rocha），还有戈达尔当时的重要伴侣安妮·维亚泽姆斯基（Anne Wiazemsky）和"通心粉西部片"的重要演员吉安·玛丽亚·沃隆泰（Gian Maria Volonté），明显地，这并非一个单纯为制作影片而组成的专业团队，而是一种极具左翼政治色彩的无政府集结。

影片主要以人类学调查式的政治批判、唯物本体论的分析，以及政治意识形态宣示三条轴线来进行剪辑，一开始先以资产阶级家庭的内部对话开始，再进至对于工人与"工运"的辩论，重要的是这些不断将社会成员的角色与价值予以分化的对话，已经深刻呈现出生命政治如何嵌入当时尚未脱离意识

图1 电影《东风》的海报

形态的日常生活中。然而，在这个集体创作推进的过程中，显露出意识到生命政治的分析，并没有阻碍政治宣称的号召和实践，"结巴"和"造谎"成为社会冲突底下分别生成的矛盾特质，前者失去大声宣称的信心，而后者则往往成为机会主义者；"如何超克这般的困境？"这个问题就以电影生产的反身性批判来推进对"实践"（praxis）的思考。而这反身性思考又以"政治地"进行生产作为主张，既反对作为再现政治观点的工具，也同时还原影像和声音的场域，以求在生产中开启政治性思考。

我们在戈达尔与戈汉的合作中，可以见到一种回归马克思"唯物历史"科学方法的姿态，推促这般追问姿态的就是批判性激情，一种"praxis"的投注；而另一方面，在他与柯恩-班迪的剧本合作中，则可以见到他们对于当时整个政治的理解，几乎已然跳脱出"六八"的乌托邦框架与意识形态，换言之，已然意识到资本逻辑势必瓦解意识形态斗争，衍生出新的治理形式。[3] 例如从影片前段3分半钟（00:08':03"—00:11':34"）对革命电影的论证，当片中道出革命电影在艾森斯坦手上遭到挫败时，随后得出"马克思主义的胜利在

图2 电影《东风》的剧照

于迫使敌人都装扮成马克思信徒",便可以见到当再现方法与表现形式深化到创作行为中时,意味着旧式意识形态对于创新的宰制,也因此,我们可以假设"创作"或"感知学"(aisthesis)对于革命的贯彻具有无可取代的必要性。这样的辩证同时在影片第四章《大会》中确实依据政治现实进行针对修正主义与极权主义的批判,但最后我们发现戈达尔所提出的结论是"这不是一个正确的影像,而只是一个影像"(00:35'35"),于是,在这段将近10分钟的辩证与争辩中,重点并非透过观念进行政治路线的确认,而是提出一个葛兰西对于市民社会的论断——所谓"资本家与斯大林是同一逻辑"——于是"影像"是一处我们必须进行斗争和占领的"未知"场域,这个场域就如同"疏离剧场"(陌生化戏剧)一般得以提供我们在动态中审视关系与事件,并随时地进行"介入"和"参与":革命电影意味着产生积极联结的影音生产。

通过影片的第一部分,维托夫小组试图让这些无政府主义式的参与者以三种行为进行表现,一是以"gestus"(姿态)让每位演员界定出不同社会角色的样貌,主要的构成有军官、小资产阶级少女与男孩、印第安人、资产阶级夫人、中产阶级的伪马克思主义者等等,二是还原为影片制作的参与者和群组讨论的成员,而第三种就是一种"演出/行动"双重行为,简言之,演员在演出的同时必须以声音和影系的关系为考虑基础,决定出得以触动影像

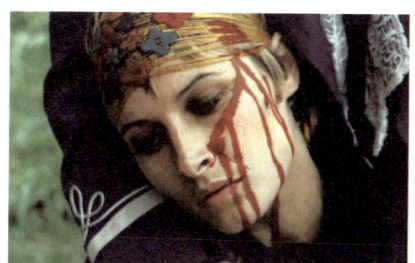
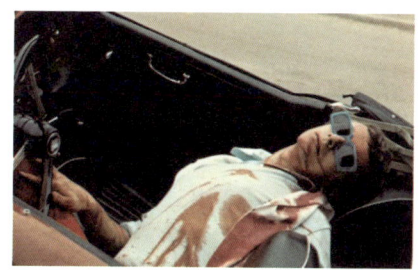

图3 电影《周末》的剧照

和声音的行动。于是，影片的第二部分，相对更深入地聚焦在对影像声音的"政治—感知论"辩证中，不断以劳动经验和运动经验重新讨论电影方法，也通过这样的路径，贯穿了群众联系、理论、教育一直到自我管理等"生命政治"的范畴，超越意识形态斗争地逐次指向"关系"和意识形态化的"习癖"两个大方向。画外音大量引用现代生活与运动所面对的实况，特别是各种细微的现实问题，而影像则让城市生活与工厂景观的影像作为和"通心粉西部片"相对比的"现实"，借此让类型电影的"形象"和现实的不堪"现象"组成一种指向"内在经验"的激进性。

"内在经验"对于巴塔耶而言是新的哲学，包含有方法论或认识论上的意义，同时也是一种企图突穿思想框架的尼采式构想；戈达尔于20世纪60年代末离开电影圈之前拍摄的《周末》，就出现大量对于巴塔耶的引用。这或许也让我们有机会重新面对戈达尔借由巴塔耶关于欲望的过剩经济学、对于过激经验的人类学式观察以及观看的政治感知论分析,试图建构出"基进性"方法与"革命"生产,并以这方法早在《东风》中触及"后冷战"的重要课题:生命政治。明显地,这部影片对我自身的研究而言几乎是不可或缺的参照,但同时间,我与它却像在偶然的路途上相会,而非"命定"的寻获,而存在这混沌时间中的距离或许就是影像与知识逃脱框架的隐匿之处。

注　释

[1]　让-吕克·戈达尔(Jean-Luc Godard),法国导演、编剧、制作人。1960年执导个人第一部电影《精疲力尽》,从而开启了他的导演生涯,而他也凭借该片获得第10届柏林国际电影节最佳导演奖。戈达尔的代表作品有《精疲力尽》《芳名卡门》《随心所欲》《狂人皮埃罗》《阿尔伐城》等,曾荣获威尼斯电影节金狮奖、终身成就奖,奥斯卡金像奖终身成就奖,欧洲电影奖终身成就奖等多项大奖。

[2]　戈达尔与当时法国学生运动领导人让-皮埃尔·戈汉组织了"维托夫小组",这一时期的戈达尔采用将政治理念与电影创作相结合的激进试验和探索的方式进行他的影视创作。他信奉苏联早期"电影眼睛派"创始人吉加·维托夫的理论,要用影片作为无产阶级革命的武器。从1968年的第一部16毫米影片《一部平淡无奇的影片》开始,到1974年最后一部《此处与彼处》为止。维托夫小组存在的六年间拍摄了十余部电影,这也成为戈达尔创作实践中最重要的一个时期。

[3]　"一定有重大关键……关键存在于经济体制之中,存在于所有资本主义国家发展特点中,并且不停酝酿这种背叛。"(00:19'00"—00:19'22")

真理、谎言与扯淡
鲁迅《野草·聪明人和傻子和奴才》

| 黄子平

黄子平

广东梅州市梅县区人,北京大学文学学士、文学硕士。曾任海南岛国有农场农工,后任北京大学出版社编辑、中文系讲师。1985年与陈平原、钱理群一起提出"20世纪中国文学"的概念,被誉为中国当代文学研究领域的"第一小提琴手"。现为香港浸会大学中文系荣誉教授、博士生导师,中国人民大学讲座教授,主要研究领域为中国现当代文学。著有《沉思的老树的精灵》《"灰阑"中的叙述》《边缘阅读》《害怕写作》,诗集《如火如风》等。

鲁迅的散文诗集《野草》里有连续七篇以"我梦见……"开头的篇章，其中六篇幽深峻峭，阴森郁结，噩梦连连。唯有《立论》这篇，笔锋一转，风清月朗，转出一幅"孺子受教图"：

我梦见自己正在小学校的讲堂上预备作文，向老师请教立论的方法。

"难！"老师从眼镜圈外斜射出眼光来，看着我，说。"我告诉你一件事——

"一家人家生了一个男孩，合家高兴透顶了。满月的时候，抱出来给客人看，——大概自然是想得一点好兆头。

"一个说：'这孩子将来要发财的。'他于是得到一番感谢。

"一个说：'这孩子将来要做官的。'他于是收回几句恭维。

"一个说：'这孩子将来是要死的。'他于是得到一顿大家合力的痛打。

"说要死的必然，说富贵的许谎。但说谎的得好报，说必然的遭打。你……"

"我愿意既不谎人，也不遭打。那么，老师，我得怎么说呢？"

"那么，你得说：'啊呀！这孩子呵！您瞧！多么……。阿唷！哈哈！Hehe！he，hehehehe！'"

老师提供的言语三元组，其一是真理，其二是谎言，第三项恍兮惚兮，极难命名。鲁迅有时撷取论敌攻讦自己所谓"世故老人"的前半,称之为"世故",但又说被人看出了"世故",就已经不够"世故",可见是极难企及的境界。他有时就用"含含糊糊"或"模模糊糊"等词形容之,并说这"含含糊糊"或"模模糊糊",在中国既是"作文的秘诀",也是"做人的秘诀",究其实还是"瞒和骗"的别名。为了下文讨论方便,吾辈大可不避粗俗,一径称之为"扯淡"就是。

"这孩子将来是要死的"诚然是真理,却是"荒谬的真理",或曰以荒谬为其内核的真理。你想,千辛万苦,好好地刚把小孩子生下来,造化就判了他死刑,连一次上诉的机会都没有,世界上还有比这更荒唐的事吗?死的必然,在东方,这是因为脱离了老子所谓"玄牝之门""天地根"的结果,于是"天地不仁,以万物为刍狗"。在古希伯来,则是由于始祖亚当的"失乐园",西哲所谓"原始谬误"带来的历史创伤,乃人类的根本大痛。创巨痛深,有如永恒的诅咒,天大的秘密,大家心照不宣又讳莫如深,岂是随时说得,随处说得?那傻子跑去宣讲真理,却暴露了其中隐含的荒谬内核,被众人合力痛殴,自是活该。

至于"恭喜发财",属于社会语言学家所谓"沟通的言语"。"沟通的言语"原是一种"空洞言语",其内容是无须深究的。对这孩子的美好愿景最终能否实现,本就谁也说不准,谁也不会把你当作铁口金牙的算命"活神仙",兑现与否,秋后找你算账。谁都明白,你这几句"许谎",只是为了表明对某一社群之核心价值的认同,表明:"我是你们这一伙的。"沟通成功,于是你心安理得,施施然大啖其水煮红鸡蛋,也是应分的事。说到底,许谎者其实是谨守社群规矩的老实人,知书识礼,切切效忠于那支撑着社会共同体的集体幻见。

唯有这"扯淡"最是扯淡,由许多象声词与感叹号组成,东拉西扯一大篇,却又等于什么都没说。扯淡不是撒谎,因为"说谎"是刻意捏造与真实对立的虚假观点,它是一种非常尖锐的行为,说谎者仍然必须关心"真假"之辨,为了创造出有效的谎言,他必须在真理的指引下,精心设计出一套假相。说谎者真心期待听众相信他自己心知为假的事实,在他心中"真假"的分野比说真话者还要严格。"万一不小心说出真话怎么办?"而"扯淡"的"真实性"或"虚假性"并不重要,重要的是其"工具性",说话者借由人人都知道的废话,帮他"做事",为他达成某些特定的目的。扯淡的经典好例,是记者追问伊拉克的"大规模杀伤性武器"到底在哪里,美国前国防部部长唐纳德·拉姆斯菲尔德(Donald Rumsfeld)的一大段"认识论"矩阵:"我们都知道,有些东西是已知知道的,所以我们知道有些东西,是我们知道的。我们也知道,有些东西是已知不知道的,也即是说,我们知道有些东西,是我们不知道的。但与此同时,世上也有些东西还不知道不知道的,也即是我们不知道这些东西,是原来不知道的。"(原文:"As we know, there are known knowns. There are things we know we know. We also know there are known unknowns. That is to say there are some things we do not know. But there also unknown unknowns, the ones we don't know we don't know." 这段话不太好译,非得用鲁迅的"直译法"或"硬译法",方能略略传达美利坚超级扯淡的神韵。)有趣的是,他历数"已知其已知、已知其不知、不知其不知",偏偏漏了"不知其已知",即弗洛伊德的"无意识"或"潜意识"是也。

与"撒谎""扯淡"相近又大有区别的,是美国俚语"bullshit"(胡说;狗屁)。普林斯顿大学教授哈里·法兰克福(Harry Frankfurt)的一本小册子 *On Bullshit*(南方朔一径译之为《放屁》),原书只有薄薄80页,出版后,不但蝉联《纽约时报》非小说类畅销书榜首,也被亚马逊网站评为年度十大好书。这本书貌似惊世骇俗、粗鄙轻浮,其实却是一本重量级的小书,他从思想史、语言逻辑及哲学的角度，严肃分析："何谓放屁？""放屁的严格定义为何？""放屁就是说谎吗？""放屁与扯淡（humbug）又有何不同？""屁话从何而来？""我们的社会为何沉浸在屁话之中？"

哈里·法兰克福认为"在广告、公关以及（等于是广告或公关的）政治领域"里，最常找到"放屁"的纯粹例证。他认为"放屁"与"扯淡"较接近，却与"说谎"有非常大的不同，"放屁"者根本不关心真假，或者说，他本意并不在于"传播虚假"，而在于"以假乱真"，他的焦点是全景而非聚焦的，他的言语并不基于相信某些事物为真，也不基于相信某些事物为假，而是刻意东拉西扯，"放屁"者的陈述缺乏一种在乎事实的关切，只是为了某些目的企图蒙混过关，本质上接近"糊弄"（bluff）。"放屁"者有时说的全是事实，但也仍然在"放屁"。

无独有偶，*On Bullshit* 书中也引述了一段长辈教导小孩子的故事。典出小说《下流故事》，里头的人物亚瑟·辛普森回忆起他父亲的教诲："爹被杀的时候我只有七岁，但我至今结结实实记得他说过的一些事情……他教给我最最要紧的一条是：放屁混得过去的时候千万别撒谎。"这教诲不但严判"放屁"与"撒谎"的不同，而且强调了两者的优先次序。老辛普森并非在道德尺度或是非黑白上认定放屁优于撒谎，也未必觉得撒谎的有效性一定不如放屁，某些聪明的谎言还真能糊弄人。也许他是在"蒙混过关"的层面上考虑两者的优先次序，虽然被逮住的危险几乎相同，"放屁"者混过去的频率显然优于撒谎者。众人似乎较能容忍前者，较少把前者的胡扯看成对个人的冒犯。人们乐于揭穿谎言，却宁可离"放屁"者远点。当重点是"混得过去"的时候，老辛普森的家传智慧强调了"放屁"的策略性，也就是说，这是"情境"的要求。"放屁"者摆荡于真假之间，比撒谎者更自由，更有创意，更能乐在其中而扬扬自得，以至于世间竟有"放屁老手"（bullshit artist）的雅号。

回到鲁迅，你会记得他的第一篇文言文小说《怀旧》，说的也是蒙学私塾上发生的事。秃先生教耀宗如何应付"长毛"，箪食壶浆饭之"亦可也"，却不必亲自出面，"顺民"的条子不必急于张贴，要看时机，等等。叙述者小学生对秃先生的一番屁话大为佩服，说："人谓遍搜芜市，当以我秃先生为第一智者，语良不诬。先生能处任何时世，而使己身无几微之，故虽自盘古开辟天地后，代有战争杀伐治乱兴衰，而仰圣先生一家，独不殉难而亡，亦未从贼而死，绵绵至今，犹巍然拥皋比为予顽弟子讲七十而从心所欲不逾矩。若由今日天演家言之，或曰由宗祖之遗传；顾自我言之，则非从读书得来，必不有是。"来自传统文化的智慧，源远而且流长。如果说真理的是傻子，许谎的是规矩人，"放屁"者则是无赖，小学生课堂上先生"从眼镜圈外斜射出"的"眼光"是卑贱而淫猥的眼光。

《怀旧》的结尾，小学生在梦中惨叫"啊！先生！我下次用功矣。……"与佣人李媪的"长毛砍头"梦相对应。——我终于明白为何《立论》会跟那六篇噩梦摆在一起。

他站在那儿,目光投向我们

贾 淳

贾 淳

1980年出生于北京，2002至2004年就读于法国凡尔赛美术学院造型艺术系，2004至2010年就读于巴黎美院。2005年获留法学生艺术展二等奖，2007年获得欧盟Erasmus（伊拉斯谟）奖学金国际交换计划，就学于瑞士日内瓦高等美术学院电影系。

他的创作涉及摄影、装置和影像，作品不是直接传达思想和概念，而是向观众提出问题或者让观众感动。他从来不刻意寻找艺术创作主题，他认为这是一个自然而然地伴随着他的生活经历、对世界的认知来到面前的过程。这些经历、知识、情感在心中和体内，按部就班地沉淀、孕育，直到它需要发泄、表达的那一刻，脱离他自己。

关于道格拉斯·戈登（Douglas Gordon）[1]与菲利普·帕雷诺（Philippe Parreno）[2]的这部作品[3]我先列出一些基本信息：2005年制作，片长92分钟，17部摄像机，皇家马德里队在主场对战比利亚雷亚尔队，一位球员——阿尔及利亚裔法国球星齐达内。我在网上看完这部影片，作为中国观众中的一位，我并不知道是不是看懂了它。作为教影像艺术的老师，我会设想怎么给学生们展开分析，讲我为什么看不懂。

首先，我大致将这部作品归类为电影。纪录片或剧情片，我还不确定。专业、非专业的观众会从技术层面作为理解作品的入口。通过网上搜索我得到了更多相关数据：这部影片是由电影行业的技术团队支撑的。声响设计是由曾为《查理和巧克力工厂》《金刚》等好莱坞商业片制作音效的团队担任。在足球场边的现场摄影指导和调度工作则是由法国资深摄影师达吕斯·康第（Darius Khondji）完成。电影音乐部分由继2011年后，2018年3月再次来中国做巡回表演的英国后摇滚（Post Rock）乐队Mogwai（魔怪乐团）完成。[4]影片混合了高清数码摄像机及16毫米、35毫米的胶片摄像机，360度捕捉一切与齐达内有关的影像。新技术下的这部影片为观众指明更为客观、真实的主体视角，带来一场沉浸式的、参与式的体验。

在这次体验中，观众不再是场外座席上的看客，而是配合着齐达内在场上奔跑的同伴。那些特写镜头将我们的眼睛放置在与齐达内近在咫尺之处。映射于我们眼底的是局部的身体、局部的动作。一些精心编排的、快速闪烁的主观镜头让观众化身为齐达内,观察他此刻的表情,感受他此刻的情绪。现场的噪声也是在同样的逻辑下被纳入影片的结构当中。一些拾音范围极窄的麦克风录制着脚与球碰撞的爆破音,织物与身体摩擦的声音,细微到好像只能是与齐达内并肩的队友或他本人才能听到、感觉到。我们通过环绕球场的17台摄像机、指向性强的麦克风与他相遇,有时被激烈的身体碰撞所打断,更多的时间是在平滑的诗意当中与之共处。

并不是在直观层面展开的,仿佛是在一种透明的浅层出现,即影片中时隐时现的后摇滚音乐。第一次的观影经验告诉我,在几乎没有对白的纪实镜头下,这些音乐承担了某些叙事功能。当我再听,我觉得并不尽然。这些渐入渐出的音乐,并没有呈现超出视觉内容的情节。它给出的大概是一个空间,通过声波在空间中的回荡,向听众暗示着情绪。这是一种没有跌宕起伏的情绪和心理状态。音乐的样貌与图像的表达如出一辙,指向的还是齐达内个人肖像。仿佛是普通的一天中一场需要尽职的冗长球赛,与我们对球赛转播的电视画面印象相差甚远。它反常地将竞技运动中技术的较量、激烈争夺中的身体状态,转化为一个人漫无止境的奔跑、等待。在此处停下想想,赛事转播的图像结构及语言作为自由的、个体的艺术表达的对立面,而两位艺术家在这个相对的结构中展开创作。这样的创作思路我相信观众也并不陌生。不过,球赛是球员们通力合作的产物,是集体性事件。齐达内在两个集体对抗的竞技场上应该有他准确的位置,他的位置也需要其他队员作为参照。

在中国的媒体中,我看到有的报道将两位当代艺术家称为导演。将他们讲成英国导演、法国导演,把这部片子归为纪录片。这样的报道与这部影片2007年7月在"北京国际体育电影周"进行放映有关。这次电影周是"北京2008"奥林匹克文化节的重要组成部分,而这次可能是这部影片第一次在中国院线放映。2008年8月北京草场地doART（都亚特画廊）展览了道格拉斯·戈登、菲利普·帕雷诺的这件作品。请注意，是展览而不是放映。2011年5月作为"中法文化之春"的重要艺术项目，题为"时空之间——艺术家作为叙事者"的巴黎市立现代美术馆十年影像典藏展展览了这件作品。这些信息告诉我这件作品不仅在电影语境中出现，也在当代美术馆、画廊作为艺术创作，以影像艺术的呈现方式展出。

我设想两位艺术家充分地考虑到在当代美术馆中观看这件作品（为美术馆的空间制作这件作品，而不仅仅是其中一种作品的展示方案）。艺术家在美术馆的白盒子里，通过投射于墙面的影像从而制造了一个观影空间，这空间也是作品的一部分。通过魔怪乐队的"环境音"将球场与美术馆这两个空间连接在一起。观众并没有被强制要求待在固定的座位上，他可以在宽敞的观影空间中独自游荡，接近连屏中的某一个（作品在多面墙上以连屏的形式出现），或游走于影像之间（散落的投影墙所形成的室内建筑空间）。他可以自由地选择观看的时间。

在起初的判断中，我把这部作品放在了电影的范畴内，对它逐渐展开分析之后，我并不那么确定。看似纪录片客观、真实的语汇与剧情片的虚构表演作为对其衡量的一套标准也并不适用。我感觉它在游离的状态中，游离于不确定的两者之间，游离在一些相互对立的二元范畴之内：大众媒体—个体艺术表达，纪录片—剧情片，电影—影像艺术，球迷、足球观众—艺术爱好者。如果我把电影与影像艺术这一对单拿出来观察，并将两项改为叙事与描写状态，即电影在叙事、影像艺术惯常的方式是描写状态，可能会得到更为清晰的分析。

有关描写状态的影像创作，你会耳熟地听到类似的描述：我在生活中偶遇了一个场景，觉得很受触动，很有意思。于是我马上用随身携带的摄像机将它记录下来，我不太清楚这是为什么，这是表达什么。我只想通过我的创作、我的镜头把这个灵光一现的瞬间，把那个状态下的心情抓住、把握住。或更为经常的情况是我没有带摄像机，智能手机的功能又不足以将它如实地拍摄下来。它成了萦绕于心、挥之不去的东西，我在心里渐渐地酝酿它。直到某一天，因为一些既突然又现实的原因我决定尝试将那天偶遇的情景、光线、心情复制出来，再将其纳入镜头。我希望尽量准确、贴切地将其表达出来。在这里，时间不是第一要义，甚至不太重要，有时它可以被忽视。时间是凝固的。它可以在抽象的时间内存在，因为我们在意的是此刻的状态。我们经常能看到一件影像作品只有几分钟，或者在不断地循环播放。还有的作品的时间长度由一些客观条件给出，比如一场球赛的时长。再极端的例子是，降慢时间的速度，慢动作，将时间放慢、放大。

我想，这两位艺术家并不是借用经典的叙事完成了一件跨界的电影作品，而是他们的创作没有离开过影像艺术的思路。剧情片与纪录片中有关真实性的二元对立的讨论不再重要，写状态的影像作品根本就没有在客观性、真实性这个层面做文章。有关齐达内的这件作品完成了一次去语境—再语境的过程：不在球赛——竞技运动的结构框架内记录、诉说足球场上的事件。从大众媒体的海量信息中将齐达内疏解出来，还原为在观众的见证下工作的人。用高质量的技术、艺术的语言精心建构艺术家直观的个人视角。制作局部身体的放大镜头，再将这些破碎的局部进行拼贴。在这些努力之后，将其像绘画一样悬挂，像雕塑一样安置于美术馆的白盒子里，并告诉观众相信自己的眼睛，多么鲜活的21世纪肖像！

不介入，只是观察的这两位艺术家就站在我身边，默不作声地看着我。

注　释

［1］　道格拉斯·戈登（1966年出生于苏格兰）这位荣获特纳奖的艺术家现于法兰克福州立造型艺术学院教授电影。作为创作者他通过录像艺术与电影、装置艺术、雕塑、摄影、写作等途径，对人的感知、记忆、时间意识展开调查。与这条创作线索并存，他关注着那些普遍的二元性，生与死、善与恶、对与错。他非常开放地与电影界、音乐界中的创作者合作，并代表英国参加了1997年第47届威尼斯双年展。

［2］　菲利普·帕雷诺（1964年出生于阿尔及利亚）是一位生活、工作于巴黎的艺术家。他的艺术创作跨越录像艺术、声音艺术、雕塑、行为艺术、数码艺术，他在创作中广泛地展开与音乐家、科学家、建筑师及作家的合作。他通过艺术创作持续探索如何引导观众拓宽对现实、记忆、时间的理解，从本质上对它们进行再评估。他通过一系列事件的铺陈建立起一种连贯的身体体验为展览样态，由此达到对单件作品为集合的经典艺术展览结构的颠覆。以2013年他在巴黎东京宫美术馆的重要个展为例，他策略性地将整个美术馆的建筑空间塑造成一个时刻都在进化的生物。

［3］　《齐达内，21世纪的肖像》（*Zidane, A 21st Century Portrait*），片长92分钟，2006年由环球电影公司发行。执导这部影片的是两位艺术家道格拉斯·戈登和菲利普·帕雷诺。在2005年4月23日皇家马德里队对战比利亚雷亚尔队的现场，环绕马德里圣地亚哥·伯纳乌球场，他们将17台混合了高清数码摄像机及16毫米、35毫米的胶片摄像机对准了场上的一位球员，阿尔及利亚裔法国球星齐达内，即便在这场真实发生的球赛中作为核心的足球移向了别处，17台摄像机依然聚焦于他一个人身上。与这样的纪实视角同理，影片并没有以这场球赛的开始、结束来结构影片的时间线，而是以齐达内的在场与退场为始终。这样特立独行的视角在影像史里并不是首次出现，一部德国导演赫尔穆

特·科斯塔尔（Hellmuth Costard）创作于1970年的影片 *Football as Nerver Before*（《前所未有的足球》），于2005年（影片"主角"乔治·贝斯特［George Best］于2005年逝世）重新回到了观众的视野。影片以一台16毫米的胶片摄像机在曼彻斯特队与考文垂队的较量中跟随北爱尔兰足球偶像乔治·贝斯特进行了拍摄。

［4］ 有关音乐在影片中的角色的论述，请参见《尖儿专栏》之《Mogwai大将风范齐达内的绝配》，载新浪娱乐新闻，2006年11月23日。

"莫须有先生教国语"

— 姜 涛

姜 涛

1970年出生于天津，1989年入清华大学攻读生物医学工程专业，在大学期间参加校内文学社的活动，写诗、读人文方面的书籍，以致荒废了本来的专业。毕业时，偶然决定"弃工从文"，误打误撞，读了本校中文系的研究生。1999年入北京大学中文系攻读中国现代文学专业博士学位。2002年毕业后留校任教至今。曾任日本大学文理学部、台湾"清华大学"中文系客座副教授。早年写诗较多，在北大任教后，更多从事当代诗歌批评及文学史研究，出版诗集《鸟经》《好消息》《我们共同的美好生活》《洞中一日》，学术及批评专著《公寓里的塔》《巴枯宁的手》《"新诗集"与中国新诗的发生》等。

一 简　介

废名（1901—1967），是20世纪中国最为独特的作家之一，本名冯文炳，出生于湖北黄梅县，毕业于北京大学英文系，代表作《桥》《莫须有先生传》《莫须有先生坐飞机以后》等，都是现代小说中的精品。其中，《莫须有先生坐飞机以后》（简称《坐飞机以后》）连载于1947至1948年间的《文学杂志》上，废名自称这是一部"避难记"，记录了抗战时期他在老家黄梅的生活点滴、精神体悟。在文体及命意方面，《坐飞机以后》相较于此前的作品，也有很大的变化。按照作者自己的讲法，如果说20世纪30年代的《莫须有先生传》作为一部小说，里面的事实都是假的，等于莫须有先生做了一场梦，那么《坐飞机以后》写的完全是事实，其中"五伦俱全"，可以说是历史，简直还是一部哲学。

我最初读这部小说，觉得废名还是延续过去"文生情、情生文"的笔法，如他的恩师周作人所称，文字风格好像一道流水，凡有什么汊港弯曲，总得灌注萦回一番，实在自由漫漶得有趣。只不过，《坐飞机以后》更接地气，可读性更强一些。后来因要在课上讲授，不得不多次温习，跟着莫须有先生一次次深入乡间、听他谈今论古，阐发"民族精神"，才逐渐明白了所谓"五伦俱全"的含义。每次翻阅，似乎都有新的收获，私下里，竟也循了作者的暗示，不把它当小说来读，而看作是一部可以不时参阅的修身之书、励志之书。

这里节选的一段，出自小说第八章《上回的事情没有讲完》（王风编：《废名集》第二卷，北京大学出版社，2009年）。这一章与前面第七章，写的都是莫须有先生在金家寨小学做教师的经历和感受。因这一段还是在讨论"教国语"，所以干脆不用原题，而将第七章标题"莫须有先生教国语"直接挪用过来。

二 《莫须有先生教国语》（节选）
（废　名）

莫须有先生教国语，第一要学生知道写什么，第二要怎么写，说起来是两件事，其实是一件，只要你知道写什么，你自然知道怎么写，正如光之与热。所以最要紧的还是写什么的问题。这个问题简直关乎国家民族的存亡。莫须有先生常常这样发感慨。他说这个问题重要。他说他绝不是因为当了国语教员便这样说，他是有真知灼见，他不是感得他话里的意义确实他不说话了。在民国三十五年，莫须有先生尚未坐飞机出来[1]，在黄梅县看报，有一天看得冯玉祥将军出国的消息，冯将军出国考察水利，新闻记者去访问他，问他对于中国前途的希望，冯将军说要水利有希望中国才有希望。莫须有先生当时大笑，这个答话真是幽默得可以了，莫须有先生看了三十年的报纸没有像今天开口笑过。中国人为什么都这样把国事看得若秦越之不相关呢？这样肯说官话呢？可见莫须有先生说的话都是向国人垂泣而道之，不是因为自己当了国语教员便说国语重要。他说中国人没有语言，中国人的语言是一套官说（话）。口号与标语是官话的另一形式。他在抗战期间把黄梅县的公私文章拜读遍了，有时接到县政府的公文，有时街头无事看看县政府的告示，有时亲戚家族告状拿状子来请莫须有先生修正修正，有时接到人家的讣文，有时接到喜帖，他说他只好学伯夷叔齐饿死，不配做中国的国民！关于这些事情他简直干不了。首先还不是他不肯干,而是他不能干。私的方面他不会应酬,公的方面他不会起草。既然是读书人,你不会这些事,那你还做什么呢?² 教书也不要你! 真的,莫须有先生起先是在小学教国语,不久便改了,在中学里教英语,教算学,是他知难而退,否则就要受社会的压迫了。其实在小学教国语压迫便已来到头上了。另外有几个学生始终跟他私读书,算是行古道,便是上章所说的关于句子喜欢"有朋自远方来"之徒了。县政府的公文第一句是"抗战期间"那是当然的,但件件公文都是这一句,便显得世间的事情都没有理由,简直是不许有理由! 这也便是对于国事漠不相关。有一回莫须有先生在乡下走路,看见一家小铺子门上贴了两行字:

　　石灰出卖
　　日本必败

乍时莫须有先生不知其意义,连忙懂得了,这家小铺子是卖石灰的,意思是要你买他的石灰。这种人是没有国家观念的,他是开玩笑的态度,他的目的只是卖他的石灰罢了。卖石灰本不失为他的本分,但何必出乎本分之外呢?出乎本分之外便把国家与自己的职业分开了,自己同自己开玩笑了。有一回看见一个小学生的草帽上写着"抗日"两个大字,不觉微微一笑,但后来遇见的小学生,草帽上都是"抗日",莫须有先生便发恼了,原来小孩子都在做八股。他们根本上不是国家的小学生,他们住小学是为得避免兵役。因为避免兵役,故各处小学生如雨后春笋了。这意思是说,以前小学不发达,小孩子不住学校。曾有讽刺者曰,黄梅办大学,他们便住大学。他们的年龄本来都不小。他们不知道学校的性质,他们的父母只是要送儿子"住学校","住学校"便可以避兵役了。³ 有小学便住小学。有中学便住中学。故讽刺者曰有大学便住大学了。所以从父母以至小孩都不知有国,然而他们的草帽上都写着"抗日"两个大字了。还有替小孩子起名字叫作"抗日"的,这位做父亲的是黄梅县唯一的前清进士,年近古稀,生了一个儿子更是稀奇,命名"抗日",一时传为美谈,儿子的名字同老子的功名说起来一样的响亮了。因之有儿子命名"必胜"的,一时又传为美谈,仿佛胜利是属于他的了,等于中了状元,比进士还要高一些。莫须有先生看着大家做的事都不对,而名字都要起得对,心里便很难过,他觉得他在乡下孤独了,他是有理说不清了。名字当然要对,但最要紧的是要事做得对,做得对才有得数,正如小学生做算术题,一步一步的做对了,最后才得数,否则你的结果不错了吗?到得结果错了然后才知道错了,错了而不知道错了的理由,以为是偶然而已尔,岂知是孔子说的"罔之生也幸而免"!莫须有先生看得自己的国情不对,因之很动了一个到外国去考察的心理,尤其是想到英国去,他想人家一定是要事做得对,不是要题目对,题目是天生的,便是国家民族,各人切实做些忠于国家民族的事罢了。他很想考察英国小学生的作文,就他所读到的英语读本看来,他觉得那都很好,够得上健全二字,即是不乱说话,话都有意义,事都有理由,事是一件一件的事,不是笼统的事。思想健全正同身体健全一样,以健全的身体执干戈以卫社稷,不是很自然的事吗?中国则是昏愦,大家都没有理由,不许有理由。你说这是上头的愚民政策使之然吗?未必然。因为便是愚民也有这个嗜好。有好几次莫须有先生看了老百姓与老百姓之间告状的状子,莫须有先生十分的害怕,这虽然是读书人写的,但目不识丁者都有分,他们告状首先问请谁做状,请谁做状了便问"八个字",这"八个字"不是算命先生问你生下地的"八个字",而是做状先生笔下要打倒你的"八个字",所谓"局语"是也。莫须有先生起初听错了以为是"诛语",后来听了一位高明说是"局语"。其实真是"诛语",唯恐一下诛你不死了。中国人没有法律，只有八股，大家都喜欢这个东西，到乡间去查考告人的状子，你如是爱国者你将不寒而栗。国无事时，自相鱼肉罢了，无奈中国偏总有外患，你如是爱国者能不抱杞忧乎？国亡了还在那里做文章！做了奴隶还正在那里高兴做文章！满清多尔衮读了奴隶们恭维天朝骂明朝的话有"人神共愤"四个字，大不懂，说道："神愤你怎么知道呢？"这是多尔衮不懂得八股。岂知"人神之所共愤，天地之所不容"，向来是好文章。莫须有先生悲愤填胸，他爱国，他教国语，举世皆浊而我独清，举世皆醉而我独醒，中国的小孩子都不知道写什么，中国的语言文字陷溺久矣，教小孩子知道写什么，中国始有希望！[4] 万一在这上面他失败了，举世攻击他了，他可以学伯夷叔齐饿死，也可以学屈大夫投江淹死，只要不拿别的空话做他死的理由，只说他是为反抗中国没有国语而死，他承认这本来是他的匹夫之志也。要小孩子知道写什么，其实很简单，只要你自己是小孩子，你能懂得小孩子的欢喜，你便能引得他写什么了。在这个文学革命时期，这个简单的事当然是最艰难的事，只有莫须有先生胜任愉快，他能如孟子说的"唯大人者不失其赤子之心"，他能知道小孩子。到得革命成功了，真正的儿童文学，国语课本都有了，那又不成问题，并不一定要有莫须有先生这样的人才才能教国语，凡属师范生都可以教国语，正如别个国度里的国语教学一样。莫须有先生在金家寨小学教国语，有一回出了一个"荷花"的作文题，因为他小时喜欢乡下塘里的荷花，荷叶，藕。凡属小孩子都应该喜欢，而且曾经有李笠翁关于这个题目写了一篇很好的散文，可惜被人家认为非"古文"罢了，即是说不是文章的正宗。它为什么不是文章的正宗呢？文章的正宗者，应该是可以做小孩子的模范的文章，莫须有先生认为李笠翁的《杨柳》，《竹》，《芙蕖》，是很难得的几篇模范文。莫须有先生自己的文章还近于诗，诗则有时强人之所不能，若李笠翁的《芙蕖》能说到荷叶的用处，拿到杂货店里去包东西,是训练小孩子作文的好例子,比林黛玉姑娘称赞"留得残荷听雨声"有意思多了。莫须有先生出了荷花这个题目,心里便有一种预期,不知有学生能从荷塘说到杂货店否?结果没有。莫须有先生颇寂寞。有一学生之所作,篇幅甚短,极饶意趣,他说清早起来看见荷塘里荷叶上有一小青蛙,青蛙蹲在荷叶上动也不动一动,"像羲皇时代的老百姓"。莫须有先生很佩服他的写实。[5] 不是写实不能有这样的想象了,这比陶渊明"自谓是羲皇上人"还要来得古雅而新鲜。有的学生说到荷叶间的鱼,但都没有写得好,莫须有先生乃替他们描写一番,而且讲这一首古诗歌给他们听:

　　江南可采莲,
　　莲叶何田田,
　　鱼戏莲叶间,——
　　鱼戏莲叶东,
　　鱼戏莲叶西,
　　鱼戏莲叶南,
　　鱼戏莲叶北。

莫须有先生曰,"这首诗很像你们小孩子写的,我很喜欢。这样的写文章便是写实,最初看见荷叶间有一尾鱼,于是曰'鱼戏莲叶间'。接着这边也有鱼,那边也有鱼,东西南北四方都看见有鱼,于是曰'鱼戏莲叶东,鱼戏莲叶西,鱼戏莲叶南,鱼戏莲叶北。'要是你们能写这一首诗,我一定能赏识,我知道你们是写实,并不因为这是一首古诗便附会其说。你们能写吗?'台下乃答曰能写。莫须有先生很高兴了。莫须有先生谆谆教诲总是要他们写实,只要能够写实,便可上与古人齐。若唐以后的中国文章,一言以蔽之曰，是不能够写实了。有一学生喜欢捉蟋蟀，莫须有先生有一回出了一个"蟋蟀"题，他预期喜欢捉蟋蟀的学生作"蟋蟀"了，结果失望，这个学生不写自己的游戏，他写的是"过中秋"。莫须有先生在黑板上写的题目总是很多很多的，任人自由选择。莫须有先生便看他怎样写过中秋。他写的是："光阴一天一天的过去了，转瞬间又到了中秋节，……"莫须有先生便替他大大的改正，而且在课堂上告诉大家，这样作文是顶要不得的，这样作文便是做题目，不是写实了。写"今天是中秋节"便可以，何须乎说"光阴一天一天的过去了"呢？连忙问该生道：

"你不是喜欢捉蟋蟀吗？"
"喜欢。"
"你怎么不作'蟋蟀'呢？"
"那怎么作呢？"
"你怎么捉蟋蟀呢？"
"那怎么作文章呢？"

莫须有先生知道同这个学生讲话是讲不通的，最好是莫须有先生自己作一篇"蟋蟀"给他看。莫须有先生对于别的题目都感到技痒，自己真个的想写一篇，惟独对于"蟋蟀"无感情，作不出文章来，因为莫须有先生从小时便不喜欢捉蟋蟀，他只喜欢看草，看着别的小朋友在草地上捉蟋蟀，他认为那人同盲人一样在这青青河畔草上不知看些什么了。我们在以前说过，莫须有先生小时的草地是河边绿洲。奇怪，其余的学生也都没有作"蟋蟀"的，大约这个题目难作，不比捉蟋蟀容易多了。直到数年之后，纯住县城小学五年级，有一回作"蟋蟀"，莫须有先生赶忙接过来看，是写实，但写不出，只是有一句莫须有先生颇能欣赏，纯写他自己捉蟋蟀的事情，他说他捉蟋蟀同做贼一样，轻轻走到它的身边。这位国语教师是青年女子，曾经是莫须有先生的学生，她能够这样命题，莫须有先生很是喜悦，而且替纯喜悦了。

……

有一次作文莫须有先生出的题目有"枫树"一题，阅卷时碰着"枫树"的卷子，第一句是，"我家门前有两株树，一株是枫树，还有一株，也是枫树。"莫须有先生甚喜，觉得此人将来可是一个文学家，能够将平凡的事情写得很不平凡，显出作者的个性，莫须有先生简直知道这个人一定是很别扭的。但碰到又一本"枫树"卷子时，又是这样的句子："我的院子里有两株树，一株是枫树，还有一株，也是枫树。"莫须有先生便有点奇怪了，刚才的欢喜都失掉了。接着还有三本四本卷子都是如此起头，莫须有先生知道事情不妙，他们一定是抄袭，于是去翻书，结果在鲁迅的《秋夜》里有这样的句子："我的后院里有两株树，一株是枣树，还有一株，也是枣树。"莫须有先生得了这个发现时，一则以喜，一则以怒。喜者看了鲁迅的文章如闻其语，如见其人，莫须有先生很怀念他，虽然他到后来流弊甚大。⁶ 怒者，怒中国的小学生比贾宝玉还要令人生厌了！夫贾宝玉并不一定讨厌，只是因为他将女人比作水做的，于是个个人崇拜女子，有些肉麻，故贾宝玉令人生厌了。光阴一天一天的过去了，转瞬间又到了发卷子的时候，——话这样说，绝不是模仿，凡属改作文的教师们一定同情，只有改卷子最觉得日子过得快，上一次刚完，下一次又来了。伟大的莫须有先生亦有此同感，然而莫须有先生确是不厌不倦的时候多，他见了学生总是很高兴的，出题高兴，自己总是技痒，碰得一本好卷子高兴，善如己出，碰得一本极坏极坏的卷子虽是十分地感得混饭吃无意义，一个人难于人有益，但慢慢地也惯了，人生在世是如此，反而不急急于要向人传道，还是孔子学不厌诲不倦真是可爱的态度

了,于是碰了一本极坏的卷子亦等于开卷有得,是高兴的。到了发卷子的时候,特别将"枫树"提出来,大发雷霆道:

"你们为什么总是模仿呢?一个人为什么这样不能自立呢?我总是教你们写实,作文能写实,也便是自立。[7]你们模仿鲁迅,你们知道鲁迅作文是写实吗?他家后院里确是有两株枣树,这一说我也记起那个院子了,他的《秋夜》的背景,你们糊糊涂涂的两株树的来源,我清楚地记得了。鲁迅其实是很孤独的,可惜在于爱名誉,也便是要人恭维了,本来也很可同情的,但你们不该模仿他了。他写《秋夜》时是很寂寞的,《秋夜》是一篇散文,他写散文是很随便的,不比写小说十分用心,用心故不免做作的痕迹,随便则能自然流露,他说他的院子里有两株树,再要说这两株树是什么树,一株是枣树,再想那一株也是枣树,如是他便写作文章了。本是心理的过程,而结果成为句子的不平庸,也便是他的人不平庸。[8]然而如果要他与小说,他一定没有这样的不在乎,首先便把那个事情想清楚,即是把两株树记清楚,要来极力描写一番,何致于连树的名字都不记得呢?写起散文来,则行云流水,一切都不在意中,言之有物而已。方法是写实,具体的写自己的事情。你们只可谓之丑妇效颦而已。"

人都是虚荣心用事,学生们听了莫须有先生这番话,心想,你同鲁迅是朋友吗?至于话里的教训,反而不暇理会了。莫须有先生则确乎是思慕鲁迅,虽然他现在已经不是文学家,他是小学生的教师。

三 评 注

1. 抗战胜利后,北京大学复员,废名也得以重回北大任教。1946年秋,他从南京乘飞机返回北平。第一次坐飞机的经验,给了废名不小的震动,他发生了"一个很大的感想,即机器与人类幸福问题"。这部书虽然写的是坐飞机以前的事，但又是"莫须有先生坐飞机以后有心写给中国人读的"一部书，他担心将来读书人一个个都坐了飞机在天上交通，反而"把国情都忘掉了，他既深入民间，不妨留下记录"（《莫须有先生坐飞机以后·开场白》）。

2. 避难黄梅期间，废名逐渐了解乡间生活的方方面面，其中就包括读书人的社会角色，家里有没有"先生"撑腰，对于乡民来说，是大不一样的。作为一个新文学家，莫须有先生在这方面实在不擅长，勉强应对，颇多尴尬。第十章《关于征兵》写道，莫须有先生曾替本族的三个兄弟，给乡长写信，申请兵役的免除，无形中也"自承为户长了"。乡长读罢此信，觉得这位"文学家"不过如此，文笔不够文雅，字也写得不好看，比起本地的前清进士相差太远了。

3. 不合理的兵役制度，是战时中国的一大问题，莫须有先生对此有很切身的体会。上面提到的第十章《关于征兵》之外，第三章《无题》写莫须有先生一家到腊树窠石老爹家中做客。石老爹有伯、仲、季三个儿子，小儿子季已年满18岁，就要适龄，住了学校以后可以免除兵役。石老爹请莫须有先生帮忙，并明确地说季已订婚，媳妇家有话来，季要不住学校就要离婚，所以现在非住学校不可。听了这番话之后，莫须有先生感慨："对于乡间事情，举凡人情风俗，政治经济，甚至于教育，都懂了。"

4. 上面一段，莫须有先生结合对乡间舆情、言论的观察，讨论的是"八股"习气，对中国社会生活及精神气质的败坏。鲁迅、周作人都认为中国是一个"文字的游戏国"，对此有深入的批判，莫须有先生的看法与周氏兄弟大致一致。

5. "写实"是废名在20世纪30至40年代常用的一个概念，内涵相当丰富：一方面，"写实"区别于虚构、模仿，是针对了"八股"习气而言，指向修辞立诚的文章风格；另一方面，"写实"也意味了一种入世的、实践性的人格修养和生活态度。在这个段落中，莫须有先生举了几个作文的实例，如怎么写荷花、青蛙、鱼、蟋蟀，可以看出，"写实"在他这里，并不简单就是客观记录，重点还在如何在真切的观察中，在与人伦日用的关联中，运用特别的想象力，写出生动的意趣和情态。

6. 废名在北大读书期间，曾与鲁迅有所交往，对鲁迅也曾十分推崇。后来逐渐心生间隙，在文章中讽刺鲁迅本来"不相信群众的，结果却好像与群众为一伙"。鲁迅对废名也有过批评，比较著名的，如在《中国新文学大系·小说二集·导言》中，谈及废名，点评其小说特点的同时，也指出"从率直的读者看来，就只见其有意低徊，顾影自怜之态了"。此时在小学教国语的废名，读到鲁迅的《秋夜》，仍颇为激赏，追念起文学"革命时代"的精神立场，由是后面写道"莫须有先生则确乎思慕鲁迅"。

7. "写实"立场，内在勾连了"立人"的启蒙态度，这是本篇的点题之句。

8. "我的后院里有两株树，一株是枣树，还有一株，也是枣树。"鲁迅《秋夜》的这个开头非常有名，写得洒脱随性，不走寻常路，不仅如莫须有先生所言，写出了一种心理过程，同时也让两株枣树高高直立的形象，映入读者眼帘。废名在《谈新诗》中曾提出：新诗不同于旧诗的地方，就在于用散文的文字，写出诗的内容。按照这个标准，《秋夜》的开头既是一种"写实"，也是一种"诗"，平白的散文语言，似乎被截成两段，也"立"了起来，对应于某种独立不羁的精神姿态。换言之，这种写法恰恰体现了新诗乃至新文学的美德。有意味的是，当代诗人张枣在留下的《〈野草〉讲义》中，也将新诗现代性奠基人的称号，给了鲁迅，而他也特别讨论了《秋夜》这一篇。出于当代诗歌的先锋趣味，张枣更关注鲁迅作为一个"书写者"的形象——通过坚忍的书写为万物命名,但也揭示了其中的存在论意涵,即"怎么写"也就是"怎么活"。这与废名"写实"就是"自立"的说法,或可相互参看。

四 小 结

节选的这段文字,讨论的是莫须有先生如何教国语,重点还是在"反八股",提倡"写实"。这个立场不只关系文章作法,更在"修辞立诚",指向以"立人"为核心的中国文化的自觉与自新。在废名的论述中,"八股"不单指套话、官话,也包括模仿西方教育制度形成的"洋八股"。在1949年4月写就的《一个中国人民读了新民主主义论后欢喜的话》中,他概括了"八股"的三个征象:一是玩弄文字,一是做官,一是与大众脱离关系。在这个意义上,蔡元培、胡适等提倡的"为学问而学问"以及现代的学院制度,在废名看来,也不免会沦为一种"八股"式的知识生产,与大众脱离、与中国的现实脱离。因而,他赞成共产党人的"学习"观点,新时代的教育应该是反八股的教育,"是学习,不是抱着书本子;是为人民服务,不是做官"。由此说来,"写实"的、反"八股"的立场,不仅接续"五四"时代的精神传统,也构成了一个知识分子接受新时代、新社会的前提。

在同时期的《我怎样读论语》中,废名还追溯过往,说自己曾立志做一个福楼拜式的艺术家,将生命贡献给小说艺术;而在20世纪30年代中期隐居北京西山期间,一天在山上走路时,油然记起孔子"鸟兽不可与同群也,吾非斯人之徒与而谁与"的话,一时有所开悟,欢喜若狂,感到孔子所说完全是生活的(并非文学的),反省自己的"隐逸"心态。果然,在《莫须有先生坐飞机以后》中,"莫须有先生不是过着孤独的生活",身份从一个新文学家,变身为一个国语教员、一位人夫与人父,乃至家族中的户长,尽心竭力，承担起一个读书人的责任。这部小说的拉杂散漫的写法，也就与此相关：在日常生活的情境中，莫须有先生体悟乡间生活的艰辛与智慧，谈教育、谈兵役，谈论家族伦理、反思现代化的路径，进而提出救国救民之道。这一过程也正是新文学家脱去长衫，在乡村社会的具体脉络中格物致知、自我重构的过程。每每想象莫须有先生行吟于道上，忧国忧民，一副"举世皆浊而我独清，举世皆醉而我独醒"的样子，在学院中略感幽闭，每日对着书本近乎"说梦"的我，也不免见贤思齐，有一份特别的欣喜与向往。

错过：关于空间、时间的叙述，以及搬演

| 娄 烨

| 娄 烨

1965年出生于上海,1989年毕业于北京电影学院导演系,主要作品有《苏州河》《紫蝴蝶》《颐和园》《春风沉醉的夜晚》《花》《浮城谜事》《推拿》等,多次入围戛纳、威尼斯、柏林及金马等影展并获得奖项。

曾经很偶然地，从网络上看到张志友的那些冼村的照片，给我留下很深的印象，2016年我在准备一部叫《风中有朵雨做的云》的电影，那是一个改革开放背景下家庭与个人的故事，我又自然想到那些照片！于是决定再去看看广州，看看冼村。

　　这次冼村之行不太一样，并且更让人震惊，由于经济的发展，周边已经形成的CBD（中央商务区）更加完善，高楼林立，而冼村居然仍以一种废墟地的状态存在于CBD的中心。这是一种很特别的空间状况，所呈现的确实来自一种社会和意识形态的冲突，这样的空间是一种社会和人的创造。而这个地域空间本身则像是一个"空间和时间的标本"，呈现了太多的信息可供我们从各个方面再分析、再论述、再思考。这中间也包括影像，也包括电影。

　　根据通常概念的"电影剧本"（我理解，其实是一种半文学性质的对未来影像的大致技术性描述的文字文本），我们很快决定将冼村作为主场景，当时跟美术指导钟诚讨论的就是这些城市空间结构以及与故事人物的关系，记得那些场景和美术设计会议涉及的都是城市大格局空间与人物小格局空间的关系，以及同一空间的变化，等等，完全不像是在做电影美术工作，更像是在谈城市规划。对我来讲这是一次非常特别的美术设计（或者说视觉设计）工作，涉及大量的城市空间格局分部（因为有大量的航拍、俯瞰），以及同一空间的不同时代的变化。

　　因为影片故事的原因，这部影片是将真实的城市区域空间作为"电影空

图1 张志友,《广州城中村》,摄影作品　　图2 娄烨,《风中有朵雨做的云》,电影截图

间"(也就是所谓的故事空间)来理解和使用的,包括人物造型设计也是放在一个跨时间、空间的范畴内来考量的,由于改革开放背景的特殊性,造型方面涉及大量流行史和地域美学。这是一次从影像到影像的过程,而由于图片影像是在特定时间和特定空间对个体行为、人的行为的截取(如果有人物),那电影的工作就是要恢复那段被截取的人的行为,那就涉及"搬演"了。

所以从某种角度来说,电影实际上就是某种"行为搬演"。

类似这样的搬演,如果它是一种对过去时间、空间以及行为的改造,或者是一种评价,那就涉及一些复杂系统,就是说实际上你无法躲避所谓的"作者性",也就是"视角"。

由此,实际上电影无论是否愿意,都不可阻止地与它的摄影机面前的"搬演的现实"产生了复杂的"关系"。这种复杂关系系统中也包括电影记录,与对同一空间的,在电影记录之前的"记录历史"的互文关系。也就是之前的记录历史影像与电影记录影像的关系。这种关系无论是分享性的、共享性的、批判性的、修正性的,还是欺骗性的,都将构成那个无法切断的"记录史"。

有意思的是,这种电影的,照相术带来的,貌似对真实空间的"物质复

图3　吕楠，《精神病院》，摄影作品　　图4　娄烨，《风中有朵雨做的云》，电影截图

原"（克拉考尔语）的"本性"，由于摄影机的"视野"的技术性的范围限制，以及摄影机操控者（摄影师或者导演）的主观的、主动的或者被动的选择，实际成为一种以"客观""还原""真实"名义操作的时间、空间的一次"主观""掩盖""造假"的"欺骗行为"，摄影机本身（机械的）以及操控者（人的）对时间、空间的记录本身，实际上已经完成对那时那刻的时间、空间的修改，而修改也将构成那时那刻的时间和空间的组成部分。也就是通常说的有摄影机的现实和没有摄影机的现实。由此可见，摄影机以及记录性本身并不具有先天的合法性。它也不可能成为"现实性"或者"真实性"的验证。摄影机充其量仅仅是一个人眼的临时性替代物而已。而随着"摄影机眼"和"摄影机笔"的观念的漏洞百出，以及对人眼真实性的质疑，也使得所谓的"眼见为实"成为一种可笑的说法。如果进入社会性层面，可以肯定的是："眼见不为实。"

世界只是一种搭建的时空，生活在其中的人仅仅是对前人或者其他人的一次行为"搬演"，而摄影机根本不是这个世界性"搬演"的"旁观者"，而是这种"搬演"的参与者，以及"搬演"的组成部分。这完全符合"摄影机在场"的根本悖论。

图5 刘铮,《千禧夜的两个富人》,摄影作品

图6 娄烨,《风中有朵雨做的云》,电影截图

图7　李前进,《中国桑拿》,摄影作品

图8　娄烨,《风中有朵雨做的云》,电影截图

而不同时间对同一空间的记录和搬演，从文本角度足以呈现那个"记录时刻"的政治、社会状况。换句话说，任何影像在记录它的"对象"的同时，也在记录那个"记录时刻"的政治和社会的多重复杂信息。

所以无论记录者愿意与否，任何记录在它呈现为艺术的同时，也不可回避是政治的和社会的，从技术上讲，可以理解为与"作者"无关，或者某种程度上的"文责不负"，因为无论怎样，这些记录包括搬演，都将构成历史。因为，被修改、压制、删除的文本也是文本，被掩盖的历史也是历史。

一棵树生长得超出他自己
我们这一代和金庸的相遇

| 毛　尖

毛 尖

1970年出生于宁波，1988年到上海读大学，2000年从香港回华东师范大学任教，从来没有离开过学校。日常作息就是看书、教书，看电影、写影评，有时候被称为专栏作家，有时候是影评人，有时候也被视为文学研究者，不过本质上，我是一个接受了生活改造的文艺中年。这些年，写了《非常罪，非常美：毛尖电影笔记》《例外》《有一只老虎在浴室》《夜短梦长》《一寸灰》《凛冬将至》等二十余种书，它们表达了我对生活、对文艺的不满和由衷热爱。

2018年10月30日下午，金庸[1]离世。当天晚上，重看郭襄告别杨过和小龙女章节，重看《天龙八部》中，萧峰、段誉、虚竹三人，在天下英雄面前义结金兰、共赴生死章节，看到半夜，返回去再看一遍《神雕侠侣》结尾，一夜无眠。

从来没有成为金庸小说主人公的郭襄很有风骨，甚至可以说，郭襄这个角色拯救了整部《神雕侠侣》，杨过和小龙女的故事，在郭襄面前，几乎降维。《神雕》最后——

郭襄回头过来，见张君宝头上伤口兀自汩汩流血，于是从怀中取出手帕，替他包扎。张君宝好生感激，欲待出言道谢，却见郭襄眼中泪光莹莹，心下大是奇怪，不知她为甚么伤心，道谢的言辞竟此便说不出口。

却听得杨过朗声说道："今番良晤，豪兴不浅，他日江湖相逢，再当杯酒言欢。咱们就此别过。"说着袍袖一拂，携着小龙女之手，与神雕并肩下山。

其时明月在天，清风吹叶，树巅乌鸦啊啊而鸣，郭襄再也忍耐不住，泪珠夺眶而出。

16岁郭襄，风陵渡口遇杨过，从此心里没有过别人。杨过给她三枚金针可以救她危厄，她三枚都用在了杨过身上。第一枚请他摘下面具让她看看真面貌；第二枚求杨过在她16岁生日时候去看她；第三次杨过试图殉情小龙女，她请他不要寻短见。杨过遵守然诺，"力之所及，无不从命"，郭襄生日，他为她打扫乱世战场送出三战功，天下英雄面前，夜空烟花放出"恭祝郭二姑娘多福多寿"，刹那用光她一生欢愉，当代文学史里最浪漫的生日成为最荒凉的起点，从此她天涯漂泊无终点，虽然最后成为一代峨眉宗师，给嫡传弟子取的名字还是"风陵"。

16岁的我们看着16岁的郭襄，没有经历过爱情的少年其实不能完全体会杨过、小龙女携手离开后的秋风秋月秋鸦，不过，在那个年纪读到这样的片段，却莫名其妙让我们理解了一个物理定律，所谓能量守恒，我们无师自通地明白，在故事中提前幸福了的人，最后都会被命运惩罚。襄阳城烟花有多灿烂，郭襄的一生就有多寂寥，但是，多么好的郭襄啊，就算一生没法幸福，还是要祝福神雕侠找到小龙女。这样的姑娘，今天没有了，但是在20世纪80年代，我们相信郭襄，我们不仅相信她，而且相信自己也会这么做。

基本上，金庸一边在我们身上植入浪漫主义，一边开出青少年修养课，而回头想想，我们这一代可以算是50年代以来最精神分裂又最有包容力的一代。《神雕侠侣》中，坏了小龙女清白的人叫尹志平，班上姓尹的男生一整年都抬不起头，下了课，姓杨的男生们就压着姓尹的，一边乱喊"淫贼"，而杨过风流，引得程英、陆无双、公孙绿萼和郭襄寂灭一生，却没人会像今天的很多精明人一样骂他渣男。杨过离开，程英安慰无双，"三妹，你瞧这些白云聚了又散，散了又聚，人生离合，亦复如斯"，这段话，也被用来安慰我们自己。英雄就可以为所欲为，英雄就可以离开我们，告别六七十年代无懈可击的人头马后，金庸的大侠填补进来，用似乎更加人性的方式把我们弄得经脉乱跳。

我们自己的青春期遇到新时代的青春期，那确乎是一个神采飞扬又兵荒马乱的时辰。我们跋扈又颠沛，有时候帝王般出发，一人拿一把扫帚准备跟隔壁弄堂的小帮派火拼，结果被人家的神仙姐姐两句话就拿下，然后商量一起上少林寺寻扫地僧。筹备了一个星期，也就我表弟从外婆那里偷了点全国粮票，不过走不成也不算打击，反正心在江湖人在江湖。我们用各种方式和金庸发生关系，我抄过白皮书版的《射雕英雄传》，我表弟抄过缺页的《笑傲江湖》，而为了配得上内容的豪阔，我们剪了白床单用糨糊和封面贴在一起，深深觉得最高等级的《葵花宝典》也不过如此。

人类历史长河里，没有一个作家像金庸那样，天南地北在我们的肉身上盖下印记，我们这一代的近视，集体可以怪到金庸头上，我们在课桌下看、被窝里看、披星戴月看、呕心沥血看，我们不是用眼睛看，我们用身体填入萧峰、阿朱、令狐冲、任盈盈、郭靖、黄蓉，所以影像史上最难满足的观众就是金庸迷，因为我们曾经把自己的脸庞给他们，我们曾经把恋人的眼神给他们。

终于读书热来了，一夜之间看金庸莫名地显得版本有点低。我们把《鹿鼎记》推入书架深处，买来很多一辈子没有打开过的海德格尔、尼采和弗洛伊德，学习高冷技术，乱动感情的少年时代突然被收纳起来，我们学习不煽情、不失控、不哭不闹、不出走，但事实上，我们只不过好奇尼采疯狂的人生、着迷海德格尔的情人，这是一个狼奔豕突、各种碎片来不及整理的时代，但所有的碎片都在我们的磁盘里。如此走到20世纪90年代。

说不清是矫饰、造作还是过尽千帆，我们遇到小津安二郎的时候，确实在他的不动声色前缴械，《东京物语》后半程，相伴一辈子的老伴去世，笠智众走到户外，一天地的白日太阳，一世界的生生不息。老头站在一块可以俯瞰大海和市区的平地上，用家常的语调说了句，"多么美丽的早晨啊"，然后一个空镜，艳阳，河流，船只，灯笼。我们立马被小津打得肾虚，如此进入中年。

如此，我们进入自以为版本升级了的中年，中产阶级冷淡美学把我们训练得人模狗样。好像相思已经成灰，好像已经铁心石肠。然后，他们说，这一次，金庸，你，真的死了。

你死了。

久未检视的生活排山倒海回到眼前，此起彼伏的金庸迷在网上应声而起，这是80年代的最后一次集结号，我们把你灌溉在我们身上的泪水还给你。千里茫茫若梦，双眸粲粲如星。塞上牛羊空许约，烛畔鬓云有旧盟。他强任他强，清风拂山岗。他横任他横，明月照大江。情不知所起，一往而深。大家在网上接龙金庸，我们拾起少年时代没有被弯曲过的动词，没有被折扣过的形容词，我们拿掉这些年的面具，最后一次，我们暴雨般把自己甩出去，我们向你奔腾而去，每个词都不愿落后，我们曾经慌张退场的抒情能力在这一刻，突围而出挣脱自己的墓志铭。在这一刻，我们重新回到童年身体，世界白云苍狗，但是我们的初歌还能继续弹唱，甚至可以更放肆地弹唱。去你的声色不动，去你的温润如玉，这一刻，我们重新成为80年代之子。

江山笑烟雨遥，让世界嘲讽我们只剩一襟晚照的豪情吧，说到底，不是金庸写得有多好，是我们在最好的年纪撞上他，就算我们像郭襄一样集体出了家，40年后练的也是黑沼灵狐，一招关乎杨过的武功。这是我们这一代和金庸的相遇，因为对方的存在，"一棵树已经生长得超出他自己"。本质上，我们是70年来最后一代民间抒情强人，我们借着少年时代的这口气，穿山越岭，30年后还有眼泪夺眶而出，这个，可能是这个干燥时代的最后的风陵渡。

就此别过。

注　释

[1] 金庸（1924—2018），原名查良镛，出生于浙江省嘉兴市海宁市，1948年移居香港。当代武侠小说作家、新闻学家、企业家、政治评论家、社会活动家，"香港四大才子"之一。

1944年，金庸考入重庆中央政治大学外交系。1946年秋，进入上海《大公报》任国际电讯翻译。1948年，毕业于上海东吴大学法学院，并被调往《大公报》香港分社。1952年，调入《新晚报》编辑副刊，并写出《绝代佳人》《兰花花》等电影剧本。1959年，金庸等人于香港创办《明报》。

1985年起，历任香港特别行政区基本法起草委员会委员、政治体制小组负责人之一，基本法咨询委员会执行委员会委员，以及香港特别行政区筹备委员会委员。1994年，受聘北京大学名誉教授。2000年，获得大紫荆勋章。2007年，出任香港中文大学文学院荣誉教授。2009年9月，被聘为中国作家协会第七届全国委员会名誉副主席；同年荣获2008影响世界华人终身成就奖。2010年，获得剑桥大学博士学位。

2018年10月30日，金庸在香港逝世，享年94岁。沙田香港文化博物馆"金庸馆"于2018年11月12日下午4至6点设置吊唁册，让公众做最后致意。

与鲁迅《颓败线的颤动》的迟迟结缘

| 钱理群

钱理群

北京大学中文系退休教授。一个典型的"书生",一生只做四件事:读书、教书、写书、编书。1939年出生,1956年考入北京大学中文系新闻专业,1981年考入北京大学中文系现代文学研究生班,师从王瑶、严家炎先生,毕业后留校任教。2003年退休,2015年进养老院后还在继续写作。前后40年写了2 000万字,平均每年50万字。在鲁迅研究、周作人研究、现代文学史研究、知识分子精神史研究、民间思想史研究、当代政治思想史研究六个领域写了系列三部曲。此外,还有戏剧、教育、地方史方面的大量专著。就这样写到了80岁,如有可能,还要继续写下去。

先说说我的鲁迅阅读史、研究史。

1947年还在读小学四年级时，我从哥哥的书里读到一个叫"鲁迅"的人写的《腊叶》，似懂非懂中，留下了一团颜色：红的、黄的、绿的斑斓色彩中突然跳出一双乌黑的眼睛在盯着我，本能地感到又美，又奇，还特别怪。这是我的第一个"鲁迅印象"。到20世纪50年代读初中、高中时，才正式看鲁迅作品，看的是《呐喊》《彷徨》。那时候，鲁迅在我的心目中是一位"棒极了"的小说家：独特的艺术构思与语言，让我这个有着极强的创造欲的青少年，读得如痴如醉。1960年大学毕业分到偏远的贵州，面对大饥荒和"文革"的严峻现实，就对鲁迅的杂文产生兴趣，开始了我的鲁迅研究，并逐渐树立起一个民族英雄、"硬骨头"斗士、锐利的思想家的鲁迅形象，敬仰之不及。在这样的心态下，鲁迅的《故事新编》与《野草》（包括《颓败线的颤动》）就进入不了我的视野：根本读不懂，自然也无缘。直到"文革"后期，有了更多的人生经验和生命体验后，才沉下心来细细研读，由此而开始进入鲁迅的内心和他独有的艺术殿堂，并逐渐将之融入自己的生命。到1978年改革开放后读研究生，写自己第一部鲁迅研究著作《心灵的探寻》，试图构建"个人的鲁迅"的独特世界时，就自然以《野草》为中心。就在这样的背景下，我开始接触到《颓败线的颤动》，在书中多有引述，但并未展开：大概还不到结缘的时候。真正读进去，是在2000年我突然被认定为知识分子中的"异端"，遭到全国性的大批判，并因此而大病一场之后。处在生命的低谷中，种种外在的压力还算顶得住，最感困惑和痛苦的，是内心的逼问："我是谁？我和我要质疑并试图'走出'的传统（包括古代传统与革命传统）和体制（包括学院体制）的关系究竟是什么？我将何以、如何存在？"就在这个时刻，我与鲁迅《颓败线的颤动》突然相遇了：所受到的灵魂的"颤动"是难言的。于是有了这样的感悟与解读——

文章前两段，鲁迅以小说家的笔调，写了两个梦中的场景。"在破榻上，在初不相识的披毛的强悍的肉块底下，有瘦弱渺小的身躯，为饥饿、苦痛、惊异、羞辱、欢欣而颤动"：这是一个女人为了自己的儿女免受饥饿而出卖肉体的悲剧。"空中突然另起了一个很大的波涛，和先前的相撞击，回旋而成旋涡，将一切并我尽行淹没，口鼻都不能呼吸。"这里突然出现了"我"，掀起内心的巨大波涛，把自己也融入了故事中。接着的场景是，当年出卖肉体而救活的孩子，长大了，结婚了，有了儿女；他（她）们"都怨恨鄙夷地对着一个垂老的女人"："使我委屈一世的就是你！"你"害苦"、"带累了我"和全家！"最小的一个正玩着一片干芦叶。这时便向空中一挥，仿佛一柄钢刀，大声说道：'杀！'"

这位老女人的命运显然具有象征性。鲁迅从她的身上看到了自己的命运，也是所有的启蒙主义者的命运：为了唤醒年轻一代不惜牺牲了一切，包括自己的身体，得到的却是抱怨与放逐，甚至第三代都是一片"杀"声！这是典型的启蒙主义梦的破灭。

以上都是一个铺垫：文章的真正展开，在"老女人"及融入其中的"我"，对这样的命运做出的反应与选择。而且有三个层次：正是我们所要详细解读的——

她冷静地、骨立的石像似的站起来了。她开开板门，迈步在深夜中走出,遗弃了背后一切的冷骂和毒笑。

——"站起来"的,显然不只是这个老女人,也包括鲁迅自己。这"骨立的石像"就是鲁迅的自画像。"遗弃了背后的一切的冷骂和毒笑":不是儿女遗弃自己,而是自己要主动遗弃一切——这是鲁迅式的拒绝和复仇。

她在深夜中尽走,一直走到无边的荒野;四面都是荒野,头上只有高天,并无一个虫鸟飞过。她赤身露体地,石像似的站立在荒野的中央。于一刹那间照见过往的一切:饥饿,苦痛,惊异,羞辱,欢欣,于是发抖;害苦,委屈,带累,于是痉挛;杀,于是平静。……又于一刹那间将一切并合:眷恋与决绝,爱抚与复仇,养育与歼除,祝福与咒诅……。

——这一段是全文的关键处:不仅"她赤身露体地,石像似的站立在荒野的中央"的文字有极强的雕塑感,令人神往;而其情感的反应更具有震撼力,让我们悚然而思。作为被遗弃的异端,鲁迅当然要和这个社会"决绝",并充满"复仇""歼除"与"咒诅"的欲念;但他又不能割断一切情感联系,仍然摆脱不了"眷恋""爱抚""养育""祝福"之情。在这矛盾的纠缠的感情背后,是他更为矛盾、尴尬的处境:不仅社会遗弃了他,他也拒绝了社会,在这个意义上,他已经"不在"这个社会体系之中;但事实上他又生活"在"这个社会体系之中,无论在社会关系,还是在情感关系上,都与这个社会纠缠在一起:这是一种"在而不在,不在而在"的生存处境与状态。

读到这里,有被雷电击中的感觉:我突然看清、明白了自己。我不否认自己骨子里的异端性、反叛性,我确实试图冲破历史传统和现实体制的束缚;但我更不能否认,自己也在传统与体制之中:不仅像鲁迅一再自警的那样,"我是吃人的人的兄弟!""我未必在无意之中,不吃了我妹子的几片肉"(《狂人日记》),批判传统与体制也是在批判自己;我更是传统与体制所"养育"的,传统与体制的正、负面都已渗透我的生命,我不仅不能不加反思地全面认同,也无法与之彻底决裂。而非白即黑、非对即错、你死我活、一个吃掉一个的二元对立的绝对思维,本身就是必须反思的。我与自己努力想"走出"的传统、体制之间,有着千丝万缕的、不可随便隔绝的复杂关系,只能是藕断丝连:既批判、咒诅,又眷恋、爱抚。这样的不够鲜明的模糊态度,自然很容易被误解、曲解,左右不是;但恰恰是我之为我的特点,它当然可以批评、质疑,但也自有价值,即是我到了晚年最喜欢说的"有缺憾的价值"。

再回到鲁迅文本上来:在生命的困境的背后,还有更深层次的困境——

> 她于是举两手尽量向天,口唇间漏出神与兽的、非人间所有,所以无词的言语。
>
> 当她说出无词的言语时,她那伟大如石像,然而已经荒废的、颓败的身躯的全面都颤动了。这颤动点点如鱼鳞,每一鳞都起伏如沸水在烈火上;空中也即刻一同震颤,仿佛暴风雨中的荒海的波涛。
>
> 她于是抬起眼睛向着天空,并无词的言语也沉默尽绝,惟有颤动,辐射若太阳光,使空中的波涛立刻回旋,如遭飓风,汹涌奔腾于无边的荒野。

——这里提出了"无词的言语":异端知识分子于生存的困境之外,更有言说的困境。他立足于社会之外反叛社会,自然不能也不愿用既成体系中任何语言来表达自己;但他又置身于社会之中,只要一开口,就有可能仍然落入社会既有的经验、逻辑与言语之中：这就无法摆脱无以言说的困惑，陷入了"失语"状态。所谓"神与兽的、非人间的，所以无词的言语"，指的是尚未受到人间经验、逻辑所侵蚀过的言语，只有在没有被异化的"非人间"找到它的存在，它的表现形态就是"无词的言语"即"沉默"。这就是鲁迅在《野草》题词里就指明的，"当我沉默的时候，我觉得充实；我将开口，同时感到空虚"。这样的两难，是所有的知识分子，甚至是人所共有的：人的内心最深层面的思想与情感，恰恰是说不清楚，也难以说出的；言语的表达是有限度的，人的某些生命存在是言语所达不到的。我因此常常说，或许那个"沉默的鲁迅"是更本真的鲁迅，言说出来的多少有些变形。我与鲁迅的相遇，除了熟读他的作品外，还喜欢和书房里的鲁迅画像默默相对，进行无言的交流。

但鲁迅的独特之处，又恰恰在于，他偏偏要挑战这不可言说：他要用语言来照亮那难以言说的存在，这就是研究者所说的鲁迅的"语言冒险试验"。在《颓败线的颤动》里，他先把人"无词的言语"，内在的"沉默"，外化为"荒废的，颓败的身躯"的"颤动"；再化为"点点鱼鳞"，"烈火上"的"沸水"，最后变幻为"空中"的"震颤"，"暴风雨中的荒海的波涛"。再陡然一转，"无词的言语也沉默尽绝"，"惟有颤动"又把这寂静化为神奇的画面：颤动"辐射若太阳光，使空中的波涛立刻回旋，如遭飓风，汹涌奔腾于无边的荒野"。这就把人的内心的无声的沉默，不断转换为鱼鳞、沸水、暴风雨、荒海、太阳光、飓风、荒野，有声有色，充满动感，又无比壮阔：可以看出，鲁迅是完全自觉地借鉴现代美术与现代音乐的资源，创造一种极具画面感与音乐感的语言，来表达一般语言难以进入的人的沉默的，而又无限丰富、无限阔大、无限自由的内心世界。这就把现代汉语的表现力提到了空前的高度。在我看来，这才是只属于鲁迅的语言创造；与《颓败线的颤动》相遇，我才真正进入了鲁迅的精神世界和艺术世界。

从1947年为《腊叶》的色彩所吸引，到2000年被《颓败线的颤动》的画面感、音乐感所震撼：这就构成了我和鲁迅50多年的结缘史。

而且我与鲁迅缘分未尽。面对当今的时代，我突然产生了"重读鲁迅杂文"的冲动：那将是一次新的相遇与发现。

云过影不灭

丘 挺

| 丘 挺

　　1971年1月25日出生于广东，客家人，自幼跟父亲习字画；初中时于广州博物馆见杜甫草堂潘天寿《鹰石图》，深为震撼，立志于以创作水墨画为终生事业；1985年随家迁居深圳，师从周凯先生习山水；19岁曾获加拿大枫叶杯国际水墨画优秀作品奖，90年代初就读于浙江美术学院（现中国美术学院）国画系，师从童中焘、卓鹤君先生；2000年就读于清华大学，师从张仃先生；2003年毕业，是中国第一位中国画实践与理论结合的博士；后任教于中央美术学院。十几年来遍览美国、日本博物馆所藏中国古代书画，于鉴赏、收藏、研究中寻找传统的积极因子，在创作上与古为新，注重水墨的品位格调、品评以及形式语言的拓展。作品被波士顿美术博物馆、故宫博物院等机构收藏，出版有《宋代山水画造境研究》《山水之眼》《丘园养素》等著作及画册。

上大学之前我很喜欢吴昌硕雄肆磅礴、茂朴苍茫的篆书，还临摹过。1992年在中国美术学院读书，国画系的花鸟教学很注重以书入画，以及对浙派、海派的融会。当年是马其宽先生给我们上花鸟临摹课，马先生给我们剖释吴氏花鸟画的笔墨理法，包括吴氏的篆籀笔意、笔势以及墨法，尤其是笔头上、纸头上色墨相破的方法等，通幽入微，这也是鉴别吴氏作品真伪，鉴别临品、仿品、代笔的关键因素。大学二年级时我颇沉迷古琴，还学着用水墨的味道做点石版画，那时候版画系同学鲁利锋采集河坊街、吴山上拆迁的老建筑的木材学着斫古琴，一个个琴胚齐排在灰暗房间里，俨然是个无证生产的小琴坊。一个很偶然的午后，我在版画系石版工作室晒着暖暖的太阳喝茶，伴着管平湖的《广陵散》，随手翻开一本介绍书法的书，刚好看到熟悉的吴昌硕的行书，一样的任性雄肆，笔势纵横险劲，旁边却是风清云淡，疏朗潇洒的董其昌，董氏的闲散意态一下子把边上"肌肉紧绷"的吴昌硕给比下去了，这种很偶然的排版并列的视觉对比，把董其昌凸显得尤为娴静雍容。

喜欢董其昌书法中平淡天然，生熟之间若清风徐来，吐属清新，那种灰调子里悠然的丰富有一股烟云变灭的画意。大学四年级，我们开始进入了自选临摹课，我首选董其昌，临了克利夫兰艺术博物馆藏的《青弁图》以及一套王季迁藏的四开山水册页。我用心体会董氏的笔精墨妙，他的用笔可谓绵里藏针，生熟之间笔致尤显性情，用墨温润清雅，真乃高手中的高手。后来再临八大山人，八大是董氏的减法，纯之又纯，抗简孤洁，格高意远，有种

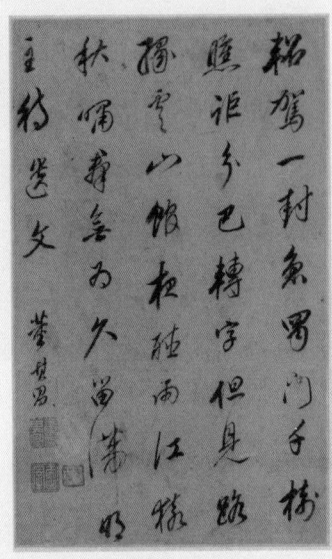

图1 董其昌,《手札》

图2 丘挺,《临董其昌笔意》

图3 丘挺,《临董其昌笔意》

图4 丘挺,《临董其昌笔意》

图5　丘挺,《临王蒙〈青卞隐居图〉》

无尽天涯的空寂,但始终觉得不如董氏来得纯正,且在笔墨上薄了一层。我临摹的董其昌作品备受好评,得分很高,娴雅干净。我后来很在意水墨画的干净,在用墨的材料上也很讲究,并有感而写过董其昌书法的用墨问题的小文。他的书与画两相引发,山水重古意,有天地观念。那个时候,董其昌已成为我笔墨探索的坐标之一,不管是往前行,还是往后看。

大学山水课中临摹古画的比重很大,四年的光阴中,几乎一半时间是在临摹室里度过的,那时与古画朝夕相对的不二状态,真可谓是十日一水,五日一石。其中最大的收获应当是深深地理解了山水画宁静旷达的境界。细微的笔墨体验在交互中理解、呈现。在不知觉中发生,渐渐觉悟……回想当年烟云供养的日子,真是幸福!

我先后临过范宽《溪山行旅图》、郭熙《早春图》、李唐《万壑松风图》、巨然《层岩丛树图》、赵孟頫《鹊华秋色图》、黄公望《富春山居图》、王蒙《青卞隐居图》《具区林屋图》及倪瓒《容膝斋图》等，有意思的是，这些经典名作好多都有董其昌的题跋，记得我大学三年级时很顺利地临完王蒙《青卞隐居图》，但上面诗堂董氏精彩的题跋让我头痛，要临写得浓淡相宜、俊朗沉着，还得有生拙的意趣，颇难。我那时挑灯夜战，先后临了六十多通，才勉强选出一件还过得去的。写字，书法，难啊！

大约2011年，北京的嘉德拍卖会上，我意外地看到了大学时临摹过的王季迁藏的董其昌四开册页，似是故人来，真是故人来啊！赶紧瞄瞄估价，不贵，但那时艺术品行情好，搞不好又拍出高价，我想想就罢了，那场拍卖我也买了一件明代嘉靖年间佚名的《辋川图》。然而，出来茶歇透气，在直播屏幕中，眼睁睁地看着董氏这四开精品以很便宜的价格落锤了，漏啊！我那时确是有种莫名的后悔，拍卖场就是这样一种常常让人无奈的场域，有因价格自不量力，也有一念之差错过的，这是多少收藏家的症结，唯能开脱的当然是一切随缘了。记得以前看过一个记述，曾国藩在一朋友家见到一本心仪已久的名拓法帖，两眼发光，不忍释手，朋友当然是巴不得，顺势要送曾大人，曾氏婉拒。他回家后仍心心念念，并记述下不能取己之所爱而夺他人之物，时时克制、警醒自己不滞于物的志趣。清代大书家伊秉绶说："书画清虚之好，溺焉亦与声色同，故先儒戒玩物丧志，收藏则怀苟完苟美之见，有善则存若无若虚之心。"信然。

想想自己当年婚变时十几年的苦心收藏被干没。一切如过眼烟云，去而不复，但云过影不灭，那些让我心心念念的佳品，虽没了，但永远都被深藏于心，滋养着我。

作品价值的历史坐标

— 苏 伟

| 苏 伟

生活在北京的策展人、写作者,现为中间美术馆高级策展人。2012年,曾参加纽约独立策展人国际(ICI)的策展课程。2014年,获得首届国际艺术评论奖第一名。策划过"第七届深圳雕塑双年展"(OCAT深圳馆,2012年)、"没有先例:一次重塑香港录像和新媒体艺术叙述的尝试"(香港录映太奇,2016年)、"永远的抽象:消逝的整体与一种现代形式的显现"(北京红砖美术馆,2016年)以及"新月:赵文量、杨雨澍回顾展"(北京中间美术馆,2018年)等展览。2015年,参与伦敦泰特现代美术馆的研讨会"错位:重绘艺术史"。最近几年的工作聚焦于对中国当代艺术历史的重绘和深描,探索其合法性和断裂性的根源。

大概一年前，我在一位外国友人的家中见到了这幅作品。作品就放在这位过世的友人乡村寓所的阁楼之中。这座寓所是一座有一百多年历史的石头老房子，离海边不远，我借宿在这座老房子的二楼，这位热爱中国艺术的友人的卧室之中。这座房子少有人居，整体陈设都很凌乱，唯独卧室整洁明亮。这幅硬纸板油画是在房子的角落中被发现的，尺寸不大，简单地裱贴在一张牛皮纸上。

初见这幅画时，扫过几眼画面，我就迫不及待地翻到画的背面，急于知道艺术家的名字和创作年代。很遗憾，艺术家只在背面中央写下了"163"这个数字，作品的名字是《渔村（上）》，但模糊的签名让人难以辨认，年份也没有标示。拿出手机，我按照名字的笔画猜了几个字上网搜索，没有找到任何信息。询问朋友家人，因为时间久远，朋友的生前收藏又未经整理，大家都无法记起这个名字。大概是这种遗憾，让我一直记得这幅画。

最近正在策划一个展览，其中涉及在鲁迅美术学院教书的艺术家赵大钧老先生的作品。赵先生年逾80，除了大半生教书育人的心血和投入，他在艺术上的成就和开创的道路至今并没有得到全面的认识和评价。他的现实主义油画以素描为基础，注重甚至突出形的表现和笔触的反复叠加与勾勒，而不是完全忠实于现实或者客体的再现。在政治严苛的时期，这种创作观念给他带来过不少麻烦，但也让他在限定的创作范式中留存了突破和改革的可能。由于一场火灾事故，大部分"前30年"时期创作的油画早已损毁，我们无从

图1 佚名的画

得见。从70年代末开始,他开始不断地回看、回想自己的创作道路,尝试突破和改变,冷静地思考作为创作者、作为人的价值,如何体现和传达到画面之中。他谦虚地把自己在中国"前30年"时期创作的绘画称为一堆问号和空白,但却从未抛弃这种现实主义遗产或者避而不谈已经融化在自己身体里的现实主义经验,而是用一种反复锤炼、力图超越的方式,开创出一条道路。

赵先生一幅名为《老美专》(1997年)的画让我印象深刻,这幅画的主题就是他曾经就读的东北美专(鲁迅美术学院前身),从主题上讲,这是他与自己过往艺术道路上重要一站的对话,而从画面语言上,他开始将细细勾勒和反复叠加的笔触大胆结合,让画面极具动态和情感的张力。看到《老美

图2 赵大钧,《老美专》,1997年,布面油画,160×200厘米

专》这张画,我马上想起了那幅"佚名"的作品。在笔触的叠加和勾勒上,它们既相似又不同:"佚名"画作大概以更为概括的笔触塑造渔民的脸和鱼的形象,笔触的叠加更有随意性;《老美专》里每一笔都似乎充满着情感和力量,更为丰富的细节和控制力,传达了画家的心绪。

"佚名"之作由于缺乏明确的作者信息和艺术家生涯背景,使得我们失去了判断作品价值和意义的坐标。通过与《老美专》视觉语言上的比对和联想,我们似乎可以为猜测找到一些线索。"佚名"之作更为明显地具有现代主义的意味,画面上渔民和鱼共同涌向前景,笔触以奔放和自由为基调,但画面仍然是以"实"为前提,渔民的主题也与"写生"这种在现实主义绘画的训练和创作中至关重要的手段有关。它与《老美专》是两种"实",看起来都是在处理现实主义的遗产问题,但都动用了某些20世纪70年代末以来重新回到视野中的现代主义经验。这应该可以让我们推测,作者曾经从事过现实主义绘画的创作,进而在新时代的环境中开始参照和引用来自西方或者中国的民国时期已经发芽的现代主义经验。

进而要问的是,这种现代主义经验是什么呢?这种复杂的框架性问题在不同个体身上有着非常差异化的显现。"佚名"之作主题上的选择仍然偏向"写实",尽管在"表现性"上下了很大功夫,这种表现手法的来源并不是那么容易辨认。它使用黑、白、灰、棕为主色,从颜色运动的方向上可以揣摩到作者的下笔方法,它又巧妙地利用颜色边缘线构成鱼的形象。之所以把它称之为"表现性的",很大程度上是在与教条化的现实主义创作原则进行区分的前提下定义的,至少在这幅画作上,我们似乎看到一点抽象表现主义的东西,一点东方的韵味,一点超现实的味道,又因为其"写实"的基因和画面中央渔民肖像的形态,不免让人联想到奥地利艺术家埃贡·席勒的表现主义创作。在最后一点上,这样说又未免过度,"佚名"之作中不见得像席勒那样复现灵魂的肖像,或者将人性深处的幽暗诉诸笔端,或者像某些表现主义艺术家那样崇尚"激情"和"行动"的力量。这样的现代主义话语模式的移植,是80年代中期的做法。"佚名"之作的"表现性",更多来自印象主义,尤其是后期印象主义那种着重精神的直观性的方法,用色彩和笔触构筑了一个主观世界,它对现实的态度值得玩味,敏感于现实又警醒地保持着距离。对于很多从"文革"中走出来的、新时期的中国艺术家来说,现实之沉重、之清晰,现实之乖谬、之残酷,恐怕已经过于熟悉了,他们在画作中更倾向于释放长久以来深藏在心中的对于形式的热爱、对于语言的热爱。

如此去断代"佚名"之作——看来定论可以放在70年代末80年代初艺

正常化的初期——是否正确、是否有意义呢？这个问题更让我感到不安。作为后辈的研究者，体会前人的处境和心路总是非常艰难，而艺术作品的表达与作者本身的经历和美学经验之间，是否具备如上文描述的那样如此直接的联系，每每让我感到困惑，也因而常常不自禁地谨慎和不自信。在艺术的自由之上，总闪现着时代精神的变幻，美学潮流的起伏，个体探索的往复，以至于稠密、暧昧和模糊的私人空间。一个创作者的生涯，正是由于这样的复杂和难于抽丝剥茧，才能为不断形成的历史表达和历史视角提供新的刺激与矛盾。在70年代末80年代初那个历史时刻，创作要重新变为"人"的创作，语言要重新变为"人"的语言，这个紧迫感、需要感，加上呼吸新鲜空气的本能，制造了一个异常复杂的历史瞬间。艺术语言的丰富性充斥着那个瞬间，到处都是寻找"新词儿"的欲望和发力，业余画家和专业画家、老人和新秀、潜行者和地位显著的名家，都是舞台的中心。但我们又何从得知，时代的旋风呼啸而过后，个体如何沉淀；而即使旋风正在发生之时，个体如何与之对话、协商，本身也是一个难解而迷人的问题。

　　比起"断代"问题，更值得思考的是如何去判断一幅作品的历史价值和意义。从今天的角度看，一个"历史作品"总是带着光环和灵晕，"佚名"之作和无数作品一样，在对比和参照的解读中显得具有"历史意义"和"历史价值"。只不过，你每次钻进这样那样的历史情境，却又要步步惊心。因为"一个"往往不说明问题，甚至数十百千也不一定代表成就和创造力，更何况作品背后的人格、人性，又往往不那么容易拿捏和追问。当我们随意跨进人家生命的历程之中，无论是从作品解读人，还是从人解读作品，都不见得是妥当的做法。或许，作品或者人的历史价值与意义，需要在一个持续变动的历史视野中被追索和求问，这样的历史视野是被我们这样忙前顾后的后人建立的，同样也是在历史进程中由隐藏或者显现的，甚至某种不能言说的缘分带来的相遇。当这样如此不同的历史视野可以对话起来，我们似乎才有了一点点资本，为一个人生命和创造力的展露划定出情景透彻的地图，而不是一次定价，永载史册。当我们用"画得好""画得差"，以及今天人们更为熟悉的"格局""趣味""一代不如一代"的指称方法来标定某一件作品、某一类创作时，种种误差的危险就伴随左右。而此外，后辈研究者的日常，不仅是要判断作品和人，还得面对那些僵化的历史表述的干扰，苦苦寻找沉潜的线索和偶尔闪现在个人与时代之间的真空。

最近又想起这幅画，忍不住再次打开各种搜索引擎，胡乱搜索了一番，没想到又有新的发现。在某个售卖二手文献的网站上，我根据艺术家的签名一通猜字找字，找到了著录在册的名字和风格看起来近似的画作。机缘巧合，我看到店主放上"商品"的日期是2018年9月30日，那么这篇文章假如早动笔几天，可能又不会有这番巧遇。看到"商品"介绍中《xxx美术家词典》的字样，以及今天看起来实在太过便宜的价格，心中又起了一番异样。

徐梵澄谈诗

| 孙 郁

孙 郁

原名孙毅。1988年毕业于沈阳师范学院（现沈阳师范大学）中文系，文学硕士。中国作家协会第九届全国委员会委员，中国鲁迅研究会会长，长江学者特聘教授，做过知青、文化馆馆员、记者。2002年到北京鲁迅博物馆主持工作并担任馆长。2009年起任中国人民大学文学院院长。

20世纪70年代开始文学创作，80年代起转入文学批评和研究，长期从事鲁迅和现当代文学研究。担任《鲁迅研究月刊》主编，《中国现代文学研究丛刊》副主编。主要著作有《革命时代的士大夫——汪曾祺闲录》《鲁迅忧思录》《鲁迅与周作人》等。

与友人聊天的时候，偶尔言及徐梵澄先生[1]，觉得有一种高远之气，我们这些俗人跟他不上。当年在鲁迅博物馆工作时，我留意过徐梵澄寄给鲁迅的信件及诗文，印象很深。徐先生年轻时气盛，在鲁迅面前并不拘谨，自负的一面也是有的。比如他1931年在海德堡写给鲁迅的联句，是有一点六朝感觉的，而1936年旧历元旦致鲁迅诗，起笔奇崛，大有屈子与杜甫之风。他与鲁迅的友情，都在这些诗句里得到印证。80年代，他帮助鲁迅博物馆鉴定鲁迅文物，说过许多有趣的话，可惜我错过机会，未能一睹先生风采。明人傅山说，"风节往往不能以儒生传也！无已，传诗"[2]。于是便想，从诗文行迹里寻找智者的精神温度，那是一种补救吧。

徐梵澄因为学识的丰厚而被学界称道不已。在众多的域外文化研究与习得中，他的母语经验起了相当大的作用。我们看他翻译尼采的书与古印度的书，其实有传统中国的诗文之趣的支撑。这些在他晚年的回忆文字中可以看出一二。因为深味古代诗词的妙处，对于审美之路有深厚的理解，故其翻译域外典籍时，能够在不同语境转换中，传达出诸多美意。遣词造句里，晚清以来读书人的经验被不断召唤出来。

人们通常以为他只是鲁迅的弟子，遵循鲁夫子的文章之道而行。其实并非如此。他的学问，从鲁迅那里开始，不是以鲁迅经纬而形成认知之网，而是像鲁迅那样，在驳杂里形成自己的精神之界。学习鲁迅而又走出鲁迅，在更高的层面与鲁迅相逢，才是他高于鲁迅诸弟子的地方。

我对徐先生的学问知之甚少，但他的一些短章，则能与我们不隔。比如他的诗话，就多有趣味，智性的因素很多。在众多作品里，我喜欢他的那篇《蓬屋说诗》[3]，因为走笔轻灵，又不玄奥，能予读者多有启迪。《蓬屋说诗》乃徐梵澄晚年的随想录，不像学术文章那么深奥。作者谈诗，带出许多古典学的感觉，和王国维那样的顿悟不同，除了体味古代诗词的妙处，还多了与近代诗文的对话。他礼赞左翼诗人，也欣赏陈散原这样的旧式人物。注重章太炎传统，同时对黄晦闻也多同情。早年的尼采式的叛逆之句有之，儒家敦厚辞章亦多。先秦之风缕缕，晚清之意浓浓，跨度之大让人吃惊。他写鲁迅时，文字里有血的蒸气，可是言及同光时期诗人，则柔情暗生，诗趣全不见德国近代以来的峻急之风。《蓬屋说诗》对于反士大夫气的诗文多有喜爱，但那些士林里的悠远之音则被其礼赞有加，其眼光有别人没有的亮处。

他在文明观上是一个多元主义者。古希腊哲学、德国的思想史、印度的宗教、中国的儒道之学，都是其研究对象。每每有其所爱，又不遮蔽各自欠缺。他对于近代文学有自己的特别见解，谈鲁迅时有奇气漫来，讲遗老能探入心底。似乎不喜欢从热闹里去寻找话题，于冷僻之处悟出诗之玄机，阅之让人爽然。比如他特别看重诗歌中的"契会"之意，文章写道：

> 吾人生活于识境中，见色闻声，皆知觉之妙用也。诗人扩大其知觉性至与众生万物同体，有所契会，——即古人所谓"会心"，——发之声诗，其感人也，宜固其然。则非但闻声观察，即虫音竹间，亦起感兴。散原老人有《枕上听蟋蟀》一绝云："雨歇窗棂漏月明，凉痕满屋夜凄清。啼秋蟋蟀重围合，换去承平是此声。"——此与"双栎南街"[4]同其一听也。

"契会"的感觉，乃内觉的幻化，是诗学里有趣之点。但"契会"不是一般意义上的呼应，还有对陌生之所的捕捉与发现。徐梵澄就是一个会发现的人，他于《苏鲁支语录》里看到德语的第三条路，在《薄伽梵歌》中嗅出"超上神我"的气味，从孔子语录深处得通达之意。他不觉得孔学与希腊思想的对立，也反对佛教和基督教的相隔。钱锺书当年期待的那种打通古今与中外的人，徐先生算是一个吧。所以，对于人间各自不同的文化路向持欣赏的态度，从不在原教旨的层面思考问题。而他的诗学理论则有宽厚之风，比如他有一种"得体"之论："青年不作老耄语，僧道不作香艳语，寒微不作富贵语，英雄不作

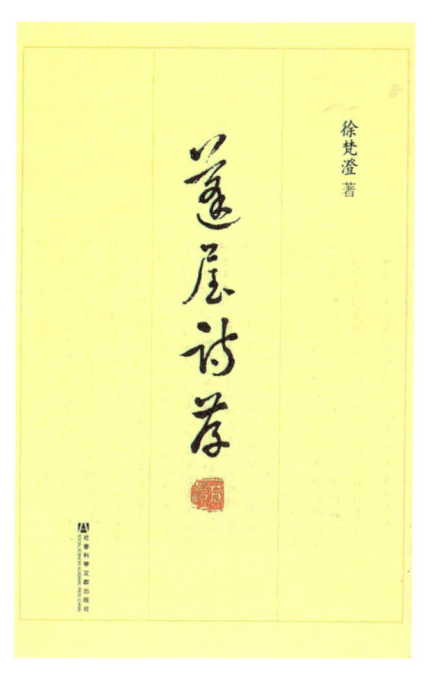

图1 《蓬屋诗存》书影

闺彦语……如此之类。譬如人之冠服，长短合宜，气候相应，颜色相称，格度大方，通常不奢不俗，便自可观。是为得体。不必故意求美。善与美，孔子已辨之于古。诗要好，不必美。如书如画皆可。"这种看法，已经远离尼采、鲁迅之趣，回到了孔子的中和之音里。但又非腐儒对于孔子诗学僵化的考释，灵动之气蔓延，诗话的语境拓展了许多。

徐梵澄在诗论里一再提及马一浮[5]，对于此一硕儒倍加赏识。他认为马一浮的诗学思想乃正途里的奇音，不似一般士大夫那么偏至。彼此对于审美理念的思考，多有暗合之处。他们都喜欢古典学里的精华，不屑于中古之后的文章之道与诗歌趣味。从词语的源头梳理审美之道，便多了古风里的智

慧。但他并不都同意马一浮以学理代替诗学的思路,比如,马一浮谈诗歌艺术时说,"言乎其感,有史有玄",徐氏则以为,"感属情识,史属思智",还是细细申辩为好。在徐梵澄看来:孔子与佛陀的经验里有许多好的东西值得探讨,不必把文学归于"玄"与"史"中,他似乎更欣赏鲁迅那种文史哲兼通的精神漫步。

与马一浮一样,徐梵澄认为先秦的诗文自有价值,回归古典学是自己的使命。新儒学那些人是从古代讲到今天的,徐梵澄则由今天回溯到古代。不仅仅从中国人的视野讨论问题,而是从域外哲学的参照里重返先秦诸子,就多了新儒家们没有的东西。而他的诗话,则峻急之语深藏,宽厚之情弥散,说出学林未有之言。早年在印度工作时,他就说过:

> 尝叹两汉经师及古天竺论师,家法师承,守之弗失。非特其学朴茂,抑其人皆至深纯,雍容大雅。余于诗学实有所受,然早逾检括,有忝传承。年少优游,不勤于力,中间颇求西学,近复摩挲梵典,盖未尝专意为诗。于今偶读师门前辈之作,高华清劲,貌不可攀,向使暖暖姝姝,守一先生之言,其成绩或不止于此。风雅之道,如何可言。间尝闻之古之深于诗者,温柔敦厚而不愚,学诗亦学为人之道,斯则拳拳服膺,有以自期。[6]

我看现代以来的诗话,多是在新文学背景里展开的。顾随《驼庵诗话》,俞平伯《读诗札记》等,"五四"的语境起了很大作用。徐梵澄不是这样,他跳出了那代人的话语方式,其文字在古希腊与古印度的经典里浸泡过,在母语中既寻先秦余绪,又得晚清之风,思想衔接"五四",而趣味则不定于一尊。我们近代以来有此风范者不多,唯其如此,他的文字的珍贵,就可想而知了。

注　释

[1] 徐梵澄（1909—2000），原名徐诗荃，湖南长沙人。在上海读书时结识鲁迅，遂有较深交往。曾留学海德堡大学，1945年赴印度任教和从事印度文化研究。1978年回国，在中国社会科学院世界宗教研究所工作。所译介的《苏鲁支语录》《薄伽梵歌》《五十奥义书》，在学界颇有影响，而所著《孔学古微》《老子臆说》亦多超凡之论。

[2] 语出傅山《序郭九子〈旷林一枝〉》，参见傅山：《霜红龛杂记》，刘如溪点评，青岛出版社，2005年，第136页。

[3] 《蓬屋说诗》，载《蓬屋诗存》，社会科学文献出版社，2009年。

[4] "双栎南街"乃黄晦闻《中秋》之句，原句："十年北客惟伤乱，双栎南街不断声。"徐梵澄欣赏黄裳对于该诗的理解，以为文学作品并非都没有社会关怀。陈散原的诗与黄晦闻的诗都有寄托，故不能以旧式遗老视之。

[5] 马一浮（1883—1967），原籍绍兴，出生于四川。字一佛，号湛翁，别署蠲翁，蠲叟、蠲戏老人。一生致力于儒佛会通，主张以"六艺该摄一切学术"，其诗学思想独步学林，曾云"吾诗当传，恨中国此时太寂寞耳"。

[6] 此为徐梵澄1948年在印度国际大学为自己的《天竺吟草》写的序言，其诗学理念也可见一斑。

"过气"的大师伊巴涅斯

| 滕 威

| 滕 威

  1976年出生于哈尔滨，从小喜欢读读写写。高三时老师们一致认为法律系更有前途，所以让我报考了北京大学法律系，但最终被调剂进了北大中文系，从此走上顺从宿命之路，以文学为业。1995至2005年，十年求学于燕园，先后师从赵振江教授和戴锦华教授，在西班牙语文学、拉美研究、文化研究等领域中到处游走，边走边看边思考。出版著作《"边境"之南：拉丁美洲文学汉译与中国当代文学（1949—1999）》、《中外文学交流史·中国—西班牙语国家卷》（与赵振江合著）、《对话戴锦华：〈简·爱〉的光影转世》（与戴锦华合著），策划主编《光影之隙》等"电影工作坊"系列年书、"拉丁美洲思想学术译丛"等，还有一系列关于"超级女声""杀马特""中国大妈"的文化研究论文发表在学术期刊上，也为一些媒体写作文化批评的专栏短文。另主编微信公众号"海螺社区"，创办青少年人文素养私塾"麦青书房"。

一

伊巴涅斯的全名是维森特·布拉斯科·伊巴涅斯（Vicente Blasco Ibáñez），1867年1月29日出生于西班牙的瓦伦西亚。他出生前一年，父母才从阿拉贡迁居至此，在瓦伦西亚雅博尼亚努埃瓦（Jaboneria Nueva）大街8号的一家杂货店后面的阁楼安了家。童年时期，伊巴涅斯一直活动在这个区域——杂货店、菜市场，后来他的作品中经常写到这些小商小贩贫苦卑微的生活，比如《大米和马车》(*Arroz y Tartana*)。当地的中小学，动辄就有百年以上的历史，文脉深厚。所以尽管出身境遇跟狄更斯接近，但幸运的是，伊巴涅斯从小就受到了系统而良好的教育。1888年他从瓦伦西亚大学毕业，获得法学学位。选择法律专业，完全是一种跟风行为。用西班牙著名学者萨尔瓦多·德·马德里亚加（Salvador De Madariaga）的话说，学习法律是19世纪下半叶"统治着西班牙青年命运的那种铁的规律"[1]。伊巴涅斯的前辈加尔多斯（Benito Pérez Galdós）也是法律系毕业，然后一扭头就走上了文学道路。伊巴涅斯亦如家人所愿，拿到了一纸法学文凭，然后就跟它say goodbye（说拜拜）了。他似乎对办报纸更上瘾。当然，这也是另外一种"跟风"。19世纪下半叶由于王权对新闻出版管控减弱，西班牙传媒业得到了蓬勃发展。当时马德里人口不到伦敦的十分之一，但报纸比伦敦多得多。[2]而且西班牙无论是上层社会还是平头百姓，都习惯于通过报纸议政参政。伊巴涅斯16岁就创办了一份周报，因为年龄太小，只能借一个朋友之名来办。22岁又创办了《联邦旗帜报》(*La*

Bandera Federa），之后是《人民报》（El Pueblo），这两份都成为瓦伦西亚共和派舆论重镇。除了办报，伊巴涅斯也做出版。第一套西班牙语版《伏尔泰全集》就是他策划的。无论是办报还是出版，他都是为了反对君权，要求民主共和。因为大张旗鼓地宣传这一政治立场，伊巴涅斯开始不断遭受抓捕，入狱对他来说几乎成了家常便饭。但是这并不能削弱伊巴涅斯投入政治斗争的信心，他在民众心目中的地位不降反升。伊巴涅斯无论是写文还是演说都特别具有煽动性，所以当时人们开玩笑说，"在瓦伦西亚，没有得到伊巴涅斯先生的允许是不能出门的"，大概是说，跟伊巴涅斯观点不一样出门会"挨揍"，可见他非同一般的舆论影响力。1923年因为反对独裁专制的里维拉，伊巴涅斯流亡法国，之后基本没再回过家乡。1928年在60岁的最后一天，伊巴涅斯在法国芒顿黯然离世。

英语诗人罗伯特·瑟维斯（Robert W. Service）在1913年去巴黎游玩的时候有幸结识伊巴涅斯，在他的印象中，伊巴涅斯是一个英俊高大而且特别有活力的男人。后来罗伯特·瑟维斯在芒顿与伊巴涅斯重逢，他说，虽然伊巴涅斯此时已享誉世界，但他内心非常忧伤，因为他一直遗憾自己没办法为祖国西班牙战斗而死。伊巴涅斯去世后三年，西班牙才终于迎来了第二共和国时期。

伊巴涅斯的人生路并不长，但却一直没放下民主共和、振兴祖国的壮志。他生活在西班牙帝国崩坏，王朝和宪政你方唱罢我登场，政权、军权和教权明争暗斗又狼狈为奸这样一个前所未有的混乱时代。1885至1902年，玛丽亚·克里斯蒂娜王后摄政期间，更换过11届内阁；随后阿方索十三世国王统治期间，更换了33届内阁。[3]西班牙国内一会儿众声喧哗、群龙无首，一会儿军事专制、独裁横行。更糟糕的是，还经历了前所未有的第一次世界大战以及"西班牙大流感"。生逢如此无序如此折腾的时代，毫无疑问不幸且艰难。此等人生境遇之中，伊巴涅斯能始终坚持自己的立场，不畏强权，为国为民，大胆发声，实属不易。在西班牙，伊巴涅斯不只是一个小说家的名字，他还是民意领袖。

伊巴涅斯深受左拉影响，希望成为一个抗议知识分子；在文学上，他也被认为是左拉的西班牙传人。自1880年开始，左拉的小说开始陆续在西班牙被翻译出版，对19世纪晚期的西班牙文坛影响深远。西班牙的文学史经常将伊巴涅斯和克拉林（原名阿拉斯，Leopoldo Alas，1852—1901）、帕拉西奥·巴尔德斯（Armando Palacio Valdés，1853—1938）一同视作"自然主义文学的代表"。

二

今天的中国读者一想到自然主义文学，会觉得很远很旧，左拉似乎都有些难以卒读；更别说什么西班牙的自然主义文学了。但一个世纪以前，情形可不是这样。那时候中国的新文学家们正积极地译介自然主义文学呢。1915年，陈独秀就在《现代欧洲文艺史谭》一文中提到（《新青年》第一卷第三号）——

> 欧洲文艺思想之变迁，由古典主义（Classicalism）一变而为理想主义（Romanticism），此在十八、十九世纪之交，文学者反对模拟希腊、罗马古典文体，所取材者，中世之传奇，以抒其理想耳。此盖影响于十八世纪政治社会之革新，黜古以崇今也。十九世纪之末，科学大兴，宇宙人生之真相，日益暴露，所谓赤裸时代，所谓揭开假面时代，喧传欧土，自古相传之旧道德、旧思想、旧制度，一切破坏。文学艺术，亦顺此潮流，由理想主义，再变而为写实主义（Realism），更进而为自然主义（Naturalism）。

> 自然主义，唱于十九世纪法兰西之文坛，而左喇（Emile Zola，法国巴黎人，生于一八四〇年，卒于一九〇二年）为之魁。氏之毕生事业，惟执笔耸立文坛，笃崇所信，以与理想派文学家勇战苦斗，称为自然主义之拿破仑。此派文艺家所信之真理，凡属自然现象，莫不有艺术之价值，梦想理想之人生，不若取夫世事人情，诚实描写之有以发挥真美也。故左氏之所造作，欲发挥宇宙人生之真精神真现象，于世间猥亵之心意，不德之行为，诚实胪列，举凡古来之传说，当世之讥评，一切无所顾忌，诚世界文豪中大胆有为之士也。

可见新文学运动伊始，陈独秀就把自然主义文学作为中国文学革旧立新的榜样来看待。整个20年代"自然主义"都是新文学阵营中比较时髦的话题。作为文学研究会阵地的《文学周报》和《小说月报》都曾接二连三地发表关于自然主义的介绍文章或翻译作品。比如《文学周报》曾发表过李之常的《自然主义的中国文学论》（1921年第46期）、《自然主义的今日文学论》（1921年第47期）以及西谛的《圣皮韦（Sainle Eouve）的自然主义批评论》（1921年第52期）。《小说月报》曾发表过岛村抱月的文章《文艺上的自然主义》（晓风译，1921年第12卷第12期）、希真的《霍普德曼的自然主义作品》（1922年第13卷第6期）、沈雁冰（茅盾）的《自然主义与中国现代小说》（1922年第13卷第7期）、相马御风的《法国的自然主义文艺》（汪馥泉译，1924年第15卷号外）……徐霞村和毕修勺是左拉作品最早的译者。徐霞村主要从英文转译，毕修勺是直接译自法文的，他还翻译过左拉的《实验小说论》（上海美的书店，1927年），这是"自然主义"理论的扛鼎之作。直到40年代，左拉以及自然主义文学都还经常见诸文学刊物。但1949年之后，由于对现实主义尤其是社会主义现实主义的日益推崇，自然主义越来越被推到对立面的位置。尽管对自然主义文学的译介是文学革命主将们开启的，比如茅盾不仅撰文谈论自然主义，还在报端与人争论，他的代表作也曾被认为是"中国左拉主义者文学"；但他们成为新时代的文坛领导人之后，却要回避自然主义这段"黑历史"。50至70年代，除了个别批判文章之外，自然主义文学这个概念几乎消失了。1980年，才又出现了稍稍客观地从文学史角度论述左拉与自然主义文学的论文（何孔鲁，《略谈左拉与自然主义文学》，载《扬州师院学报》1980年第4期）。不过虽然自然主义又可以被谈论了，但左拉及自然主义文学似乎再也没能成为中国读者阅读和学界探讨的热点。

连法国的自然主义都失宠，更别说其在西班牙的支脉了。虽然伊巴涅斯最初被译介到中国时，很少有人提及"自然主义"（周作人除外），甚至迄今为止，国内也甚少有人关注西班牙自然主义文学这一现象；但他深受左拉影响的文学风格，无疑也很难讨好今天的读者。不过，我又要说，一百年前可不是这样。伊巴涅斯，恐怕是20世纪20至40年代的中国读者最熟悉的西班牙当代作家，没有之一。

三

据我的不完全统计，1920至1948年间，在中国的报纸杂志上发表过的关于伊巴涅斯的文章13篇，译文（包括期刊杂志上发表的译文、收入各种译文集以及出版的单行本）27种。

最早公开发表伊巴涅斯作品的中译文的是胡愈之，1920年12月商务印书馆印行的《东方杂志》第17卷第24号发表了署名愈之的译文，翻译的是"伊白涅兹"的《海上》。[4]在译者小序中，胡愈之指出：

> 西班牙古代文化，在历史上很有荣光的；但是近代西班牙的著名文

学家却寥寥可数，和拉丁姊妹国法兰西意大利比起来，自然相形见绌了。话虽如此，但我们却不可忘了西班牙现代的两大文家：一个是戏剧家爱却盖莱（José Echegaray），一九〇四年得过诺贝尔文学奖奖金；一个就是小说家伊白涅兹（Vicente Blasco Ibañez），有了这两个人，西班牙现代文学便不觉寂寞了。

另外，胡愈之还将伊巴涅斯与哈代相提并论，指出他们都是写乡村的行家，地方色彩浓厚。之所以翻译《海上》（*En el Mar*）一篇，是因为伊巴涅斯还是"描写海景的名手"。*En el Mar* 是伊巴涅斯的一个短篇作品，描写一对父子与朋友一起出海打鱼，终于如愿以偿捕到了巨大的金枪鱼的时候，九岁的儿子却落海不知所终的故事。从译者序中看出，胡愈之应该是译自英文版。后来戴望舒也翻译了这篇作品，收入在1928年光华书局出版的《醉男醉女》中，题目译为"失在海上"。我个人更喜欢戴望舒的译文，跟西文对照来看的话，戴译更准确、更完整。

茅盾"五四"时期发表的第一篇关于西班牙文学的文章就是介绍伊巴涅斯，而且他将这一篇视作打开国内西班牙文学研究之窗的抛砖引玉之作。文章可分为四个部分：第一部分，是茅盾概述西班牙文学的历史脉络以及伊巴涅斯的文学史位置。他在文章开头说：

> 于今西班牙的霸业是一蹶不能复振，而且恐怕永不能恢复从前的盛况了；但是在文学界上，他虽然不能戴金冠，可也不弱；他是南欧文学中的健者，而且在世界文学界中也有重要的势力。英美人近来对于西班牙文学的研究日益加多，大家对于西班牙文学都有新趣味；却觉得中国国内还很少介绍西班牙文学的文字，我所以做了这一篇。[5]

第二部分，茅盾分三个时期介绍了伊巴涅斯的创作情况。他将《风波》《小屋》作为第一期代表作；第二期推崇的是《教堂的阴影》《葡萄果》《血与沙》；第三期提到的是"最受英美人称赏"的《阿普卡列普的四个骑士》以及最新一部《妇女的仇敌》。在评述伊巴涅斯及其创作时，茅盾提出了几个重要的观点：1. 伊巴涅斯虽然受法国写实主义影响，但并非完全照搬，"他采莫泊三描写的伎俩，取自己乡土的材料，用自己的思想自己的眼光去研究，去观察然后写出他的小说"。2.《小屋》是"纯全无疵的写实小说"，"会有许多批评家称许这本"小屋"是伊本讷兹著作中最好的一本"。3.伊本讷兹是"热心的共和党"，写实与抗议不可分。4.茅盾列举了《四骑士》的四大弱点，指出该书之所以畅销并非因为艺术精湛，而是因为"描写大战"，"并且很是抵斥德国制"，"很合胜后一般人的心理"。最后茅盾总结了伊巴涅斯的艺术特点，"描写景物的深切"与"木炭画似的人物写真"，"有不朽的价值，也能在世界文学中占一个地位"。这里茅盾虽然没有提自然主义，但从文中可以看出，他其实是把写实主义当作自然主义这一概念来使用的。茅盾一文是中国第一篇对伊巴涅斯进行全面介绍的文章，而且很多观点今天看来仍不过时。

周作人也是较早关注并译介伊巴涅斯的译者。他于1921年翻译了伊巴涅斯的一个短篇小说《颠狗病》。他翻译伊巴涅斯时跟鲁迅有书信来往，鲁迅帮周作人找到伊巴涅斯的作品，还同时寄给他一本美国人福特（J. D. M. Ford）所著《西班牙文学主潮》。[6]在《颠狗病》译后记中，周作人提到，关于伊巴涅斯的生活"沈雁冰有一篇评传，登在今年《小说月报》上，这里不重说了"。《颠狗病》译自英文，英译者为伊萨克·戈德堡（Isaac Goldberg，1887—1938，哈佛大学博士，美国著名批评家、翻译家，他的专著《西美文学研究》[*Studies in Spanish-American Literature*]获得了1932年的美国古根海姆图书奖），英译文《颠狗病》(*Rabies*) 收于戈德堡翻译的伊巴涅斯小说集（*Luna Benamor*, John W. Luce & Company, 1919）。周作人还引用福特教授的《西班牙文学主潮》中的评价说："没有一点愉快的事物来减轻这些图画上悬着的阴暗；他是这样的一个画家，专将阴影和悲苦的景色移到画布上，不取那些含有光明与喜悦的。但他是一个有确实的技艺的艺术家，虽然他的材料好色彩的选择只能显出一个的印象。"周作人最后指出，伊巴涅斯受左拉影响很深，但因为他是"社会的宣传家"，因此"在自然派的气息以外"，也"很有理想派的倾向"。这里的自然派指的就是"自然主义文学"。周作人翻译《颠狗病》的时候恰是在西山养病期间[7]，后来他在评价《颠狗病》时说，它是那种"想把指甲尽力的陷进肉里去，感到苦的痛苦"[8]，可能是病中更能感同身受。1921年他还翻译了伊巴涅斯另外一篇作品《意外的利益》，也是一个色调灰暗的短篇，译后记中说，"这篇小说可能来自伊巴涅斯下狱中见闻的回忆"[9]。这个译文收在周氏兄弟编译的《现代小说译丛》（第一集）（上海商务印书馆，1922年）。

周作人将Ibañez译为伊巴涅支，胡愈之翻译成伊白涅兹，戴望舒译成伊巴涅思，叶灵凤、杜衡、郎人苇、伯石[10]、从予[11]、倪文宙[12]等译成伊本纳兹，吴力译成伊班内司，李青崖译成伊巴臬兹……20至40年代翻译伊巴涅斯的名家真是人数众多，译本层出不穷，但从西文直译而来的屈指可数。其中李青崖是法国文学尤其是莫泊桑作品的翻译大家，他自法文转译了伊巴涅斯的《启示录四骑士》；戴望舒有转译自英文也有转译自法文，个别篇章译自西文；樊从予可能转译自日文。另外戴望舒、叶灵凤、杜衡等人志趣相投，过从甚密，伊巴涅斯也可能是他们小圈子内比较流行的一个外国作家。这些译文中影响较大的除了周作人前述两篇以及戴望舒的《良夜幽情曲》《醉男醉女》之外，还有李青崖的《启示录四骑士》以及叶灵凤的《塞比安的夜》，除了杂志上发表之外，都多次收入各种世界文学名著的选本或者出版了单行本并获得再版。

伊巴涅斯的流行，还跟一件事息息相关，那就是他本人曾于1923年来过中国。1924年1月的《东方杂志》上说，伊巴涅斯"携美国世界游历团自纽约启程来华，他先至日本，继由朝鲜以游北京，复由京南下来沪，然后再乘原船弗兰科尼（Franconia）而赴欧洲"[13]。回欧洲之后，伊巴涅斯曾经出版了一本《一个小说家的环球之旅》（*La vuelta al mundo de un novelista*，1924）其中第二卷专门谈中国印象。他的中国之行包括北京、上海、广东、香港以及澳门。在书中，他描绘了上述中国城市的人文地理与风土人情。比如在北京，他游览了很多名胜古迹，包括紫禁城、长城、颐和园等等。在上海，他认识了很多生活在那里的西班牙人，其中包括西班牙驻华大使胡里奥·帕伦西亚·蒂博（Julio Palencia y Tubau），建立上海大饭店（el Gran Hotel de Shanghái）的拉富恩特（Lafuente）；拥有上海最好的电影院线的安东尼奥·拉莫斯（Antonio Ramos）以及上海最大的黄包车公司老板阿尔贝特·科恩（Albert Cohen），他在书中描写了这些生活在上海的西班牙富人们的日常生活。伊巴涅斯对同时拥有国际化、现代化大城市和历史悠久传统古都的中国印象深刻而复杂。他应该是最早到中国旅行的西班牙大作家之一。

四

伊巴涅斯之所以能从纽约出发环球旅行，跟他的作品在好莱坞受到热捧有很大关系。《西班牙自然主义小说》一书中说，伊巴涅斯是塞万提斯之后最具国际声誉的西班牙小说家。他是在美国冉冉升起的，好莱坞制片厂把他的小说一部接一部地拍成电影。[14]比如《启示录四骑士》（*The Four Horsemen of the Apocalypse*，1922）、《狂流》（*Torrent*，1926）、《我们的海》（*Mare Nostrum*，

1926）。这些电影也曾经被引进到中国，并在上海、广州等大都市的剧院放映。阿英还曾经写过观后感《伊本纳兹的戏曲》（写于1928年12月8日）。[15]这些电影的引进和放映，无疑进一步扩大了伊巴涅斯在国内的知名度，促进了对伊巴涅斯作品的汉译和出版。有趣的是，因为《启示录四骑士》鲜明的反战思想，1930年广州市公安局发给属下各分局文件中称，驻广州德国总领事来函，提到《四骑士》"挑拨战争恶感，有辱本国国体"，要求禁阻该片继续放映。[16]

1928年伊巴涅斯在法国去世，中国的媒体也发布了消息，有的媒体还刊发了纪念文章和新的译作。其中孙春霆的盖棺定论最到位："伊巴涅斯去世了，西班牙失去了无上的热力，全世界不见了伟大的标准。……他不仅是个文学家——其实这已经够光荣他的一生了，他还是一位有活跃的生命力的战士。苦战一生的伊巴涅斯给予他的著作一个鲜明的态度和一贯的生命：一个作者不是清风明月下的弄笛人或象牙塔里的唯美者。"[17]

不过因为好莱坞爱伊巴涅斯，"别扭"的鲁迅就对他颇有微词。我们都知道，鲁迅最爱的西班牙作家是巴罗哈（Pío Baroja），可能因为巴罗哈也是弃医从文的，所以鲁迅与他有些惺惺相惜吧。鲁迅每次介绍巴罗哈的时候都会说他与伊巴涅斯齐名，然后补一句，文学的本领，巴罗哈远在其上。他还说巴罗哈没有伊巴涅斯在中国名气大，主要是因为好莱坞没有改编巴罗哈的作品——"巴罗哈同伊本涅支一样，也是西班牙现代的伟大的作家，但他的不为中国人所知，我相信，大半是由于他的著作没有被美国商人'化美金一百万元'，制成影片到上海开演"[18]。鲁迅指的大约就是根据《启示录四骑士》改编的好莱坞电影，引进中国时被译为《儿女英雄》。他1928年5月4日跟许广平一起看了这部电影。[19]《儿女英雄》由爱尔兰导演雷克斯·英格拉姆（Rex Ingram，1892—1950）执导，编剧是琼·马西斯（June Mathis），美国米特罗电影公司（Metro Pictures Corporation，MGM电影公司前身）1921年出品。这部片子被看作是世界电影史上最早的反战电影之一，而且无论对米特罗公司还是对导演、编剧以及主演而言，都是一次巨大的成功。该片是鲁道夫·瓦伦蒂诺（Rudolph Valentino）这个早期好莱坞第一大男明星最重要的代表作，后来他又主演了《碧血黄沙》。引进上海之后，据说在上海大戏院连演十天，不少观众都一而再再而三地买票观看，被影片深深打动。[20]《我们的海》这部片子可能也被引进过，鲁迅翻译的岩崎昶的《现代电影与有产阶级》一文中也曾经提到它跟《启示录四骑士》一样都是反战影片："在以根据西班牙的发狂底反对德国者伊本纳支（Blasco Ibañez）的原作《默示录的四骑士》（*Four Horsemen of the Apocalypse*）、《我们的海》（*Mare Nostrum*）为代表作品的战争影片上，亚美利加的支配阶级便描写出德国军队的如何凶残，德国潜艇的如何非人道，巧妙地煽动了单纯的花旗人。"[21]当然，对于伊巴涅斯的反战，鲁迅还是认可的，"他当欧战时，是高唱人类爱和世界主义的"[22]。

五

相比巴罗哈为代表的"九八年一代"作家，伊巴涅斯确实有些不前不后、不新不旧的尴尬。巴罗哈和乌纳穆诺等对19世纪的现实主义、自然主义传统嗤之以鼻，他们更希望的是猛烈地打破传统的僵局，寻找新的突破和道路。加尔多斯是他们必须弑掉的文学之父，而伊巴涅斯虽然只比巴罗哈大五岁，比因克兰、乌纳穆诺还小一点，却因为文学观念与风格的"落伍"也被放置在父一代的象征位置上。"九八年一代"一直被视作推开西班牙现代文学之门的一代，而与他们差不多同龄的伊巴涅斯显然被硬生生地关在了旧世

图1　美国米特罗电影公司1921年出品的《启示录四骑士》剧照

纪。在很多西班牙文学史中，伊巴涅斯都被划分为19世纪末期的作家，而巴罗哈等"九八年一代"却被置于20世纪文学的开章。有点像托尔斯泰和陀思妥耶夫斯基，虽然二人几乎是同龄人，但前者一直被认为是19世纪最后的古典文学大师，后者则被视作现代主义小说的鼻祖之一。

伊巴涅斯被"错误断代"[23]，一是因为早期出道的时候，写的比较多的是瓦伦西亚特色浓郁的地域小说；二是因为作品中左拉留下的印迹比较深；三是因为很多作品描写农民、劳工等底层人的贫苦与挣扎；四是作品可

图2　美国派拉蒙公司1922年出品的《碧血黄沙》海报，主演是鲁道夫·瓦伦蒂诺

图3　美国20世纪福克斯公司出品的《碧血黄沙》西班牙语版海报，该片获得第十四届奥斯卡最佳摄影奖（彩色片）

读性太强，情节跌宕起伏，人物栩栩如生，叙事情绪饱满，渲染力强，很容易把读者带入文本情境。伊巴涅斯的《茅屋》(*La Barraca*，1898)、《碧血黄沙》(*Sangre y Arena*，1908)、《启示录四骑士》(*Los Cuatro Jinetes del Apocalipsis*，1916)都是20世纪初西班牙最畅销的小说，但在当代文学史家和读者们看来，它们太戏剧性、太地域性、太民族性，总之太19世纪，太Out（过时）了。而"九八年一代"之所以被视作是现代的，是因为他们的文学被认为是向内的、朝向西班牙的灵魂，更具哲学性和思辨性。[24]比如巴罗哈，鲁迅曾称赞巴罗

哈是"具有哲人底风格底最独创底作家"(《〈放浪者伊利沙辟台〉和〈跋司珂族的人们〉译后附记》,1929年)。更不用说"九八年一代"的灵魂人物乌纳穆诺,他的小说可能就是他另一种形式的哲学写作。

作为学院派的一员,我也是一直拒绝承认伊巴涅斯的,虽然大学时期真的是一口气读完了《碧血黄沙》。同样是写出海打鱼,我曾经认为海明威的《老人与海》比伊巴涅斯的《海上》高出不止一个巴罗哈。[25] 毕竟细读《老人与海》可以写出一本书,意象、隐喻啊……但《海上》这种直抒胸臆、情感饱满的叙事,某种意义上缺少开敞性,让人无从下嘴,不知从何处开始阐释。但我们可能都忘记了,海明威的多部作品都可以看到伊巴涅斯的影子,比如《启示录四骑士》对《丧钟为谁而鸣》、《海上》对《老人与海》的影响是清晰可见的。[26] 美国著名海明威研究专家苏珊·比格尔(Susan F. Beegel)的代表性成果就是从《没有被打败的人》与《碧血黄沙》对比中看海明威如何亦步亦趋地学习伊巴涅斯。[27]

有批评家认为伊巴涅斯是一个"即兴演奏者",意思是说他的作品都是未经深思熟虑的,随意任性,感情肆意。但是当我们发现,令伊巴涅斯投入情感最多的都是那些挣扎在动荡的世纪之交的西班牙社会底层的贫苦人,当我们读到那些愤怒的控诉、激情的批判、热烈的关切时,我们很难置身文本或历史之外。没有伊巴涅斯对社会的悲苦与绝望入木三分的描写,又怎能唤起破旧立新的革命斗志?在这个意义上说,伊巴涅斯也以自己的方式参与了西班牙对19世纪的告别,对新世纪、新未来的憧憬。这也是为什么"五四"一代新文学家们乐此不疲地译介他的作品给中国读者的原因所在吧。

近两年,巴罗哈、阿左林的作品都在中国重新出版了,希望伊巴涅斯也能重新回到我们的视野。

注　释

［1］　萨尔瓦多·德·马德里亚加：《西班牙现代史论》，朱伦译，中国社会科学出版社，1998年，第97页。

［2］　同上书，第108页。

［3］　同上书，第346页。

［4］　这篇译文后来被收入胡愈之编辑的个人外国小说译文选集《星火》，作者译名改为"伊卜涅兹"，现代书局，1928年6月；《世界短篇小说名作选》，然而社出版部，1935年。

［5］　沈雁冰：《西班牙写实文学的代表者伊本讷兹》，载《小说月报》1921年第12卷第3期。

［6］　1921年9月4日、5日、11日兄弟间通信。

［7］　《颠狗病》，周作人译，载《新青年》1921第9卷第5期，第102—110页。

［8］　周作人：《苦雨斋序跋文·空大鼓序》，载《周作人文类编·希腊之馀光》，湖南文艺出版社，1998年，第599—600页。

［9］　《现代小说译丛》第一集，新星出版社，2006年1月，第198—206页。

［10］　原名朱遵柱。笔名有伯石、司徒瑜等。

［11］　樊从予（1901—1989），原名樊仲云，曾加入文学研究会，翻译过厨川白村的《苦闷的象征》，曾追随汪精卫叛国投敌，出任汪伪国民政府教育部政务次长、汪伪中央大学校长。

［12］　倪文宙，《西行漫记》的译者之一。

［13］　云：《伊本纳兹来华后的所见》，载《东方杂志》1924年第21卷第1期，第D19页。

［14］　J. A. Garrido Ardila, "A Concise Introduction to the History of the Spanish Novel", in J. A. Garrido Ardila (ed), *A History of Spanish Novel*, Oxford University Press, 2015, p. 22.

［15］　阿英：《阿英全集·第一卷》，安徽教育出版社，2003年，第269—271页。

[16] 影片于1930年被禁映。《公安局禁映四骑士画片》,载广州市《市政公报》1930年第358期,第53—54页。

[17] 孙春霆:《伊巴涅斯评传》,引自伊巴涅思:《醉男醉女》,戴望舒译,光华书局,1928年,第1页。

[18] 鲁迅:《面包店时代·译后记》,1929年,载《鲁迅译文集》第10卷,人民文学出版社,1958年,第536页。

[19] 曹树钧:《鲁迅戏剧电影活动年谱(中)》,载《上海鲁迅研究》2007年第2期,第197页。

[20] 《记影戏儿女英雄》,载《紫兰花片》1922年第5期,第77—89页。

[21] 鲁迅:《二心集鲁迅作品集》,万卷出版公司,2014年,第157页。

[22] 鲁迅:《华盖集续编》,载《鲁迅全集》第三卷,人民文学出版社,2013年。

[23] Richard E. Chandler and Kessel Schwartz, *A New History of Spanish Literature* (Revised Version), Louisana State University Press, 1991, pp. 147−148.

[24] Roberta Johnson, "Narrative in Culture: 1868−1936", in David T.Gies (ed.), *The Cambridge Companion to Modern Spanish Culture*, Cambridge University Press, 1999, pp. 128−129.

[25] 巴罗哈也有一些描写海边生活的小说,海明威很崇拜巴罗哈,他曾拜访过晚年的巴罗哈。

[26] Linda Wagner-Martin, "The Intertextual Hemingway", in Linda Wagner-Martin (ed.), *A Historical Guide to Ernest Hemingway*, Oxford University Press, 2000, pp. 184−185.

[27] Susan F. Beegel, "The Undefeated and Sangre y Arena: Hemingway's Mano a Mano with Blasco Ibanez", in Kenneth Rosen (ed.), *Hemingway Repossessed*, Praeger, 1994, pp. 71−85.

卡夫卡的《万里长城建造时》

| 田戈兵

田戈兵

1963年出生于西安。1991年毕业于中央戏剧学院。80年代末即参与实验剧场活动。1997年建立纸老虎工作室。纸老虎作为一个独立艺术共同体,由舞者、艺术家和一些来自不同领域的人们进行共同创作。用残酷幽默的"搅局"姿态,粉碎现实世界的谎言,并把戏剧作为一个进入现实的按钮,让社会与剧场行为进行交流和置换,将视觉艺术与剧场现场、社会表演与剧场表演进行混合创作。纸老虎早期的一系列作品均以生活为材料,对当代现实进行解构、置换、误读、续写和戏剧性的重构。

近20年时间里,田戈兵策划和创作了大量的艺术项目及作品,代表作品包括《北京蓝》(1997年)、《杀手不嫌冷和高雅艺术》(1998年)以及《酷》(2006年)、《朗诵》(2010年)、《误读三部曲》(2010年)、《群众:非常高兴》(2012年)、《十诫》(2016年)和《500米:卡夫卡、长城,不真实世界的图画及日常生活中的英雄主义》(2017年)等。

一 总 括

在我二三十岁时的20世纪八九十年代，有一段时间迷上卡夫卡。最早是在《世界文学》上看到《变形记》，后来是《城堡》的单行本，再到其他作品。膜拜卡夫卡，从80年代到现在都是文学青年的标准姿势。后来知道，全世界的文学青年都如此。《万里长城建造时》一定在那个时期看过，内容全忘了，但这个名字牢记于心是因为在我们所知的所有"长城"句式和词缀里，大都是被定义为完成状态，"建造时"这种时态是唯一的。

2010年后，我转向跨文化剧场，如果没有这次创作转向，恐怕不会再次重读和"发现"卡夫卡这个"不知名"的以"我们民族"口吻写作的《万里长城建造时》。实际上，我之前的剧场工作一直是远离文学文本的。在创作《群众：非常高兴》后，我们在寻找一些"不同文化间触点"的资料，于是重读《万里长城建造时》，一开始关心的是：在1917年，一百多年前的卡夫卡这次关于中国长城的写作是怎么发生的？随后意识到在这次写作的一百年以后"我们依然生活在卡夫卡所虚构的世界里，我们可能从未走出那个世界，我们不可能以自己的方式走出来"这一"性命攸关"的问题。以及本雅明："卡夫卡的写作只是对世界已无真理可言的比喻，这也是为何卡夫卡作品里只有'谣言'和'愚蠢'这两种奇怪的遗产，只有支离破碎的智慧。"

《万里长城建造时》的一个中心视角是对时间的提问，他写到长城修建工程中的不同时间性以及信息传递到中国边远角落的问题，时间在空间里的往复循环轮回构成万里帝国的想象:"我们的国家如此辽阔,哪个童话也出不了它的国境,上天也才刚刚罩住了它。"那个死去皇帝的遗诏穿越几千年依然在路上,无法到达。

正是对于这种混乱"环形时间"的深刻理解,使卡夫卡对于长城和中国的解读具有惊人的贴切并直达当下。这使我们找到将卡夫卡这个写作变成一次剧场工作的契机,即把卡夫卡和他对于中国长城建造的想象拿来,作为当代人类一面无休无止地改造世界,同时作为个人却也深陷迷惘的一种象征。

更重要的是来自当代现实政治的紧迫性。从1917年卡夫卡写作《中国长城建造时》到今天,一百多年时间,历史似乎完成了一次循环。

1917年,欧洲的奥匈帝国、土耳其帝国正在"一战"中分崩离析,俄国十月革命一触即发。一位奥匈帝国的军官手记写道:"所有美好的事情都留在了1916年,而今年有的只有疯狂。俄国爆发了革命,这对我们来说是个好消息,但意大利人可能发动新的攻势。美国人对我们宣战了,但是我们的德国盟友认为他们暂时对我们无能为力。我听说中国今天也对我们宣战了,中国人为什么要对我们宣战?我们会看到中国军队吗?他们会从伊松佐河来,还是从喀尔巴阡山来?在我们需要依靠土耳其人的今天,他们也已经需要依靠中国人了吗?说到这个,我记得有人说暹罗对我们是同情的,说不定某一天暹罗会站到我们这一边来。"

2017年,网络新闻触目皆是,英国脱欧的公投通过;欧洲帝国再陷危机;美帝国的特朗普当选总统,正准备在墨西哥边境再造一座长城;世界各国右翼势力重新崛起;与此同时,中国的"一带一路"之车已经开动……

回到《万里长城建造时》,我们了解到,如同卡夫卡许多其他作品一样,这依然是一个没有完成的写作。关于"中国长城"这次写作的诸多残片散落在《八开笔记本》(或叫《蓝色八开笔记本》,*The Blue Octavo Notebooks*)的第三本里，原手稿反复涂改，透露出卡夫卡写作的最重要特质：绝对的不确定性。现在被翻译的《万里长城建造时》只是众多文字残屑里一个相对完整片段，其他还有《故纸一页》，第一句"看起来祖国的防御完全被忽略了，所以北方蛮族占领了我们的地方……"在《故纸一页》里，卡夫卡从欧洲人的视野里看到"外国人"是怎么被构建出来的，与《万里长城建造时》的防御边界相对应。还有一个无名片段描写了"修建长城的消息"——一个宏大叙事在被具体个人接收到的那个瞬间时刻。收在《八开笔记本》里的残片还有《日常的迷惘》（也翻译成"日常生活中的英雄主义"）和《塞壬的沉默》等。

  以上罗列卡夫卡文本碎片，展现出一种碎片式空间。卡夫卡写作的未完成与素材感提供了"建造时"的工作进行状态，一种"断章式"碎片美学。至此，《万里长城建造时》的写作及有关材料可能成为我一次剧场工作的起点。前面说，我的剧场创作不以文学文本为中心，经典写作更不涉及。至于卡夫卡，我从未想过有一天会使用他的文字。我一直认为卡夫卡的写作无法剧场化，后来多年在世界各地看到的与卡夫卡有关的剧场作品都一再印证了我的看法。但现在，卡夫卡好像忽然变成我跨文化剧场工作中的"伙伴"，彼此可以毫无障碍、心领神会地玩起来。我在这里用"玩"来形容卡夫卡，在所有汗牛充栋的卡夫卡研究里恐怕都不会见到这个字。但"玩"是我解码卡夫卡的方式，我甚至觉得他的所有写作都是一个智能游戏编程的过程，卡夫卡是不是第一个类似人工智能写作的作家呢？

  2016年4月，我做了第一次关于卡夫卡《万里长城建造时》文本工作坊。参加工作坊的24位年轻人身份、经历各异，每人选择一段文本介绍给大家。通过这次工作坊我们发现了一种集体阅读卡夫卡的方式，即非线性地从卡夫卡文字的四面八方进入，好像进入了一个游戏的空间。从卡夫卡一百年前假借"比较民族学专家"而写作的这个学术论文式的"小说"里，所有年轻人居然无一例外地获得了非常当下的经验。后来,我将这种阅读方式用在排练里。

从卡夫卡《万里长城建造时》的写作开始的剧场项目《500米:卡夫卡、长城,不真实世界的图画及日常生活中的英雄主义》,由纸老虎工作室与世界戏剧节、汉堡塔利亚剧院、克拉科夫国立老剧院、歌德学院联合制作。2017年5月首演于汉堡世界戏剧节,同年8月在上海明当代美术馆实现国内首演。

在《万里长城建造时》的工作中,我们发现了卡夫卡对非自然的"人工制造""人工建筑"的着迷。与"长城写作"连贯的还有《城徽》《城堡》等。1924年,他的最后一篇作品《地洞》是一篇虐心的人类自我构建的碎碎念,是人工智能式的自己玩自己的肉身困境,是在人类自己的正常逻辑里呈现的精神分裂。在"长城"后,成为我们卡夫卡建筑三部曲的下一个选题。

本文的第三部分摘选自与演员排练时的笔记。

二 《万里长城建造时》
(卡夫卡 著 周新建 译)

中国长城是在其最靠北的地方竣工的。[1] 此项工程分别由东南和西南开始,最后交会在这里。在东西两路筑墙大军中,又在更小的范围里实行这种分段修筑的方法,于是修筑城墙的人就被分成一个个二十人左右的小队,每个小队负责修筑出五百米,然后一个相邻的小队再朝他们修筑同样长的一段。可是当这两段连通之后,却并没有接着这一千米的头继续往下修,更确切地说,这两个小队又被派往完全不同的地区去修筑长城。采用这种方法自然就产生了许多大豁口,它们是逐步缓慢地填补起来的,有些甚至到长城宣布竣工之后才填补上。是的,据说有些豁口根本未被堵上,虽然这是一种大概只能在围绕这项工程而产生的众多传说中见到的看法,但由于这项工程规模太大，靠自己的眼睛和自己的标准是无法核实这些传说的，至少单个的人做不到。

起初人们认为，无论从哪种意义上说，连起来修，至少两大部分各自连起来修更为有利。谁都在说，谁都知道，修筑长城是出于抵御北方诸族的考虑。然而一道未连起来修筑的长城如何进行抵御。不能，一道这样的长城不仅无法抵御，而且建筑本身也总是处在危机之中。处在荒凉地区无人看管的一段段墙很易遭受游牧民族的一再破坏，由于修筑长城他们受了惊吓，像蝗虫似的飞快地变换着居住地，因此他们大概比我们修筑者更能了解整体的情况。尽管如此，这项工程的实施大概只能采用这种实际采用的方法。若要理解这些必须这样考虑：此长城应当成为几个世纪的屏障；绝对认真的修筑，利用各朝各代和各个民族的建筑智能，修筑者持之以恒的个人责任感，这些都是修造长城必不可少的先决条件。那些粗活虽然可以使用无知的民夫，男的、女人、少的，都是为了挣大钱而自荐其身，但指挥四个民夫的伍长则应是个有头脑、受过建筑业教育的人，应是个能从心底体会出此事意义何在的人。要求越高，成效就越高。实际上，虽然当时这种人才的数量满足不了工程所需，但也十分可观。

当时动工并不轻率。在此项工程开工前五十年，在大概已用墙圈起来的整个中国，建筑技术，特别是泥瓦手艺已被宣布为最重要的科学[2]，而其他各业仅仅在与其有关联时才能获得承认。我还十分清楚地记得，还是在做小孩的时候，我们的小腿刚能立稳，就站在先生的小花园里，得用卵石砌起一种墙，当先生撩起长衫撞向那堵墙时，它当然全倒塌了，先生训斥我们砌得不牢，吓得我们哭着叫着四下跑开去找自己的父母。虽是一桩小事，但却典型地反映出那个时代的精神。

我很幸运，当我二十岁完成了初等学校的最高级考试时，正好赶上长城开工。我说幸运,那是因为有许多人早已完成他们所能享受的学业,但多年没有用武之地,胸藏宏伟的建筑构想,但却徒劳地四处奔波,大批地潦倒了。不过那些终于作为工程领导者——尽管属于最低等级——来从事这项工程的人,事实上是堪当此任的。他们是对这项工程进行过许多思考而且还在继续思考的泥瓦匠人,自打第一块基石埋入土中,他们就感到已与这项工程融为一体。当然,除了渴望能够从事最基础的工作,驱使这些泥瓦匠人的还有迫不及待地想看到工程终于完美无瑕地竣工的心情。³民夫可没有这种心情,驱使他们的只有工钱。至于高层领导者,甚至中层领导者,为了保持精神方面的强大,他们讨厌工程多方展开。然而对那些地位较低、才智未尽其用的人,则必须采取别的措施,例如不能让他们一连数月,甚至数年在离家千里的荒山野岭一块又一块地砌墙砖,这种辛勤的劳动可能干一辈子也没什么结果,若对它失望就会使他们丧失信心,最重要的是会使他们在工作中愈加失去作用。因此人们选择了分段修筑的方法。五百米约五年即可完成,此时这些小头目自然已是精疲力尽,对自己、对工程、对世界都失去了信心。所以当他们还在为一千米城墙连通典礼而欢欣鼓舞时,就又给派往很远很远的地方。旅途中,他们不时看到一段段竣工的城墙巍峨耸立,路经上司的驻地时,他们得到颁发的勋章,耳中听到的是新从内地涌来的筑墙大军的欢呼声,眼里看到的是为做手脚架而伐倒的森林,一座座石山被敲成了城砖,在各个圣地还能听到虔诚的人们祈求工程竣工的歌声。这一切都缓和了他们焦急的心情。在家乡过了一段平静的生活,他们变得更加健壮。修筑长城的人享有的声誉,人们听他们讲述修长城时的虔诚敬意,沉默的普通老百姓对长城终将完工的信心,这一切又绷紧了他们的心弦。他们像永远怀着希望的孩子一样辞别了家乡,再为民族大业尽力的欲望变得无法抑制。他们还没到时间就从家里出来,半个村子的人一直把他们送出好远好远。每条路上都能看见一队队人,一面面角旗,一面面彩旗,他们从未发现,自己的国家这么辽阔,这么富裕,这么美丽,这么可爱。每个农人都是兄弟,要为他们筑起一道屏障,为此他将用他的一切感激一辈子。多么协调!多么一致!胸贴着胸,一种民间轮舞,血液不再被禁锢在可怜的体内循环之中,而是在无边无际的中国甜蜜地往复流淌。[4]

通过这些分段修筑的方法就变得容易理解了,不过它大概还有种种其他原因。我在这个问题上停留这么长时间并不奇怪,它是整个长城工程的核心问题,它暂时好像不那么重要。我要介绍那个时代的思想和经历,并让人们理解它们,而我无法深入探究的恰恰是这个问题。

人们大概首先得告诉自己,那时取得了许多成就,它们仅略略逊色于巴别塔的建造,然而在虔诚方面,它们简直就是那项建筑的对立面,至少按照人的打算是这样。我之所以提起这些,是因为在长城工程开始时,有位学者写了本书,十分详细地进行了比较。他在书中试图证明,巴别塔的建造未达目的绝不是由于众人所说的那些原因,或者说,至少首要原因不在众所周知的原因之列。他不仅写文章和报道进行证明,而且还想亲自去实地调查,同时他认为,那项工程失败于根基不牢,而且肯定是失败于根基不牢。然而在这方面我们这个时代远远超过了那个早已逝去的时代。如今几乎每个受过教育的人都是专业泥瓦匠人,在地基问题上都不含糊。[5]可这位学者根本没有论及这些,他声称,长城在人类历史上将第一次为新的巴别塔打下坚实的基础。也就是说,先筑长城后造塔。这本书当时人手一册,不过说实话,直到今天我还没完全弄明白,他怎么想象出了这座塔。长城并没构成一个圆,而是只构成四分之一或半个圆,难道它能作为一座塔的基础?这只能算作智力方面的平庸。然而作为一种实实在在存在的长城,付出无数艰辛和生命的结果,它到底是为了什么?为何在这部著作里要描绘那座塔的规划,虽然是朦胧模糊的规划，为何要为在这项新的大业中如何统一协调民族的力量提出种种具体建议呢？

这本书仅仅是一个例子，当时人们的脑子里极为混乱，也许这恰恰是因为许多人力图尽量聚向一个目标。人的天性从其根本上来说是轻浮的，犹如飞扬的尘土的天性，它不受任何束缚。如果受到束缚，那它马上就开始疯狂地摇撼束缚它的东西，将围墙、锁链连同自己统统晃得飞向四面八方。

在确定分段修筑时，领导阶层可能并非没有重视与修筑长城截然相反的考虑。我们——在这里恐怕我是以很多人的名义这样说，其实我们是在抄写诏书时才互相认识的，而且我们发现，如果没有最高领导集团，无论是我们的书本知识，还是我们的见识，都不足以应付我们在这伟大的整体中担负的那点小小的职责。在领导集团的密室里——它位于何处以及里面坐着谁，我问过的人谁也不知道，现在仍不知道。大概人的所有想法和愿望都在那间密室里盘旋，而人的所有目标和愿望都在反向盘旋。透过窗户，神界的余晖洒落在领导集团描绘各种规划的手上。

全线同时修筑面临着许多困难，领导集团就是真想克服也无力克服，这种说法有主见的观察者是不会接受的。这么一来就有了这样的推断，即领导集团故意实行分段修筑。然而分段修筑仅仅是一种权宜之计，是不合适的。于是就有了这种推断：领导集团要的就是不合适。——奇特的推断！毫无疑问，即使从另一方面看它也有一些自身的合理性。今天说这些大概毫无危险了。当时有许多人暗暗遵循着一条准则，甚至连最杰出的人也不例外，这就是设法尽全力去理解领导集团的指令，不过只能达到某种界限，随后就得停止思考。一个十分理智的准则，它在后来经常提起的一个比喻中又得到了进一步的阐释：并非因为可能会危及于你，才让你停止思考，不能完全肯定就会危及于你。在这里简直就既不能说会危及，也不能说不会危及。你的命运将与春天的河流一样。它水位上升，更加势壮威大，在其漫长的河岸边更加接近陆地，保持着自己的本性直到汇入大海，它与大海更加相像，更受大海的欢迎。——对领导集团的指令的思考就到此为止。——然而那条河后来漫出了自己的堤岸，没了轮廓和体形，放慢了向下游流淌的速度，企图违背自己的使命，在内陆形成一个个小海，它毁掉了农田草地，但却无法长久保持这种扩展的势头，只好又汇入自己的河道，到了炎热的季节甚至悲惨地涸干。——对领导集团的指令可别思考到这种程度。

这个比喻用在修筑长城期间大概特别恰当，但对我现在的报道的影响至少是十分有限。我的调查只是一种历史调查。已经消散的雷雨云不会再喷射闪电，因此我可以去寻找一种对分段修筑的解释，它要比人们当时所满足的解释更进一步。我的思维能力给我划定的范围可是够窄的，但能纵横驰骋的区域却无边无际。

长城该用来防御谁？防御北方诸族。我来自中国东南部。没有一个北方民族能对我们构成威胁。关于他们，我们都是在古人写的书中读到的，他们出于本性犯下的暴行害得我们在宁静的亭子里长吁短叹。在艺术家们一幅幅写实画里，我们看到了那些该罚入地狱的面孔，咧开的嘴巴，插着尖牙利齿的下巴，闭拢的眼睛，似乎特别眼馋将被嘴巴咬碎嚼烂的猎物。如果小孩子调皮捣蛋，只要把这些画拿给他们一看，他们就会哭着扑过来搂住我们的脖子。关于这些北方国家，我们知道的也就这么多。我们从未见过他们，待在自己的村子里，我们永远也见不到他们，即使他们跨上烈马笔直朝我们奔来——国土太大了，他们到不了我们这里，他们将永远留在空中。[6]

既然如此，我们为何要离开家乡，离开这条河这些桥，离开父母，离开啼哭的妻子和亟待教诲的孩子，前往遥远的城市求学，我们为何还要想着北方的长城？为什么？去问问领导集团。他们了解我们。总在考虑忧心的大事的领导集团知道我们的事,清楚我们这小小的手艺,他们知道我们全坐在低矮的棚屋里,傍晚父亲当着家人做的祈祷他们或许满意,或许不满意。如果允许我这样想领导集团的话,那我就得说,按照我的观点,这个领导集团早就存在,但却不碰头,大概是受凌晨一个美梦的刺激,朝臣们急急忙忙召开了一次会议,急急忙忙做出决定,到晚上就叫人击鼓将百姓从床上召集起来解释种种决定,尽管那无非就是为了办一次祭神灯会,那神昨天曾向这些先生显示过吉兆,可到第二天街灯刚刚熄灭,他们就在一个昏暗的角落里被痛打了一顿。其实这个领导集团可能一直存在着,修筑长城的决定也一样。无辜的皇上以为是他下诏修筑的长城。我们修过长城的人知道不是那么回事,我们沉默着。

从修筑长城一直到今天,我几乎一直单攻比较世界史——有些问题只有这种方法才能在一定程度上触到它们的神经——我在研究中发现,我们中国人对某些民众和国家的机构无比清楚,而对其他机构又无比模糊。探寻这些原因,尤其是探寻后一现象曾一直吸引着我,如今也一直吸引着我,而这些问题就涉及长城的修筑。

至少皇室就属于我们最不清楚的机构之一。当然在北京,或者说在宫廷侍臣中,对它还清楚一点,虽然这种清楚虚假大于真实。就连高等学府的国家法教师和历史教师也装作对这些事了如指掌,装作能将了解的情况介绍给大学生。学校的等级越低,对自己的知识当然就越不疑心,而浅薄的教育则围着少数几个数百年一成不变的定理掀起铺天盖地的巨浪,它们虽然不失为永恒的真理,但在这种云天雾海中恐怕永远也分辨不出来。

不过根据我的看法,关于皇室的问题该去问问百姓,因为百姓是皇室最终的支柱。当然在这里我又是只能说说我的故乡。除了各位农神以及全年对他们丰富多彩、非常出色的祭祀活动,我们脑子里装的只有皇上,但不是当朝皇上。其实，如果我们了解当朝皇上，或是知道他某些具体的情况，我们脑子里就会装着他。当然我们总想得知这方面的什么事，这是我们仅有的好奇心，然而说起来是那么离奇，要了解到什么几乎是不可能的，在游历众多的朝圣者那里了解不到，从远远近近的村子里了解不到，在不仅在我们的小河里行过船，而且闯过大江大河的船夫那里也了解不到。虽然听到的很多，但从中什么也推断不出。7

　　我们国家如此辽阔，哪个童话也出不了它的国境，上天也才刚刚罩住了它……北京仅仅是一个点儿，而皇宫仅仅是一个小点儿。然而皇帝却反而大得充满这世界的每一层。可当今皇上和我们一样也是人，他像我们一样也要躺在一张床上，那床虽然量时绰绰有余，但可能还是又短又窄。和我们一样，他有时也伸伸胳膊展展腿，十分困倦时就用他那细嫩的嘴打打呵欠。可这些我们怎么会知道，在几千里之外的南方，我们几乎处在西藏高原的边缘。另外，就算每个消息都能传到我们这里，那也到得极晚极晚，早就过时了。皇上周围簇拥着大批显赫却难以看透的朝臣——臣仆和朋友的衣服里面是恶毒和敌意，他们是帝制的平衡体，他们总想用毒箭把皇帝射下秤盘。帝制是不朽的，但各个皇帝却会跌倒垮台，即使整个王朝最终也会倒在地上，咕噜一声便断了气。关于这些争斗和苦楚百姓永远不会知道，他们就像迟到的外地人，站在人头攒动的小巷的巷尾，静静地吃着带来的干粮，而前面远处的集市广场中央，正在行刑处决他们的主人。有那么一个传说，它清楚地反映出了这种关系。皇上，故事就是这么讲的，给你，给你个人，给你这可怜的臣仆，给你这在皇上的圣光前逃之夭夭的影子，皇帝临终前躺在床上偏偏给你下了一道诏。他让传诏人跪在床边，对着他的耳朵低声下了诏。他非常重视这道诏，所以又让传诏人对着他的耳朵重复了一遍。他点了点头表示重复的诏毫无差错。当着所有目睹皇上驾崩的人——一切障碍均被摧毁，在高大宽阔的露天台阶上，站着一圈圈帝国的大人物——当着这所有人的面，皇上把传诏人打发走了。传诏人马上动身。他身强体壮，不知疲倦，一会儿伸出这只胳膊，一会儿伸出那只胳膊，在人群中奋力给自己开路。遇到抵抗时，他就指指胸前，那里有太阳的标记，因而他比任何人都更容易往前走。可拥在一起的人是那么多，他们的住地一眼望不到头。如果面前展现出一片空旷的原野，那他就会疾步如飞，你大概很快就会听到他的拳头擂你的门。但实际上却并非如此，他的汗水会付诸东流。他依旧还在内宫的房间内拼命挤着，他将永远也挤不出来。即使他能挤出来，那也没用，他还得奋力挤下台阶。即使挤下台阶，也还没用，还须穿过好几处院落，穿过院落之后又是一座圈起来的宫殿，又是台阶和院落，又是一座宫殿，如此下去得要几千年。当他终于冲出最外面那道宫门时——然而这种事永远永远也不会发生，京城才出现在他面前，这世界的中心处处塞满了高处落下的沉积物。谁也别想从这里挤出，带着遗诏也不行。——然而每当黄昏降临时，你就坐在窗边梦想着那道遗诏。[8]

我们的百姓就是这样看皇上，既那样失望，又是那样满怀希望。他们不知道谁是当朝皇帝，甚至对朝名也心存疑问。学校里依照顺序学着许多这类东西，然而人们在这方面普遍感到疑惑，因而连最好的学生也只能跟着疑惑。早已驾崩的皇上在我们这些村子里正在登基，只在歌中还能听到的那位皇上不久前还颁布了一道诏书，由和尚在祭坛前宣读了它。最古老的历史战役现在才打起来，邻居满脸通红冲进你家送来这个消息。后宫的女人被奢养在锦垫绣枕之中，狡猾的侍从使她们疏远了高尚的品德，权欲膨胀，贪得无厌，恣意行乐，一再重新犯下一桩桩罪行。时间过得越久，一切色彩就越是艳丽得可怕。有一次全村人在悲号中得知，几千年前曾有一个皇后大口大口饮过自己丈夫的血。

百姓就是这样对待过去的君主,但又将当朝君主混进死人堆里。有一次,那是某一代的某一次,一个正在省内巡视的皇室官员偶然来到我们村子,他以当朝皇上的名义提了某些要求,核查了税单,听了学校的课,向和尚询问了我们的所作所为,在上轿之前,他对被驱赶过来的村民长篇大论地训诫了一番,将一切又总结了一遍,这时大家的脸上都掠过一阵微笑,你瞟我一眼,我又瞄他一下,接着都低下头看着孩子,免得让那位官员注意自己。怎么回事,大家暗想,他讲死人就跟讲活人一样,可这位皇上早已驾崩,这个朝代也早已覆亡,官员先生是在拿我们开心吧,不过我们装作并未觉察,以免伤了他的面子。可人们只能真正服从当朝君主,因为其他一切都是罪孽。在匆匆离去的官轿后面,某个被从已经坍塌的骨灰坛中搀起的人一跺脚变成了这个村子的主人。

同样,我们这里的人通常很少与朝政的变更和当代的战争有什么关联。我还记得少年时代的一件事。一个邻省,虽是邻省但相距却十分遥远,爆发了一场暴动。⁹ 暴动的原因我想不起来了,而且它们也不重要,那地方每天早晨都会产生暴动的理由。那地方的人情绪激动。有一天,一个游遍那个省的乞丐将一份暴动者的传单带到我父亲家里。当时正好逢节,我们家里宾客满堂。和尚坐在正中间仔细看着这份传单。突然大家哄然而笑,传单在你抢我夺中扯碎了,收受了不少东西的乞丐被一顿棍棒赶出了门,大家四散而去,赶着享受那美好的日子。为什么会这样?邻省的方言与我们的完全不同,这种差异也表现在书面语的某些形式上,对我们来说,这些形式带有古文的味道。和尚还没读完两页,大家都已经做出了判断。老掉牙的东西,早就听说了,早就没搁在心里了。尽管——我记得好像是这样——乞丐的话无可辩驳地证实了那种可怕的生活,可大家却笑着晃着脑袋,一个字也不想听了。我们这里的人就是如此乐意抹杀现在。

如果能从这种现象中推断出,我们的心底根本没有皇上,那就离真实不远了。我得反复地说:也许再也没有比我们南方百姓更忠于皇上的百姓了,不过这种忠诚给皇上也带不来益处。虽然我们村口的小柱子上盘着神圣的龙,有史以来就正对着北京方向崇敬地喷吐着火热的气息,但村里的人觉得北京比来世还要陌生许多。难道真有那么个村子,那里房屋鳞次栉比,布满田野,站在我们的小山上怎么看也看不到,房子之间昼夜都站着摩肩接踵的人,真有那么个村镇吗?对我们来说,想象这样一座城市的模样太难了,还不如就当北京和皇上是一回事,或许就是一片云,一片在太阳底下静静漫步在时间长河中的云。[10]

这些看法的结果就是一种比较自由、无羁无绊的生活,但绝不是不讲道德,我在旅途中几乎从未遇到过像我故乡那种纯真的道德。这是一种不受当今任何法律约束,只遵从由古代延续给我们的训示和告诫的生活。

我得避免一概而论,我并不认为我们省上千个村子的情况都是这样,中国的五百个省就更不用说了。不过也许我可以根据我读过的有关这个题目的文字材料,根据我自己的观察——修筑长城期间人的资料尤为丰富,观察者借此机会可以探索几乎所有省份的人的心灵——根据这一切也许我可以说,各个地区关于皇上的主要看法显示出的基本特征与我家乡的总是一致的。我毫无将这种看法作为一种美德的意思。它主要是由统治集团造成的,在世界上最古老的帝国里,统治集团直到今天也没有能力或忽视了将帝制机构训练得如此清晰,以使其影响力能持续不断地直接到达帝国最远的边境。不过另一方面,百姓的想象力或猜测力欠缺也与此有关,帝制仅在北京是活生生的,只在北京才能让当代人感受到,百姓没有能力将它拉到自己这臣仆的胸前,他们的胸膛除了感受一下这种接触并在这种接触中消亡,再也别无所求。

这种看法也许并不是一种美德。更为奇特的是，这种欠缺似乎正是我们民族最重要的凝聚剂之一，是的，如果允许表达得更大胆的话，那就是我们生活于其上的这片土地。在这里详细说明一种指责的理由并不是在震撼我们的心灵，而是在摇撼我们的双腿，这更加糟糕。因此对这一问题的研究我暂时不想再搞下去了。[11]

三　评　注

1. 刘翔捷（后文简称"刘"）：我首先看到了完成时。

2. 刘：从技术工匠中区分，树立了地位，恢复了名誉。女娲造人。

3. 刘：底座。底座上面悬浮了一种愉悦感。

田戈兵（后文简称"田"）：关于"底座"我们正尝试一个踩人行进的表演，我想用《日常迷惘》的文本。

克里斯托夫（Christoph，后文简称"C"）：这个文本是在不可能性的日常性里，人们错过彼此，在错失中出现了一个时间的洞。多少个小时与一个时刻，语言的障碍导致时间的错失。日常交往中会有很多这样的漏洞。

田：那个被绊倒的情景就是你说的这个时刻，这一刻让一天都白忙活了。人们每天都在跨越时间、空间，但一个意外的身体跌倒，或叫陷落……

C：从存在主义到神话，在时间的往复穿梭中，最后都有一个被绊倒的身体——与亚当的堕落有关系，在圣经里有堕落的时刻，导致人有了身体的直觉。

4. 钟若含（后文简称"钟"）：在地铁换乘时读到这段。这一段文字有一种强烈的推动力，让我几乎无法放下手机——在换乘过程中体验着被人流和文字的同时推动。有一种构筑力，让我想到西方古典绘画，为体现英雄人物而形成的如金字塔般的构图，从根基向上巩固。这些语言文字让我当时感受到血液沸腾般的感觉,自己变成了地铁人流中的一个沸点,完全沉浸在这些排浪般的语句里。

田:内向沉默如若含,当场域和文字共同作用时,改变了她的身体和情感。

C:卡夫卡处理情感采取了模糊的方式——一个工头从精疲力竭到斗志昂扬。

钟:我昨天在纽约坐地铁赶去一个地方时还在想,如果再在地铁上读会不会有一样的体验?但纽约地铁上到处都是怪人轮番进行着表演。站台上也是各种演奏的声音,自己的注意力变得分散,感觉在北京的地铁上你必须更回到自己的世界,因为周围只是极度拥挤的人流,只有回归到这种"被煽动"中才能存活下去。

连国栋:这段有意思,很当下很熟悉。语言与现在的主旋律不违和,比如中央电视台纪录片那样的煽动感。

C:德语中这是一整句,比一页还长。这句话也解释了500米的分段修建方式。(阅读德语的一整句话。)通过修墙中个体的身体的运动变成国家的身体的一部分。一句话在描述一个旅程。

田:(阅读汉语的全段话)这一大段读起来特别过瘾。信心的激励,一种被卷进宏大齿轮里的快感。"民间轮舞"这个词感觉很好,翻译成"民间舞"就没感觉了。

5.刘:人人都是艺术家。没有特殊身份含义了。帝制是不朽的,皇帝可替换;只有神的荣耀,巴别塔,凡人是不可及的。

6.雷琰(后文简称"雷"):之前从没有想过。蛮族是谁?谁先说、先定义了,对方就是蛮族。

马内尔(Manel):中国对于欧洲就是东方的一块。

C：北方蛮族在当代的指涉是什么？

田：对于南方的来说，不知道蛮族是谁。对于北方蛮族来说，不知道自己是蛮族。

南方也从北方来。但"国家"是被"外国人"激活的，卡夫卡预见了这个问题：外国人怎么建构？在《故纸一页》里他提出了"北方蛮族"这个他者的基本特征。他也会反过来，假设自己是一个中国人，"我根本上就是个中国人，此刻正在返乡的路上……"，这种突然的迷失让情况更复杂了，国土之大，修一个长城显然是不够的，长城是一次次"历史性失败的"纪念碑，是领导集团的永恒象征，在这个纪念碑和象征面前，"人民的命运已经被悲剧性地决定了"。

7. 田：卡夫卡的幽默是总在为荒谬找理由，为错误辩护。在反复饶舌的自我辩驳和反诘中完成写作。

8. 王亚男：这是以感性方式进行的讲述。第一段和空间、时间、距离有关系；第二段在描述一件整体的事情，一个完整的动作：仿佛到达了、出去了，最后又被拉回来，原来没有出去，关于距离的感觉。

田：死人的命令已经发出，不可抗拒地要带给远方的可怜的你。永远不可能送到的口谕，所有人都在送了几千年的送信的这个"局"中。最重要的结论——帝制是不朽的，卡夫卡格言式地将帝制的核心写了出来。在神圣的闭塞感里，所有心思都指向了皇帝。人民群众永远都是"自干五"（网络词语，全称：自带干粮的五毛），清楚地表明了人民和自己命运的关系。卡夫卡嚣张地写："皇上，故事就是这么讲的，给你，给你个人，给你这可怜的臣仆，给你这在皇上的圣光前逃之夭夭的影子。"遗诏的传送，是不断晃范儿的方式。这段文字动作性很强，可以用来编舞。改造，重复，把词植入身体。附：卡夫卡曾经循环往复地描写亚当夏娃，在你失去信仰的时候出现，建立一个弥赛亚的通道，那里有会来救你的信使，这个信使只会在你不需要的时候出现。

C：皇帝正在各个国家登基。匈牙利正在出现独裁，渴望建立大匈牙利帝国。（skype［网络电话］里的克里斯托夫正在萨尔茨堡他的办公室，他指着窗外远处的山）欧洲的父亲查理曼大帝就在那里睡觉。他每隔100年会醒来看看世界有没有改变，如果改变太大他就会回来。如果有一天他回来不走了，就是基督教所说的末日。

田：全世界皇帝联合起来，共同传一道口谕。

C：特朗普说"我是全世界劳动人民最伟大的领导"！在1917年，奥匈帝国的皇帝约瑟夫一世死去，帝国的边界延到了希腊/土耳其，正好与今天"一带一路"的路线接壤。在希腊的比雷埃夫斯港，是难民进入欧洲的路线，也是"一带一路"的路线。

9. 雷：几段串起来感觉像自我倾诉，像是我自己写的家庭的迁徙史。20世纪60年代，丹江口水库、三门峡水库，河南迁到湖北，很多新移民的帮派和暴乱。外公经常说想回去看看老家，但已经没有了，只有一摊水。外公家附近还有很多三门峡移民。

田：你家庭的历史和这个大工程有关？卡夫卡的写作看起来像个记忆瓶，现在在你面前忽然被打开，里面是你们家的移民史。

夫子：丹江口水库下淹了一个完整的清代县城。

田：今天我们从卡夫卡讨论到了河南。或许文中根本没有外国人，只有我们自己。

10. 田：卡夫卡着迷于将最高权力抽象化，通过最琐碎的细节将它抽象化。"皇帝是我们制造的"，卡夫卡和众生开了一个玩笑，皇帝可能就是一棵树、一片云……

11. C：卡夫卡的写作都是没有完成的，有些只是一些句子。它们是被马克斯·布洛德组合在一起。布洛德的行为模糊了作者感。在学术上，如何发表真正的卡夫卡作品？卡夫卡似乎不想成为西方现代性这个系统中的一个"500米"。

风吹自遥远的地方：诗人勃洛克

汪剑钊

汪剑钊

资深诗歌爱好者,认为诗歌就是给美找到一个归宿。有著译若干种。

有的书是命定在等着某个人的。它就像一名忠实的恋人，隐居在某个约定的角落，静静地，等着意中人的来临，兴奋、不安，还有一点神秘……直到有一天，他（她）来了，于是，两者的相遇（或许还是邂逅）便揭开了一段绵长的亲密关系。譬如案头的这本俄文版《勃洛克诗集》，我觉得它仿佛就一直在等待汉语世界的我。这是苏联作家出版社的大型丛书《诗人文库》中的一种，于1955年在列宁格勒出版。蓝色的旧布封面，书角有点儿破损，露出了里面黄色的硬纸板，仿佛咧开了嘴巴在述说自己"静的喧嚷"之身世。书的封底还留存着一些未曾清除尽的牛皮纸残迹。而关于这本诗集的记忆顷刻就将我拉回到了大学时代。

1981年秋，阴差阳错，我成了杭州大学外语系俄语语言文学专业的一名本科生。当时，中苏之间的联系也处在几乎隔绝的状态中。直到大学毕业，我们这一届学生都没有亲眼见到过任何一个苏联人。这自然让我们感到毕业后的前景有些茫然。但所幸的是，俄罗斯文学还能给我们的心灵以甘泉般的慰藉。

有意思的是，在近乎恶补式的阅读中，我并不信任《辞海》和《中国大百科全书》所列词条中那些空洞、滥俗的套语化的"高度评价"，真正吸引我的恰恰是诸如"悲观""神秘""纯抒情诗""唯美主义"等词。于是，我从图书馆借出了《勃洛克诗集》，以求弄明白他的诗歌究竟是怎样的面貌。

那天，一借到诗集，我便来到图书馆前的一片草坪上，迫不及待地读了起来。不经意中,我读到了其中一首关于"白夜"和"红月亮"的诗歌,猛地受到了强烈的刺激,仿佛心脏被突然扎了一下。当时,头顶虽然是蓝天、白云和晌午灿烂的阳光,面前是碧绿的青草和不知名的粉红小花,周围还有不少同学或在潜心阅读,或在聊天,或在晒太阳,但我的脑海里浮现的却是另一幅场景:蔚蓝的天空,一枚血红的月亮在漂泊,映照着夜的惨白、无常与神秘。这首诗在关于"黑夜""银月"的常识之外指出了一种新的可能,在纯洁的语言之光中透显了一种反常的陌生化艺术效果。它的末句由"红的月亮"带出"静的喧嚷",在呼应中稍许变化,把两个对立的单词糅合到一起,形成了一个特殊的意象,引起了全新的审美感受,而这种极具震撼力的感受正是由作者创造的一些充满了悖论的词语组合带给了当初那个身为文学青年的我:

> 白色的夜,红的月亮
> 在蓝天里浮现,
> 美丽的幻影在徘徊,
> 倒映在涅瓦河面。
>
> 我从梦里预见到
> 充满了秘密的思想。
> 你们可蕴含着吉兆,
> 红的月亮,静的喧嚷?

纯粹出于喜爱,我一股脑儿翻译了大约200首勃洛克的作品,它们中的少数几首曾经在国内的一些刊物上得以发表,其余部分的正式发表和出版尚需经历20年的蛰伏期。不过，也正是抱着这些稚嫩的译文，我敲开了飞白先生的家门，有幸得到了他的指教与鼓励，并在一年半以后经过激烈的竞争忝列其门下，成为杭州大学中文系比较文学与世界文学专业的首届硕士生。

1986年初夏的一个傍晚，已在中文系就读的我来到冯昭玙先生家做客。冯先生是我本科时的授业恩师，现已仙逝。他的学识极为渊博，为人却十分低调。我清楚地记得，那天一进门，便发现茶几上放着一本《勃洛克诗集》。刚落座，冯先生便把它递给了我，他向来温和的笑容里还带有一丝郑重。我接过这本多少次梦想着拥有的诗集，手都略有一点颤抖。那种意外的欣喜大约与单恋者突然获得意中人的允诺后的感觉相似。

图1　勃洛克

此后，这本《勃洛克诗集》便像诗人所创造的"蓝色幻影"一样，始终跟随着我，先后到过杭州、宁波、武汉，最后和我一起在北京安居了下来。它的一部分已由西里尔字母变成了方块字，曾以《勃洛克抒情诗选》为名由河北教育出版社在2003年出版，完成了阶段性的抵达。我偶或来了兴致，还会捧起它读上几句，既是欣赏，顺带向上世纪初的诗歌大师致敬；也是回味我的青春，感谢在学诗的道路上给予我帮助的老师和前辈。

下面，我想对勃洛克本人再略做一点介绍：

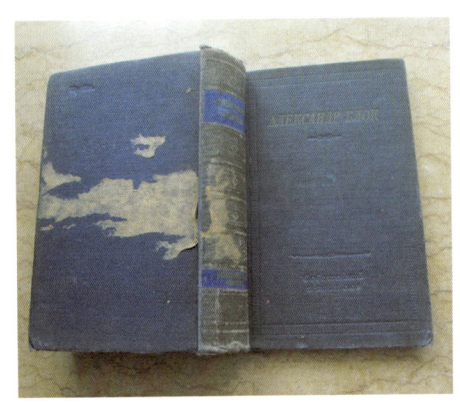

图2 《勃洛克诗集》书影

图3 《勃洛克诗集》扉页

亚历山大·亚历山德罗维奇·勃洛克（1880—1921）是20世纪俄国文学最杰出的大师之一，象征主义诗歌的集大成者。马雅可夫斯基认为，他的诗歌"代表了整整一个诗歌的时代。……对当代诗歌产生了巨大的影响"；阿赫玛托娃则称他为"20世纪初的里程碑"。而在高尔基的记忆里，他"不论是作为一个诗人，还是作为一种个性，都是美丽得惊人"。著名的俄裔美籍学者马克·斯洛宁则认为他的名字"应该与俄罗斯的五大诗人普希金、莱蒙托夫、涅克拉索夫、费特和丘特切夫并列在一起的。他的名望因日久而愈显崇高，获得了一种类似先知的重要性。他不仅是一名写出美妙诗句的人，而且代表着俄罗斯的文化"。俄国的一位勃洛克研究者声称："勃洛克的诗歌不服从易朽的规律。"更有研究者断言，倘若说普希金是19世纪俄国最伟大的诗人，那么，20世纪最伟大的俄国诗人当属勃洛克。

勃洛克出生于一个贵族知识分子家庭。父亲是华沙大学的法学教授，母亲是一位小有名气的作家和翻译家。小勃洛克出生不久，父母就因为性情不和而离异。因此，他从小就生活在担任彼得堡大学校长的外祖父的夏赫玛托沃庄园里。根据诗人在自传体长诗《报应》中的记述,他是"在女性温柔的关爱下,远离粗野的生活",度过了一个"蔚蓝的春梦"般的童年。优雅的家庭氛围、诗意的自然环境和良好的教育培养,为勃洛克成为一名诗人提供了最有利的生态条件。1903年,勃洛克出版了诗集《丽人吟》。它的主要抒情对象是著名化学家门捷列夫的女儿柳波芙·门捷列娃。在创作中,他对自己的恋爱经历进行了浪漫主义的解释,将情感寄托在一位神秘的"丽人"形象上,运用象征、暗示、比喻等手法,把现实和幻想有机地结合了起来,构建了一个独特的艺术世界。整部诗集的语言朴素、清新,音韵和谐、流畅。它以崇高的精神内涵、纯洁的道德感和真诚的情感在文学界引起了很大的反响,帮助作者在俄国诗坛上赢得了最初的名声,使其跻身于最优秀的象征主义诗人行列。

除《丽人吟》以外,勃洛克的主要作品还有:诗集《歧路集》《城市集》《意外的喜悦》《白雪面具》《可怕的世界》《报应》《抑扬格诗集》《意大利诗抄》《竖琴与小提琴》,长诗《夜莺花园》《报应》《西徐亚人》《十二个》,组诗《死亡的舞蹈》《黑血》《佛罗伦萨》《十二年后》《卡门》,戏剧《草台戏》《陌生女郎》《命运之歌》《玫瑰与十字架》,论文集《俄罗斯与知识分子》等。这些作品融合为一个整体,就像一块巨大的钻石,从各个侧面折射着勃洛克诗意的创造之光。

据勃洛克的一个同时代的人宣称:"勃洛克能捕捉住回响在宇宙的声浪,并用它塑造成诗歌。"这一带有神秘意味的评价,诗人确实是受之无愧的。勃洛克在谈论自己的创作时也经常提到诗歌中音乐的重要性。他认为,"音乐创造世界,它是世界的精神载体——是(流动的)世界之思绪……","真正的天才"能"从风中听出完整的句子,拼成单词,并把它记录下来"。因此,他说:"诗并不是我想出来的,而是听到的,首先是音乐,然后才是诗。"

不过，勃洛克对诗歌中的音乐性的追求并没有其他一些象征主义诗人（如巴尔蒙特和别雷）那种过分的华丽，并不曾出现音响有时盖过了意义的现象。他的诗歌绝对不仅仅是抽象的音响游戏，而总是着力于将音响与思想有机地结合起来，在此基础上来加强作品的感染力。《风吹自遥远的地方》便是一个突出的例子：

> 风吹自遥远的地方，
> 带来春之歌的秘语，
> 天穹露出了小小一角，
> 明亮而又深邃。
>
> 在这无垠的蓝天，
> 在春天临近的夜晚，
> 冬天的风暴在悲泣，
> 星星的梦在飞旋。
>
> 我的琴弦在哀哭，
> 羞怯，抑郁又深沉。
> 风吹自遥远的地方，
> 带来你嘹亮的歌声。

三个"蒙娜丽莎"

王广义

王广义

1984年毕业于中国美术学院油画系。1985年曾参与组织"北方艺术群体"。

对我个人而言,我相信艺术应当是一个"大写的词",从某种意义上来讲,艺术有两个仆人,一个是哲学,一个是政治,哲学为艺术提供了"形而上"的支撑,而政治则为艺术激活了"形而下"的力量。

我作为艺术家在从事我的工作时,尽量保持一个"无立场"的态度,我想过许多问题,也创作过许多作品,但所有这些又好像都是在一个巨大的"无知之幕"中呈现的。

我第一次见到达·芬奇的《蒙娜丽莎》是一幅很小的印刷品，我当时只把它看作是一幅表现带有不确定笑容的女人肖像。后来，进入美术学院之后，读了一些书才慢慢理解了达·芬奇的《蒙娜丽莎》其实是创造了一个场景与时间，你只有在"凝视"的时候才能感觉到那个不确定的微笑。这微笑只是一个"幻象"，我们只是在"时间"中看到了这个假设的表情。后来的学者将"人的觉醒"和"发现自然"这些充满史诗般的词语投射到这一假设的表情之中，也许这些假设是必要的，在这个假设的前提之下，我们才会建立谈论艺术的基础，我有时对此抱有怀疑的态度，但同时我也知道所谓的怀疑精神要有一定的节制，否则会导致彻底的虚无主义。

　　后来我去巴黎，来到卢浮宫，面对无数人群围观达·芬奇的《蒙娜丽莎》的时候，我想起了柏拉图关于"洞穴"的理论，他的那个比喻极其生动，他是在谈一个教育的或者说知识的问题。好像说，一些囚徒被关在一个洞穴样的地下室。有些囚徒从小就住在洞穴中，但头和腿都被绑着，只能朝前看着洞穴后壁。在他们的背后，燃烧着一个火把。在火把和人的中间还有一堵低墙。在这堵墙的后面，向着火光的地方还有些人。他们手中拿着各种各样的假人，把它们高举过墙，让他们做出动作，通过火把的光把它投射在墙壁上形成了影像，于是这些囚徒以为这些影像就是真实的东西。突然，其中的一个囚徒被解除了枷锁，站起来后看到了周围的一切，反而觉得他现在

图1 达·芬奇,《蒙娜丽莎》

图2 杜尚,《带胡须的蒙娜丽莎》　　图3 王广义,《后古典——蒙娜丽莎之后》

看到的并不是真实,而前先看见的影像才是真实的。假如这时有一个人把他从洞穴中带出来,来到阳光下面,他会因为光线的刺激而眼冒金星,什么都看不到,他就会恨那个人,恨他让自己看不见真实事物。这个故事非常生动,而且一直印在我的脑子里,我经常会通过这个比喻来思考人类知识问题和真理问题。我一直在想,难道真的有一种知识能让人们走出洞穴看到真实的世界吗?

在美院二年级的时候,我看到了马歇尔·杜尚的《带胡须的蒙娜丽莎》(*L. H. O. O. Q.*),杜尚对于历史的虚无主义态度,让我感到了深深的震撼,在杜尚那里彻底的虚无是一剂良药。如果赋予当代艺术一种赫伊津哈的"游戏精神",那么我们更多的是以一种幽默的姿态来讨论艺术问题,在杜尚那里讨论艺术是在严肃与不严肃这两种状态之间,甚至被有意识地融为一体时,才能够生动地表达出内心深处的思想,进而达到一种文化鼎盛时期的思想与文化衰落时期的平衡。人们在面对杜尚的《带胡须的蒙娜丽莎》时,有如在"无知之幕"状态下面对一个全新的"创造物"。这个"创造物"让我们在游戏的快感与困惑中感受到了达·芬奇的《蒙娜丽莎》的瓦解。

1985年在哈尔滨的时候,我们"北方艺术群体"的一些成员几乎每天都在兴奋地讨论关于历史、哲学的一些问题,这样的讨论让我再次想到了达·芬奇的《蒙娜丽莎》和杜尚的《带胡须的蒙娜丽莎》。在我与这两件作品再次相遇的那个时间点,我正好在读贡布里希的一些书,关于艺术,贡布里希有一种说法,"图式修正与自然的匹配原则",他的这个说法让我觉得艺术和历史应该是构成关系的,艺术不仅仅是一个自然的景观给你提供的一个精神的想象。艺术应当和历史有关:我们没有绝对意义上的创造,所谓的创造都是在历史背景之下对已有的文化事实的一个修正态度,这样一个态度对我那个时期的创作是非常有影响的,这种影响使得我创作了《后古典——蒙娜丽莎之后》。我让"蒙娜丽莎"转过身去,也许隐含了对已经远去的中世纪的一种留恋。被"修正"之后的"蒙娜丽莎"所回望的那个场景在"语义"上是错位的,而这种错位的场景更增强了历史对我们的困扰。

得与失都是一种缘分

| 王璜生

| 王璜生

  1956年重阳出生于中国南部小城汕头市,家学国画,也学古典文学、古代画论等,由于"文革",在故乡度过了难忘的少年时期;后回城便开始了一个又一个在机械工厂的工作,并屡屡高考受挫。再后来有幸到了南京艺术学院读书,获得硕士、博士学位。曾在美术出版社、画院履职,1996年入了当年没人想去的美术馆这一行,在广东美术馆、中央美术学院美术馆一干就是22个年头,从副馆长到馆长,希望中国的美术馆能够慢慢地变得像"美术馆"一些。创办及策划了"广州三年展""CAFAM(中央美术学院美术馆)双年展"等。法国与意大利政府授予其"骑士勋章",大概是在鼓励这个美术馆界的"堂吉诃德"人物。出版有《作为知识生产的美术馆》《中国画艺术专史·山水卷》等论著。而作为梦想成为艺术家的王璜生,一直初心犹在,在国内外做过个展,出版过艺术专集,作品也为大英博物馆、乌菲齐美术馆等公共艺术机构收藏。现在还在中央美术学院教授博士生,及从事"新美术馆学"研究工作。

读历史，我们往往会为某些"错过"而感慨万分，而浮想联翩，因此也会做出一些"假定"，但最后又会说，没有什么"错过"，也没说什么"假如"，历史就是这样的已然结果。

对于我的专业与职业——"美术馆"工作来讲，在已然的中国美术馆的现实中，历史的"错过"，也包括当下的种种"错过"，看起来也是一种"正常"，也成为种种的"已然"。我们"错过"中国美术馆制度化的起步和建设，"错过"美术馆的学术化、专业化建构，"错过"了美术馆文化意识培育，"错过"了美术馆的收藏与视觉艺术史的积淀和构建，"错过"了美术馆作为公共空间的精神性建设，"错过"了向国际博物馆和美术馆学习、与其平等对话的基础等。20世纪早期，蔡元培、鲁迅、林风眠等提出的"美术馆""美育""公民教育"等等的倡议及理想，大多在国难民艰、多灾多难、大砸大抢、荒谬绝伦的历史与现实中被"错过"了！然而，我们现在还在"错过"什么呢？我们是在继续地"错过"，还是在因错过而留出的空间中努力补课与前行呢？

其实，在我个人的美术馆生涯中，也有过种种的"错过"，但是也有因历史的"错过"而得到不少意外的收获。

记得我到广东美术馆入职不久，那时主管美术馆的专业建设包括收藏工作，有一天，一位刘姓的年轻人来找我，说家族上留下了几幅李铁夫的油画等作品，问我们美术馆要不要收藏。我看了这些作品的图片，了解了作品来源、创作背景、创作时间，以及一些背后的故事等之后，觉得应该努力将这些作品收藏。李铁夫（1869—1952）是第一位在海外学习西画（1887年入学加拿大美术学校）的中国艺术家，比曾经被误传为"留洋艺术第一人"的李叔同（1880—1942，1906年入日本东京艺术学校学习洋画）早了近20年出洋学习艺术。李铁夫被誉为中国近现代油画艺术与民主革命的先驱，孙中山先生称他为"东亚画坛第一巨擘"，可见，他的艺术成就及对民国早期社会影响之大。尤其是李铁夫是广东人，作为广东美术馆，这样的顶尖艺术家的作品，当然是必不可少的。另外，李铁夫在社会上的作品极少，存世作品也不多，绝大部分保存在广州美术学院，但是作品状况很差，很难也很少拿出来展览。广东美术馆是一个从无到有的新馆，之前几乎没有藏品的积累，我到美术馆上任时，藏品只有13件，而这次有这样重要的收藏机会，当然要紧紧抓住。

这批作品共有油画九件和早期水彩画两件，油画应该是李铁夫六七十岁（20世纪30年代初至40年代）在香港时创作的，据说，他这个时期孤身一人住在一间破旧的小木屋里，生活非常拮据。而早年同为同盟会重要人物的刘栽甫先生，曾请李为其祖母画像。后来李铁夫与刘栽甫过往较密，为刘的其他家人画了几张肖像，并教刘家小孩画画。刘栽甫在生活上接济过李铁夫，因此，还藏有李的另外几幅风景和静物画。这批作品正是出自刘栽甫的家里，刘姓青年是刘栽甫的后人。由于广东美术馆当时的收藏经费非常有限，最后只谈妥收藏其中的两件油画和两件水彩画，油画即广东美术馆的镇馆作品之一《盘中鱼》，极其大气精彩！另外是同样尺寸很大的《刘素薇肖像》，及两件早期的水彩风景画《美国校园》《石桥》，这几件作品在这批作品中是比较有代表性的，当时硬挤出收藏经费大概是30万，这在当时，尤其是对公办的美术馆来说，已经是很大的一个数了。很遗憾，其他几件作品没办法收藏下

图1 李铁夫,《盘中鱼》,油画,82×97厘米,广东美术馆藏

图2 李铁夫,《刘素薇肖像》,1942年,油画,102×77厘米,广东美术馆藏

来,其中有一件画得水淋淋像国画山水一样的,跟李铁夫常见的油画风格差距很大,我们当时不敢做出收藏的决断。原因是一方面这件作品风格手法实在太不像李铁夫了;另一方面就是收藏经费实在难以支撑,因此想缓一缓再说。后来,对李铁夫有研究的广州美术学院谭雪生教授对我说,这可能是李铁夫晚年画风变化尝试的作品,他后来太穷,人也老了,没有将这实验走下去。这是我的一次难忘的"错过"!

时隔十多年后,2014年我为上海龙美术馆西岸馆策划开馆大展时,在他们的中国近现代美术的藏品中,我见到了这件李铁夫的"水淋淋"的油画作品,这也是龙美术馆收藏的唯一一件李铁夫作品,收藏家馆长王薇说这是他们几年前通过拍卖收下来的,当时就花了近700万。这个天文数字对于公办的美术馆来讲,只有咋舌和遗憾了!

其实,广东美术馆"错过"了收藏研究李铁夫晚年变革画风的重要作

图3　李铁夫，《遥望瀑布》，油画，76×64厘米，上海龙美术馆藏

图4　西北艺术文物考察团（1940—1945）　　　　图5　考察途中

品，龙美术馆却因我们的"错过"而得到了他们近现代中国美术史序列收藏上不可或缺的李铁夫大作。收藏是一种缘分，这得得失失也就成了中国美术馆收藏的"已然"现实。

但是，广东美术馆也有不少因历史的"错过"或他人的"错过"而获得一些难得的收藏机缘。

记得2001年的一天上班时，桌面上放着一封信，拆开一看，是来自著名史论家、教育家王子云先生（1897—1990）后人用老式打印机打字复印的信，内容说王子云带领"西北艺术文物考察团"于1940至1945年西北考察过程中，数量不少的艺术文物拓本及王子云当年的写生作品、照片等，现在还保存在家中，希望有个公共文化机构来进行收藏并研究。后来我才知道，这封复印的信寄给过很多与王子云有交往的机构、学院等。而我当时看完这信，深感这批拓本、作品等对20世纪上半叶一次极为重要的中国现代美术史事件的研究具有深远意义，因为"西北艺术文物考察团"由于种种特殊原因，几近被历史遗忘和"错过"。

我马上拿起电话，按信上提供的联系方式打了过去，了解了一些情况后，第二天，我约请了广州美术学院现代美术史专家李伟铭教授，与美术馆研究及收藏的人员飞到西安，仔细查看了这批拓本等，很快将它们谈妥收藏下来，共计2 000余件拓本，部分王子云写生作品及考察团照片。

随后，我约请了何秋璜教授（王子云先生夫人，当年也是"西北艺术文物考察团"成员）的学生罗宏才教授，及当年考察团成员卢善群之子卢夏先生等，以这批藏品为切入点，进一步收集挖掘"西北艺术文物考察团"资料文献，对这段中国现代美术史上重要的历史事件开展补课式也是深入的研究。经过数年的努力，于2005年完成了"抗战中的文化责任：'西北艺术文物考察团'60周年纪念展"及相关的文献、图版的系列出版，并且后来这个展览还回到王子云先生生前生活与进行学术活动的基地西安展出，这次重大且重要的收藏，以及研究、展览、出版工作，引起了中国美术界、文化界及社会的极大反响。我在当时的展览前言中写道："60年前，责任与机缘引发了一次宏大的考察活动，60年后，机缘与责任促成了我们的展览和纪念，历史就是这样轮回着、演绎着。我们掀开重重历史帷幕，重新认识现代中国第一次由政府独立组织的、时间最早、规模最大、影响至深的艺术文物考察活动，阅读中国现代美术史一段不应磨灭的凝重而辉煌的篇章。"应该说，我们是在历史的"错过"和别人、别的机构的"错过"中得到了这样的机缘的。

像这样的"错过"与"得到"的事，在我的美术馆收藏与发现工作生涯中，还有好几次特别难得，近乎神差鬼使的事情，比如被遗忘了的谭华牧（1895—1976）作品的偶然发现与收藏，后来做成了题为"被遗忘的踪迹：谭华牧"展览；极为难得的古元（1919—1996）及延安时期木刻作品的"偶遇"与收藏；还有，因"错过"认真登记而在库房静躺了半个多世纪的稀世作品李叔同油画《半裸女像》被奇迹般重新发现，由于"错过"，我们的发现、

图6　谭华牧，《合唱》，油画，20世纪40年代，广东美术馆藏

图7　谭华牧，《牧羊》，油画，20世纪40年代，广东美术馆藏

图8　李叔同,《半裸女像》,约1909年,布面油画,97×116厘米,中央美术学院美术馆藏

考证、研究、科学验证等,构成了在中央美术学院美术馆以一幅作品为主线的"芳草长亭:李叔同油画珍品研究展"。……

"错过",总是令人遗憾,令人唏嘘,令人痛惜,令人无奈的!而"错过",也许又可能为历史留出另外的空间,也许,我们能够在这样的空间去做另外的事情,只要我们认真去做,不要再"错过"。

临时的"补缺者",
或许就是时代的"先驱者"
布莱希特

| 王家新

王家新

著名诗人，诗歌评论家，教授。1957年出生于湖北省丹江口市，1978年考入武汉大学中文系，大学期间开始发表诗作。1982年毕业后被分配到湖北郧阳师专任教，1983年参加诗刊组织的青春诗会。

1984年写出组诗《中国画》《长江组诗》，广受关注。1985年借调至北京《诗刊》从事编辑工作，出版诗集《告别》《纪念》，1986年始诗风有所转变，变得更为凝重，告别青春写作。1992年赴英做访问学者，1994年回国，后调入北京教育学院中文系，任副教授。2006年被中国人民大学文学院聘为教授，为中国20世纪90年代以来知识分子写作的代表性诗人。

贝托尔特·布莱希特（Bertolt Brecht，1898—1956），德国著名诗人、戏剧家，出生于德国南部奥格斯堡，学生时代即开始写作，并投身于社会活动。1933年，他的书籍在柏林被纳粹分子焚烧，他自己携家人逃亡国外，两年后被纳粹政权取消国籍。他先后在奥地利、瑞士、法国、丹麦、瑞典、芬兰等国流亡，1941年获得美国签证，辗转经苏联海参崴逃亡美国。在美国由于被怀疑是共产主义分子，曾受到讯问。1947年从美国返回欧洲，并于次年定居于民主德国。之后，布莱希特主要投身于戏剧活动，1951年因其戏剧贡献获国家奖金，1955年获列宁和平奖金，但他独立的创作个性也使他与当局"指令式"的思想控制不时产生冲突。1956年8月14日，布莱希特因心脏病逝世，其时他正在研究贝克特的《等待戈多》。

布莱希特的戏剧理论与创作对现代戏剧产生了巨大影响。他力图摆脱传统的戏剧模式，创立一种能够反映现代社会的复杂性和矛盾性的新型戏剧，即他所说的"史诗戏剧"，其代表作有《三毛钱歌剧》《伽利略传》《四川好人》《高加索灰阑记》等。布莱希特最具有开创意义的戏剧理论和方法，集中体现在他的"陌生化效果"（Verfremdungseffekt）上。"Verfremdung"在德语中具有间离、疏离、陌生化、异化等多重含义。布莱希特希望据此打破剧场幻觉，让观众能够拉开距离冷静思考，并激发人们变革社会的热情。

诗歌一直是布莱希特创作生涯的重要一翼，虽然他生前发表的诗作并不多，他的大量诗作在他死后才陆续出版，但他作为20世纪德国最重要诗人之一的地位并没有被他在戏剧方面的声望所完全遮盖,他的诗也愈来愈被人们所看重。我手中的由米切尔·霍夫曼(Michael Hofmann)编选的《费伯版20世纪德语诗选》(2005年初版),所选最多的就是布莱希特的诗作(共15首),远超过里尔克、特拉克尔、本恩、策兰等诗人。

不过,重新发现布莱希特的诗对我来说却属于较晚的事,是我自己后来的生活和诗歌历程把我渐渐推向了这样一位诗人。记得在20世纪80年代我就读过一些译文,但那时我们还年轻,热衷于流行的现代主义,还体会不到布莱希特诗中那独特的腔调和刺人的老辣。2006年获奥斯卡最佳外语片的德国电影《窃听风暴》,使布莱希特作为一个诗人又回到我们中间。电影中,前德意志民主共和国特工维斯勒奉命监听作家德瑞曼。监听过程中,他逐渐同情起他的监听对象。他潜入德瑞曼的公寓偷出一本他在监听时听过的诗集回家后读,那诗集上印着的诗人名字是"Brecht",他读到的诗正是布莱希特的早期爱情名诗《回忆玛丽·A.》[1]:

  在那一天,在蓝色的九月,
  在一棵年轻的李树下,
  我静静地搂着她,我的爱,
  像搂着一个梦,苍白而又温顺。
  在我们的上空是夏日可爱的苍穹,
  有一团云,我看见它就在那里,
  又洁白,又缥缈,高高地远离我们,
  当我再次抬眼,它不见了。

  自从那一天,一个个月亮

> 静静地在天空滑行，滑落下去。
> 那些李树现在肯定都被砍掉了，
> 而如果你问，那场爱又怎么了？
> 我回答说，我已无从追忆。
> 我知道你的意思，我当然知道，
> 但是她的脸，说实话，对我已经模糊，
> 我所知道的，是那时我吻了它。
>
> 甚至那个吻我也早已忘记了，
> 除非那朵云也浮现在那里。
> 我记得那朵云，永远会记得，
> 它很亮，很高，当它在空中飘移。
> 谁知道，也许那些李树还在开花，
> 那个女人有了第七个孩子，
> 而那朵云只被镀亮了几分钟，
> 当我再次抬头，它已在空中消散。

那的确是一首让人难以忘怀的好诗，在电影中它唤起了一个秘密警察的人性，它当然也唤起了更多的观众关于逝去爱情的动情记忆。记得那时在豆瓣网上，就出现过多种《回忆玛丽·A.》的中文译本。但是，纵然如此，我仍没有充分认识到布莱希特的诗歌对于我们当下这个时代的重要意义，直到七八年前，我编选一本诗选，读到我约译的由芮虎翻译的一大组布莱希特的诗，我才受到更深的震动，并对这位一直在很多中国诗人视线之外的诗人有了更多的发现。

首先让我震动的，是他对恐怖言说的良知和勇气（"这是什么样的时代，当／一场关于树木的谈话也几乎是犯罪"，《致后来的人们》），这使他成为他那个时代最勇敢、独异，也让任何当权者都难以对付的声音。诗人奥登曾在诗里说斯大林和希特勒迫使他思考上帝，布莱希特用的语言更为真切：只有那个油漆匠（指希特勒）促使他坐到桌前（写作）。他在流亡时期写下了他自己也是他那个时代最好的诗。写作成为他必需的掩体、武器和逃亡工具。他在逃亡路上写的每一首诗，都那样独到、真切、灼热。

但是布莱希特的充满政治性和社会性的诗从不那么简单，他深具诡异的智性和反讽的精神。这又是他让我深为佩服的一点。他一生为底层讲话，抗议社会的不公，抨击权贵和黑暗势力，但他的诗从来没有那种英雄或精英之感。他对社会、时代、人性和资本主义文明的批判，更多采用的是讽刺和戏谑的方式。他的诗，机智、尖锐而又幽默，充满了丰富的张力。

而在今天读布莱希特的诗，我深深感到他的时代并没有过去，或者说，他的诗对我仍具有某种切身的"现实感"，"在这黑暗的年代，／也会有歌唱吗？／是的，也会有歌唱／关于这黑暗的年代"（《箴言》）。作为一个诗人，他不仅坚持了他的歌唱，也在昭示我们如何在一个"坏时代"（这是他的另一个说法）歌唱。正是在这个意义上，无人能够替代布莱希特。

与此相关，这里还要多说一句：布莱希特从来不是那种"为永恒而操练"的纯诗主义者。在这方面，他与他所喜欢的新乐府运动倡导期间的白居易一拍即合："文章合为时而著，歌诗合为事而作。"（白居易《与元九书》："自登朝来，年齿渐长，阅事渐多，每与人言，多询时务，每读书史，多求理道，始知文章合为时而著，歌诗合为事而作。"）这是他对自身时代和命运的忠实，但也是一个诗人所能达到的成熟和超越。本雅明在解读布莱希特

《关于可怜的B. B.》一诗时,就曾抓住诗中第八节中的一个字眼"Vorläufige"("临时的"),称这样的临时的"补缺者",也许正是时代的"Vorläufer"("先驱者")。

让我敬重和佩服的,当然还有他的艺术勇气和才能。正如他在戏剧上的革新,他在诗歌写作上也堪称"独树一帜",他一开始就同那种在德语诗坛占主流位置的象征主义、表现主义诗风拉开了距离。他似乎也从来不理会那一套关于"纯诗"的"行话"。他愈写愈自由,也愈来愈充满了个性。对他来说已没有任何忌讳,什么都可以入诗,如他写的许多惊人"情诗":

哦你不会知道我在忍受什么
当我注视一个女人
摇动着她的黄色丝绸裹紧的臀部
在那傍晚的蓝色天空下。
——《哦你不会知道我在忍受什么》

而在写法上,怎么写他也都"毫不在乎",只要能真切地、有创意地写出他的生活和内心。布莱希特受到过马克思历史唯物主义的影响,似乎他也要写出某种"用实事讲话"的诗,比如他这首《我,幸存者》,就不借助于任何隐喻和意象:

我当然知道:这纯属运气
在那么多朋友中我活了下来。但昨夜在梦中
我听到那些朋友这样谈论我:"适者生存"
于是我恨起我自己。

美国女诗人简·赫斯菲尔德在《秘密二种：论诗歌的内视与外视》中就很称赞这种直陈其事的诗歌。这种"直陈其事"并非直白，它不仅有一种良知的愧疚和刺痛感，而且感人，读后让人不能平静。它简练、直接而又复杂、隐曲，非一般诗人可以写出。它只能出自布莱希特这样的大手笔。

因此，好像是"补课"一样，2018年6月上旬去柏林朗诵期间，我最大的愿望就是访问布莱希特的故居和墓地。我的德国朋友蓓姬（Peggy Kames）帮我实现了这个愿望。诗人的故居保存完好，他生前的藏书、用品、家具、打字机、墙上悬挂的日本面具、花园里他写过的多种树木等等；令我感到亲切的，是墙上的中国书法、《先师孔子行教图》，还有卧室里悬挂的一幅中国卷轴画，画的是钟馗，坐在椅子上，身体前倾，双目圆睁，画幅上还题有诗句："湛湛空灵地，空空广大缘，百千妖孽类，统入静中看。"对布莱希特来说，正是这样一个来自古老东方的"疑虑者"，在静观和校正着他的人生（他曾专门就此画写有《疑虑者》一诗）。当然，人们还知道他与中国诗的关联，流亡丹麦期间，布莱希特就曾借助阿瑟·威利的英译本《中国诗歌170首》翻译了7首中国古诗，他尤其偏爱白居易《秦中吟》这类抨击时弊、同情民间疾苦的讽喻诗。他不怕把诗歌写得"通俗"，他尤其赞赏《秦中吟》那种令权贵"相目而变色"的诗歌效果！

而诗人的墓地就紧挨着旧居。从诗人的花园围墙外走过，就来到柏林著名的多罗延公墓。偏僻的墓园一角，一块立着的灰白棱形花岗石上刻着布莱希特的名字（旁边则是其妻、著名演员海伦娜·魏格尔的墓碑），没有其他装饰，甚至连生卒日期也没有（其斜对面则是哲学家费希特、黑格尔庄重高大的墓碑）。这是一位斗士（"奋起与恶龙搏斗"，《女演员在流亡中》），但同时又是一位智者。一块石碑，像他的整个人生那样简朴。正是在那里，我不禁想起了他那首名作《致后来的人们》（绿原先生、黄灿然等人译为《致

后代》)中的诗句:

> 你们这些将从我们沉没的洪水中
> 浮现出来的人
> 请记住
> 当你们说起我们的种种弱点
> 你们是摆脱了
> 这个黑暗的年代。

这是一首让我深受感动的诗,好像它就是为我这样的"后人"而写的,或者说这才是我们这一代人要写出的诗。是啊,我们写诗,并且力求写出美丽、纯粹的诗,具有时代超越性的诗,但我们又怎样对自己的一生做出一个"交代"?我们是否对得起自己时时流血的良心,而未来的人们在想起我们时是否会"带着些宽容"?就这样,我在那座简朴的花岗石墓碑前静静地待了七八分钟,或者说,我又不得不思忖起我们自己的一生。

注 释

[1] 本文中所引布莱希特的诗皆为本人所译。

放大｜红色沙漠

王友身

王友身

1964年生，一直生活和工作在北京。自1988年中央美术学院毕业后，入职北京青年报社。30年来，身兼双重身份，在艺术界与传媒界两个领域中工作。尝试利用《北京青年报》这个主流媒体平台，促成中国当代艺术在不同公共层面的现身；责编了自1990年开始的十余年"视觉艺术版"，策划、组织了"新生代艺术展"（1991年），"（博缘华）艺术室内设计方案邀请展"（1994年）等展示活动。艺术实践作品曾参加"中国现代艺术展"（1989年）、"第45届威尼斯双年展"（1993年）、"第27届圣保罗双年展"（2006年）、"1989后的艺术与中国：世界剧场"（2017年）等。

连环画

1984—2018

"严格来说,对我影响最大的作品不是平面作品,是电影,其中有部叫《红色沙漠》的,是米开朗基罗·安东尼奥尼(Michelangelo Antonioni)的电影,它是新浪潮的代表。直到现在我对它还记忆犹新,当时看真是震撼。(二十世纪)八十年代初期意大利电影周的时候,出现这种类型的电影,是彩色宽银幕的(以前的电影大都是普通黑白的),而且可能我坐在前面的原因,我觉得被震撼了——观念、结构和色彩完全不一样,电影还可以这样?"

——选自杜柏贞、翁子健:《王友身访谈》,亚洲艺术文献库,2009年7月8日

图1 连环画《放大 | 红色沙漠1》：放大

图2　连环画《放大 | 红色沙漠2》：大批判

图3　连环画《放大｜红色沙漠3》：放大

www.china1980s.org

问：这些人还在北京吗？

王：凌飞去法国了，好像又回来了，我后来没有接触；于晓洋后来搞电为在北京搞广告摄影。当然摄影界不像美术界那么活跃，艺术界的星星画搞完了以后就沉寂了一段时间，后来就出现了李媚搞的《现代摄影》杂志，于晓洋他们办过一些展览，在三里河文化宫办过两届展览，用地下沙龙式的

问：当时在北京有没有和在外地的艺术家联系？

王：这是八九大展前后才开始的。我毕业以后有同学在　　　　　　　来王广义、吴山专都是朋友。

问：普遍而言北京艺术家和外地的没有太多联系。

王：北京是独立的系统。像王广义他们在东北，张培力在杭州　　　京，北京和上海特别游离——上海是挺独立的，北京也是挺独立的，比较　　　　　　　　　志，甚至当时还不叫策展人的评论家们都在北京，像高名潞、栗宪庭，包　　　　　　　　　如、周彦都是在北京，所以在北京有很活跃的交流。北京的艺术家基本上行

《北京青年报》美术

问：您怎么和您的同事协访

王：那个情况也比较有意思　　　　　　的人，都很活跃。当时文　　　　　概念，因为很少有这样的展览，我把选题告诉他们的时候，他们说很好。当时的报纸，可以做单页的专版已经是很不得了了，而我要求是做跨页的版面。当时北京的报纸，一天的报纸只有八个版。我申请一个跨页的版面是很大的事情了，后来真的批准了。

问：那个时候《北京青年报》的主编是？

图4　连环画《放大 | 红色沙漠4》：北京青年报

王：通过内部的关系买，我有朋友在
电影，一天是两场，看14部电影，这

问：因此您开始以摄影的方式创作？

王：对！我和我的老师杨君合作作品
画、平面作品比较多，当然也有装置
和摄影的关系，摄影是我们比较熟悉
已。

者父母之间相传。然后一下子看一周

媒介做的作品。当时的艺术家们做油
我们的作品中。我们一直在关注图片
艺术界把摄影作为一个记录的媒体而

劳森伯格的展览

问：您看过劳森伯格的展览吗？

王：不止去了，还追星似的。我有一本他的画册，找他签名⋯⋯一个是安东尼奥尼的电影，一个是劳森伯格，他们俩对我的影响很大。

问：那展览展示怎样的作品？

王：以前中国美术馆展示的全是标准
的也是他们带来的布展公司，把全部
馆展出？这样的也算是作品？（前两

也没有什么艺术机构、艺术空间能办
，这展览对他们后来的艺术发展或多
或少有影响。

问：展品给您的印象是怎样？

图5 连环画《放大丨红色沙漠5》：劳森柏格展览

的连环画系 专业

是84年至88年上的大学。

电影和摄影

问：那个时候就用摄影了吗？

王：当时我用摄影做连环画，因为在那个时候很喜欢电影，包括世界电影理论的书我一直在看。除了艺术展览之外，大量的内部电影观摩是了解西方艺术的另外一种途径。谈电影观摩，我记得有意大利电影周，在八十年代初期还有法国新浪潮的专题，一阶段一阶段的在电影资料馆，看过很多像西方所谓的人文电影。除了艺术展览，这种电影的传播对我的影响也很大，所以当时就看各种流派的电影论述，甚至剧本都看了。当时有一本比

图6　连环画《放大 | 红色沙漠6》：意大利电影回顾展

图7 连环画《放大｜红色沙漠7》：亚洲艺术文献库

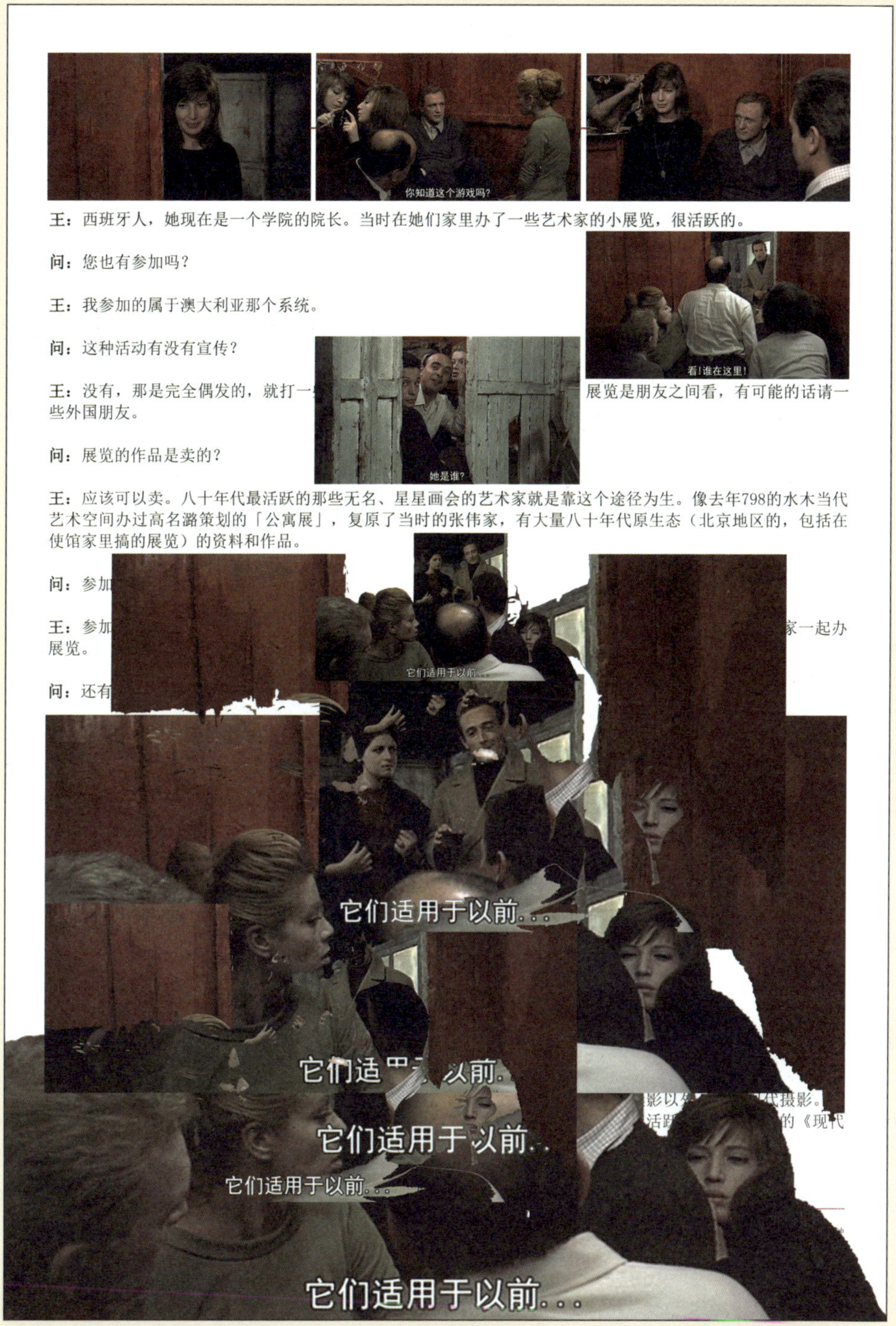

王：西班牙人，她现在是一个学院的院长。当时在她们家里办了一些艺术家的小展览，很活跃的。

问：您也有参加吗？

王：我参加的属于澳大利亚那个系统。

问：这种活动有没有宣传？

王：没有，那是完全偶发的，就打一展览是朋友之间看，有可能的话请一些外国朋友。

问：展览的作品是卖的？

王：应该可以卖。八十年代最活跃的那些无名、星星画会的艺术家就是靠这个途径为生。像去年798的水木当代艺术空间办过高名潞策划的「公寓展」，复原了当时的张伟家，有大量八十年代原生态（北京地区的，包括在使馆家里搞的展览）的资料和作品。

问：参加⋯⋯

王：参加⋯⋯家一起办展览。

问：还有⋯⋯影以⋯⋯代摄影。活跃⋯⋯的《现代

图8　连环画《放大 | 红色沙漠8》：公寓艺术

www.china1980s.org

较厚的《世界电影》季刊,都看这样的东西。电影渐渐影响我,后来我便用摄影的方式创作。

王:《第三次浪潮》、《西方哲学史》,有些完全看不懂,但是看过。电影的那一系列的书我都在看。严格来说,对我影响最大的作品不是平面作品,是电影,其中有部叫《红色沙漠》的,是米开朗基罗·安东尼奥尼(Michelangelo Antonioni)的电影,它是新浪潮的代表。直到现在我对它还记忆犹新,当时看真是震撼。八十年代初期意大利电影周的时候,出现这种类型的电影,是彩色宽银幕的(以前的电影大都是普通黑白的),而且可能我坐在前面的原因,我觉得被震撼了——观念、结构和色彩完全不一样,电影还可以这样?电影不是商业的吗?怎么电影也变成这样的了?就是很艺术化的电影,我觉得太有意思了。后来我就看大量新浪潮的文章介绍,包括电影理论,为此我还报过北京电影学院,当然是美术专业。后来我们

问:是怎么买票的?

王友身访谈　3/10　　　访问:杜柏贞、翁子健　　日期:2009年7月8日　　时间:约1小时24分钟
　　　　　　　　　　　　　　　　　　　　　　　　　　　　　　　　　　　　地点:北京王友身工作室

图9　连环画《放大 | 红色沙漠9》:红色沙漠

图10 连环画《放大 | 红色沙漠10》：中国

经典重释中的历史褶皱
读《日瓦戈医生》

| 吴晓东

吴晓东

1984年进北京大学中文系读书,本科阶段却一度偏激地赞赏鲁迅当年所说的"要少——或者竟不看中国书,多看外国书"的言论,酷爱西方现代派作品。研究生阶段跟随钱理群教授以及孙玉石教授读硕士和博士,稍稍收心,开始多读中国现代文学。此后的读书爱好就兼及中国与西方的现代文学,自然还是以中国现代文学研究为本行,西方现代文学研究偶一客串而已。

一个职业读书人在一生中会错过多少值得一读的书呢？思之令人怅惘。幸而《日瓦戈医生》属于那种不会被错过的书，我所错过的只是阅读的第一时间。帕斯捷尔纳克在20世纪80年代后期风靡了中国读书界，而我当时迷上的却是昆德拉和卡尔维诺。等回过神来细读这部曾经深度介入了上世纪八九十年代中国思想界的作品的时候，20世纪已行将过去了。对我来说，这是一部晚到的经典。

带着相见恨晚的遗憾，我在跨世纪的几年里把《日瓦戈医生》重读了几遍，也印证了卡尔维诺关于经典的定义："经典是那些你经常听人家说'我正在重读……'而不是'我正在读……'的书。"小说中有些段落读得遍数更多，尤其是以下几段，我一度几乎可以背诵大半。

段落一

我们反复地诵读《欧根·奥涅金》和一些长诗。昨天萨姆杰维亚托夫来了，带来不少礼品。大家尝着美味，满面春风。论起艺术来，谈个没完。

很早以来我就有这么一种看法：艺术并不是包容无数概念和纷纭现象的整个方面或整个领域；恰恰相反，艺术是一种狭小而集中的东西，是对文学作品中某一要素的称呼，是作品体现的某种力量或某一真理的名称。所以我从未认为艺术是形式的对象、形式的方面；它更多地属于内容的一部分，隐蔽而又神秘的一部分。这一切对我来说都是明明白白的，我有着深切的体会，可是如何表现和表述这一思想呢？

作品是以其许多方面诉诸读者的，如主题、见解、情节、人物。但最主要的是存在于作品中的艺术。《罪与罚》里存在的艺术，较之其中拉斯科尔尼科夫的罪行，更为惊人。

原始的艺术、埃及艺术、希腊艺术、我国的艺术——这些在千万年间大概都曾是同一种东西，后来也流传为一种统一的艺术。它是关于生活的某种思考、某种肯定；由于它表现无所不包的广阔含义，不能把它分解为一些孤立的词语。当这一力量的一小部分进入某一作品较为复杂的混合体中时，艺术要素的意义就会超过其余一切要素的意义，从而成为所描绘内容的本质、灵魂、基础。[1]

这段文字出自小说第九章《瓦雷基诺》，这一章写日瓦戈在战争时期和妻子冬妮娅来到乌拉尔尤里亚京市附近的瓦雷基诺庄园，开始了一段"归园田居"式的读书写作、追索内心的生活。主体部分由日瓦戈的札记组成，杂糅了叙述、议论、杂感、梦境以及诗歌断片，总体上则渗透着一种融抒情和哲理于一体的缅想式意绪，令人流连忘返。《日瓦戈医生》在小说艺术史上的贡献之一，是把俄罗斯现实主义小说的写实性叙事传统与抒情性诗意品质结合起来，成就了其"史诗性"，也被称为"诗化小说"。小说中所充斥着的诗意细节，往往具有相对独立性，在小说的情节和故事线索之外，氤氲着一种诗的情调。我最初阅读《日瓦戈医生》的那个世纪末时段中，迷恋的正是帕斯捷尔纳克所营造的诗性氛围。

而20年后的今天再度重读，却略有惊讶地发现，这些段落中更令我瞩目的，已经变成了日瓦戈发表的那些"宏论"。而在小说中长篇累牍地发表议论,同样是俄罗斯小说家们所遗传的写作基因。当年读托尔斯泰和陀思妥耶夫斯基,甚至也包括契诃夫,曾颇为反感小说中的高谈阔论,为此一度弃读过《卡拉马佐夫兄弟》。何以今天的审美重心和阅读趣味发生了反转?或许因为自己早已度过了"抒情的年龄",开始更加看重和迷恋作品中的思想性的缘故?

不过倘若仔细品读前引这段日瓦戈的札记,相信很多读者会心生困扰:日瓦戈的这些言论是否也体现着作者帕斯捷尔纳克本人的想法?札记中称"艺术是一种狭小而集中的东西","是作品体现的某种力量或某一真理的名称",这类判断是"狭小"化了艺术的广度还是洞察了其真正本质?在文学理论界热衷于把艺术理解为"有意味的形式"的20世纪80年代,如果有研究者读到日瓦戈札记中所说"我从未认为艺术是形式的对象、形式的方面;它更多地属于内容的一部分,隐蔽而又神秘的一部分",会觉得相较于当时的先锋派艺术观,这一论调有些太过陈旧了。札记中这种保守化的艺术观到底是属于作者的还是人物的?如果说80年代的我不大会认同日瓦戈的这种"内容诗学",何以今天重读之下,却觉得这种"艺术""更多地属于内容的一部分,隐蔽而又神秘的一部分"的看法更给人以启迪?或许帕斯捷尔纳克的高明之处正在把思想的权力让渡给了自己的小说人物。当这些思想性片段以日瓦戈医生的札记形式出现,就同时成为塑造小说人物的心灵的咏叹,比起作者自己出面长篇大论是更为"小说化"的艺术,也同时启示着小说所能企及的体裁的边界。

段落二

在俄罗斯全部气质中,我现在最喜爱普希金和契诃夫的稚气,他们那种腼腆的天真；喜欢他们不为人类最终目的和自己的心灵得救这类高调而忧心忡忡。这一切他们本人是很明白的，可他们哪里会如此不谦虚地说出来呢？他们既顾不上这个，这也不是他们该干的事。果戈理、托尔斯泰、陀思妥耶夫斯基对死做过准备，心里有过不安，曾经探索过深义并总结过这种探索的结果。而前面谈到的两位作家，却终生把自己美好的才赋用于现实的细事上，在现实细事的交替中不知不觉度完了一生。他们的一生也是与任何人无关的个人的一生。而今，这人生变成为公众的大事，它好像从树上摘下的八成熟的苹果，逐渐充实美味和价值，在继承中独自达到成熟。

这段文字依旧出自第九章中日瓦戈的札记。日瓦戈把俄罗斯作家划分为两种气质。对于我这一代把果戈理和托尔斯泰尊奉为现实主义与人道主义经典大师的读者来说，日瓦戈的这种分类法令我莫名地困惑了许久，于是开始学习适应从普希金到契诃夫再到帕斯捷尔纳克本人的精神和气质，那种"腼腆的天真"，那种既执迷于探寻人生的意义，又不流于空谈和玄想，也远离布道者的真理在握的谦和本性，那种从一个谦卑的生命个体的意义上去承担历史的坚忍不拔，那种低调甚至稍显稚气的人道主义。

在《日瓦戈医生》提供的观念视野中，人道主义以及俄罗斯传统价值形态是其中最重要的部分。帕斯捷尔纳克在一次访谈中曾经说：

我有责任通过小说来详述我们的时代——遥远而又恍若眼前的那些年月。时间不等人，我想将过去记录下来，通过《日瓦戈医生》这部小说，赞颂那时的俄国美好和敏感的一面。那些岁月一去不返。我们的先辈和祖先也已长眠不醒。但是在百花盛开的未来，我可以预见，他们的价值观念一定会复苏。

但这种素朴的先辈的价值观念是苏维埃的革命意识形态很难涵容的。于是《日瓦戈医生》一直由于它的边缘化的声音而引起争议。譬如有研究者认为"《日瓦戈医生》不是从辩证唯物史观而是从唯心史观出发去反思那段具有伟大变革意义的历史"。"《日瓦戈医生》淡化阶级矛盾,向人们昭示:暴力革命带来残杀","破坏了整个生活,使历史倒退","在本质上否定了十月革命的历史意义"。可以说,《日瓦戈医生》的确从人道主义和个体生命的角度反思了俄国十月革命以及其后的社会主义的历史,看待历史和革命也秉持一种复杂的甚至矛盾的态度。日瓦戈是个既认同革命又与革命有疏离感的边缘人物,他参加了游击队与白军作战,又因同情而放走了白军俘虏;他与温柔善良的冬妮娅结为夫妻,却又喜欢上了美丽动人的拉拉;他一方面憎恶俄罗斯沙皇时代的政治制度,赞同十月革命的历史合理性,但另一方面却怀疑革命同时所带来的暴力和破坏,用日瓦戈医生自己的话来说:"我是非常赞成革命的,可是我现在觉得,用暴力是什么也得不到的,应该以善为善。"他的信仰仍是来源于俄罗斯宗教的爱的信条以及托尔斯泰式的人道主义,在历史观上则表现出一种怀疑主义的精神。但是在史无前例的以暴易暴的革命时代,这种爱与人道的信仰是软弱无力的。正所谓"爱是孱弱的",它的价值只是在于它是一种精神力量的象征,代表着人彼此热爱、怜悯的情怀,代表着人类对自我完善和升华的精神追求,对灵魂净化的向往,对人的尊严的捍卫,也代表着对苦难的一种坚忍的承受。

段落三

一晃过了五年或十年。在一个平静的夏季傍晚,戈尔东和杜多罗夫两人又坐到一起。那是在一个高处,窗子大开,临窗可以俯瞰一望无边的莫斯科晚景。他俩翻着叶夫格拉夫编辑的日瓦戈创作集。他们读过不止一次，有一半作品能够背诵了。两人读着，交换几句看法，就陷入了沉思。读过一半时，天全黑下来，字迹已难辨认，只好点着电灯。

莫斯科展现在眼下和远处，这是作者日瓦戈出生长大的城市，他的一半生命同莫斯科联系在一起。现在他们两人觉得，莫斯科已不是这些事件的发生地，而是这部作品集里的主人公。他俩在这个晚上捧读这部创作，并且读到了作品的尾声。

尽管战后人们期望的清醒和解放，并没如人们想象地与胜利同来，但战后这些年间，自由的预兆却总是清晰可辨，构成了这些年唯一的历史内涵。

日见苍老的一对好友，临窗眺望，感到心灵的这种自由已经来临；就在这天傍晚，未来似乎实实在在地出现在下面的大街上；他俩本人就迈入了这个未来，从此将处于这个未来之中。面对这个神圣的城市，面对整个大地，面对直到这个晚上参与了这一历史的人们及其子女，不由产生出一种幸福的动心的宁静感。这种宁静感渗透到一切之中，自己也产生一种无声的幸福的音乐，在周围广为散播。握在他俩手中的这本书，仿佛洞悉这一切，并给他们的这种感情以支持和肯定。

这是小说结尾的一段。此时日瓦戈已经离世，但他依然以其创作存活在朋友的生命中。而他的朋友们则借助于对日瓦戈作品的阅读，在理解日瓦戈的同时，也理解着仍在继续的生活和世界。

在戈尔东和杜多罗夫眼里，日瓦戈属于那种虽然历经沧桑，仍然对生活充满热望的人物："我渴望生活，而生活就意味着永远向前，去争取并达到更高的，尽善尽美的境界。"小说的结尾也由此借助戈尔东和杜多罗夫的感怀表达对心灵自由和美好未来的信念，提供了我们透视俄罗斯和苏维埃历史和未来的另一种观念图景。

而《日瓦戈医生》所内含的更繁复的俄罗斯精神传统也内化在中国的思想史进程中。20世纪90年代后的中国思想界之所以会更亲和于从普希金到契诃夫再到帕斯捷尔纳克的气质，其原因自然需要到"告别革命"的文化思潮中去寻找。这是一个刚刚经受了政治性挫折的时代，在这样一个精神创伤时代，知识者往往趋向于回归内在。柄谷行人在《日本现代文学的起源》中讨论明治二十年代"心理的人"的出现时指出："当被引向政治小说及自由民权运动的性之冲动失掉其对象而内向化了的时候，'内面''风景'便出现了。"就像日瓦戈医生选择在瓦雷基诺去沉思默想一样。但是，对内心的归趋，并不总是意味着可以同时获得对历史的反思性视野。个体性价值在成为一种历史资源的同时，有可能会使人们忽略另一种精神流脉。当帕斯捷尔纳克把源于普希金、契诃夫的传统与果戈理、托尔斯泰和陀思妥耶夫斯基相对峙的时候，问题可能就暗含其中了。普希金和契诃夫的气质是否真的与托尔斯泰的精神传统相异质？学者薛毅即曾质疑过帕斯捷尔纳克的二分法：

> 托尔斯泰有更加伟大的人格和灵魂，这个灵魂和人格保障了托尔斯泰的文学是为人类的幸福而服务。俄罗斯作家布洛克说托尔斯泰的伟大一方面是勇猛的反抗，拒绝屈膝，另一方面，和人格力量同时增长的是对自己周围的责任感，感到自己是与周围紧密连在一起的。

如果说帕斯捷尔纳克"从一个独立的、自由的，但又对时代充满关注的知识分子的角度来写历史"具有值得珍视的历史价值的话，托尔斯泰这种融入人类共同体的感同身受的体验，或许也是今天的历史时代中不可缺失的。它启发我思考的是:个体的沉思与孤独的内心求索的限度在哪里?对历史的承担过程中的"历史性"又在哪里?"历史"是不是一个可以去抽象体认的范畴?如果把"历史"抽象化处理,历史会不会恰恰成为一种非历史的存在?历史的具体性在于它与行进中的社会现实之间有一种深刻的纠缠和扭结。90年代之后的中国社会表现出的其实是一种"去历史化"的倾向,在告别革命的思潮中,在回归内在的趋向中,在商业化的大浪中,历史成为被解构的甚至已经缺席的"在场"。当历史是以回归内心的方式去反思的时候,历史可能也同样难以避免被抽象化地呈现和承担的命运。

困惑于上述问题之际,读到了洪子诚先生推荐的一篇文章——陆建德的《麻雀喞啾》,感觉为《日瓦戈医生》的阐释史另辟一条蹊径。《麻雀喞啾》一文指出,《日瓦戈医生》这部常被西方评论者理解为敬重生命个体的小说,却对出身贫寒家庭的马林娜和她的女儿们丝毫没有尊重,认为帕斯捷尔纳克同情的对象是中上阶层而不是社会的底层:"要求作者对笔下的人物一视同仁是荒谬幼稚的,但是作者的阶级意识会不会影响到他对重大社会问题的处理?"陆建德先生洞察到的是隐藏在帕斯捷尔纳克意识深处的阶级区隔,这对于小说力图展现的所谓守护生命个体的意识形态内景就构成了某种反讽。

该如何从这一问题域中进一步获得启迪,是今天的读书人应该直面的一个课题。我在洪子诚先生晚近的文字中欣喜地看到了关于这个问题的回应:

(《麻雀喞啾》中)这个问题的提出,在《日瓦戈医生》的中国评价史上既是新的,也是旧的。说是"旧的",因为对这部小说最大的争议,就来自建立在不同阶级、政治立场基点上的评价。说是"新的",则是自80年代以来,"阶级"观念在中国文学批评中逐渐退出视野,准确说是已经边缘化。因此,《麻雀喞啾》重提这一问题,至少在我这里,当时就有了"新鲜感"。这应该也是90年代后期反思"告别革命",重新评价革命"遗产"这个思潮的折射。但《麻雀唧啾》没有采取那种翻转的方式和逻辑,没有重新强调阶级是唯一正确的视点。它是在对《日瓦戈医生》理解的基础上的有限度的质疑和修正,表现了历史阐释的复杂态度,耐心了解问题中重叠的各个层面,不简单将它们处理为对立的关系。

也许,对复杂文本乃至历史的阐释,首先就建立在"耐心了解问题中重叠的各个层面"这一前提之上。洪子诚先生所谓的一种"历史阐释的复杂态度",一种多维度的甚至不乏多重错位的结构图景之所以显得弥足珍贵,就在于这种"复杂态度"会使群体的无意识的盲目冲动和有目的性的历史激情的天平获得某种平衡,而不至于向某一端过于倾斜。

在这个意义上,时间的错位中所蕴含的视差之见或许有助于揭示20世纪80年代以来中国读书界借助于对《日瓦戈医生》的持续阐释所展示出的重叠的历史褶皱。

注　释

[1]　选自帕斯捷尔纳克:《日瓦戈医生》,顾亚铃、白春仁译,湖南人民出版社,1987年,下同。

杜甫的形象

| 西 川

| 西 川

  诗人、散文和随笔作家、翻译家,1963年出生于江苏,1985年毕业于北京大学英文系。曾任美国纽约大学东亚系附属访问教授,加拿大维多利亚大学写作系奥赖恩访问艺术家,中央美术学院人文学院教授、图书馆馆长,现为北京师范大学特聘教授。出版有九部诗集、诗文集,其中包括《深浅》和《够一梦》,两部随笔集、两部评著、一部专论、一部诗剧。此外,还翻译有庞德、博尔赫斯、米沃什、盖瑞·施耐德等人的作品。曾获鲁迅文学奖(2001年)、上海《东方早报》文化中国十年人物大奖(2001—2011)、腾讯书院文学奖致敬诗人奖(2015年)、德国魏玛全球论文竞赛十佳(1999年)、瑞典马丁松国际诗歌奖(2018年)、日本东京国际诗歌奖(2018年)等。其诗歌和随笔被收入多种选本并被广泛译介,发表于20多个国家的报纸杂志。纽约新方向出版社于2012年出版英译《蚊子志:西川诗选》(译者卢卡斯·克莱因[Lucas Klein]),该书入围2013年度美国最佳翻译图书奖并获美国文学翻译家协会2013年卢西恩·斯泰克亚洲翻译奖。

一　如何谈论杜甫？[1]

　　唐诗里最难谈的人物恐怕就是杜甫了。比较而言李白更好谈一些。李白被认为是天成的人物，也就是"天才"，是"谪仙"，不可接近，其诗作不可模仿，超越于分析。所以讲讲李白的逸事、神话，就能展现出他这个人的风采。而杜甫被认为是可以通过模仿来接近的，是一位人间之人，要讲他，反倒让我觉得有压力。每个人心里都有一个杜甫，都能背一些杜甫的诗，在这种情况下要将杜甫讲出点新意，着实有些困难，所以我就想到了"杜甫的形象"这个题目。——杜甫的早年形象说不上：他的诗歌到现在流传下来的有1 400多首，其中90%以上的作品都是他40岁以后写的，他早期的东西都没了；所以谈杜甫的形象，其实谈的是杜甫晚期的形象。

　　美国华人学者洪业，一辈子出版的唯一一本学术著作，是《杜甫：中国最伟大的诗人》。他书中有一句话说："绝大多数中国史学家、哲学家和诗人都把杜甫置于荣耀的最高殿堂，这是因为对他们来说，当诗人杜甫追求诗艺最广阔的多样性和最深层的真实性之际，杜甫个人则代表了最广大的同情和最高的伦理准则。"——谈中国古典诗人，能够用"最"字最多的就是杜甫了。这里涉及伦理准则，涉及他的同情，他诗歌的真实性、多样性。美国还有一位学者叫陆敬思（Christopher Lupke），他说杜甫是中国古今诗人的"大家长"（poetic patriarch）。——每个家里都有家长，中国诗人的大家长就是杜甫。这个说法很精彩，但也让我们讨论杜甫有了难度。今天我选的这个角度相对容易一点，讲杜甫的形象。其他角度三两句话没法说清楚。我会谈到杜甫的生平际遇、杜甫的趣味、杜甫的现实感，这些话题都跟杜甫作为一个诗人的形象有关系。

作为儒家诗人的代表人物，虽然有时，尤其在晚年，杜甫也想寻仙访道（参见《忆昔行》《咏怀二首·其二》《幽人》等），也对佛教表现出好感（参见《秋日夔府咏怀，奉寄郑监、李宾客一百韵》《大觉高僧兰若》《谒真谛寺禅师》等），但他跟整个儒家这套话语，有着密切的关系。这很好地表现在他于大历三年（768年）写给儿子的《又示宗武》一诗中："应须饱经术，已似爱文章。十五男儿志，三千弟子行。曾参与游夏（子游、子夏），达者得升堂。"我在《唐诗的读法》里提到了杜甫与儒家的历史转变之间的关系：我们现在感受到的儒家，更多是安史之乱以后，在宋代做大起来的理学化了的思孟系统的儒家。思孟系统（子思、孟子）是一个传道系统。而儒家还有一个传经系统：杜甫在《又示宗武》诗中提到的"夏"，就是孔子的学生子夏。孔子殁后，他设帐魏国西河，在那儿传授儒家所有的经典。子夏的学生中有公羊高和穀梁赤（仅从一般说法）又传下来《春秋公羊传》和《春秋穀梁传》。是为传经系统。从汉代到中唐，传经系统的儒家，在中国整个儒学系统里非常活跃。安史之乱后，孟子的地位大幅度上升，变得极其崇高，思孟系统即传道系统的儒家才变得越来越重要了。杜甫赶上了安史之乱，这个中国古代历史的分水岭，巨大的变迁时代；同时又赶上了儒家转向、孟子成为后来的亚圣的时代。孟子的最终做大要等到中唐韩愈起来以后，但杜甫已经在拿孟子照镜子了。其作于大历四年（769年）的《咏怀二首·其一》曰："人生贵是男，丈夫重天机。未达善一身，得志行所为。嗟余竟辕轲，将老逢艰危。"这里，杜甫想到的是孟子名言"穷则独善其身，达则兼济天下"，而自己未能行孟子之道。所以说，作为一个儒者的杜甫，被抬到如今这样的

西　川　/　杜甫的形象

地位,既有其内在原因,也有外部原因。

　　杜甫的诗被称作"诗史"。那么历史对于中国文化、中国文学的作用和意义,相当于神话对古希腊人的作用和意义。中国的文学里很多东西都跟历史扣在一起,二者很难分开。杜甫的诗歌满足了历史的要求。我们习惯于把诗和史联系在一起,这使他成为一个如此重要的诗人。这种情况在当代诗歌里没有。当代诗歌基本上已经不负担述史的作用,与此同时我们又受到外国文学的影响,包括浪漫主义、现实主义、现代主义、后现代主义的影响,我们大多数人写的基本上是抒情观念之下的诗歌。20世纪美国著名诗人肯尼斯·雷克斯罗特(Kenneth Rexroth,中文名字王红公)在其《重读经典》(*Classics Revisited*)一书中有专文论述杜甫。他说杜甫的诗"既非史诗,亦非戏剧诗,也不是任何现成的抒情概念下的诗歌"。他认为杜甫与莎士比亚、托马斯·坎皮恩、

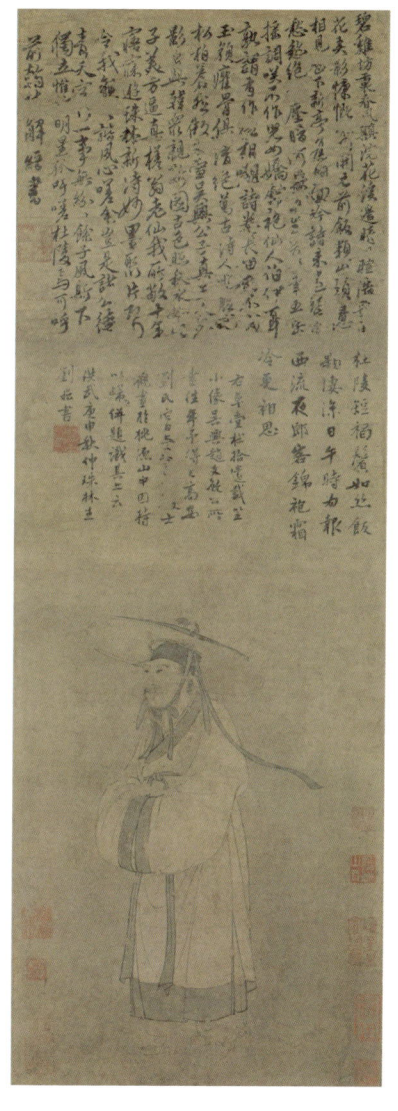

图1　赵孟頫,《杜甫像》,北京故宫博物院藏。所绘杜甫戴笠独行侧身像,用笔简洁、遒劲有力,笔墨转换自然流畅,所绘人物造型准

歌德或者萨福意义上的抒情诗几乎没有关系。

二 杜甫的人生经历

中国古代诗人中，以现在的标准看，很长寿的几乎没有。杜甫在战乱中活到58岁，公元712年（睿宗延和元年、玄宗先天元年）到770年（代宗大历五年）。杜甫的一生可以分成几个阶段。首先是早年读书漫游的阶段，持续到他30多岁。这期间发生了一件很重要的事，就是他在洛阳遇到被玄宗赐金放还的李白，后来他们俩又遇到高适。那时杜甫33岁，李白比杜甫大11岁，是44岁，高适比杜甫大6岁，是39岁。

对于李杜的关系，郭沫若写过《李白与杜甫》，闻一多也提到过。很多人都有不同的猜测和解读，比如说他们觉得杜甫对李白那么好，李白却拿杜甫开涮（李白《戏赠杜甫》，"饭颗山头逢杜甫"，可能是伪作）。也有人猜测两个人关系很好，两人旅行的时候会盖一条被子（杜甫《与李十二白同寻范十隐居》，"醉眠秋共被，携手日同行"），让美国的同性恋诗人们想入非非。李白给杜甫写过两首诗，而杜甫给李白写了很多诗，他们之间主要的交流就是当年在一块儿游历。先是在梁、宋这块地方，后来两个人又一块儿到了蕲州，分手之后再次见面的时候在东鲁。

无论怎样，我在《唐诗的读法》里提到，李白应该对杜甫产生了不小的影响。杜甫在李白身上看到了一个奇观。其实杜甫本身在某种意义上也是奇观，只不过更多的时候我们把他放在儒家的话语里。尽管杜甫是个儒家诗人，但他也曾在诗中说："礼乐攻吾短，山林引兴长。"（《秋野五首·其三》，大历二年［767年］）——这和李白的影响有关吗？头两天我在江西南昌，有一个写古体诗的学生还跟我讲，他分析有些古代诗人的诗不合平仄。我说所有合章法、合规矩、合平仄的写法，都是小诗人的路数，对大诗人你没法这么判断。宋代的黄庭坚,说自己的书法是"老夫之书本无法"。也就是说,在迈过很多门槛儿之后,这些大诗人、大艺术家内心就开始有一种自由度,开始搞破坏。很多人是跟着章法走的,但大诗人总有破坏章法的能力,破坏工作有时候就能呈现为奇观,而这也是建设。在李白身上我们看到了这一点,在杜甫身上我们也能看到这一点。别人的长篇诗作很多四行一换韵,杜甫可以八行一换韵,杜甫就敢这么干。拗体诗,在别人那儿是缺点,到杜甫这儿就是精彩。对他来讲这是自

图2 木刻杜甫像

由,但对于整个诗歌史来讲,他是在给诗歌立新的章法。所以说,杜甫也是一个奇观。《新唐书·杜甫传》说:"甫旷放不自检,好论天下大事,高而不切。"他后来在长安上玄宗三大礼赋时自谓:"沉郁顿挫,随时敏给,扬雄、枚皋可企及也。"——这狂劲儿比李白也不差。读杜甫写于大历三年的《壮游》一诗,对他的豪情快意可以想象一二。

杜甫人生的第二阶段是困居长安的时期,即30多到40岁。第三个时期是为官时期,大概是从他44至48岁,时间很短,正好是安史之乱的时间。陈寅恪说安史之乱是中国古代史的分水岭,之前和之后的中国,几乎像两个中国。日本大汉学家内藤湖南认为,从安史之乱开始,中国进入了唐宋变革期,跨度从中唐一直到宋,思孟系统或传道系统的儒家在中国的影响开始变

大,一直持续到明清、到今天。笼统地说起中国几千年的历史,我们往往会忽略这些变化。我们汉族人填表写自己的民族时会填"汉",可按照傅斯年的讲法,实际上汉朝的汉族到六朝结束以后就没有了(参见傅斯年《史学方法导论·中国历史分期之研究》)。很难说今天的我们跟汉朝的汉族完全是同一个"汉族",可能存在当时的基因,但已经有很大的变化了。

杜甫赶上了安史之乱,目睹了战争惨烈的情状。肃宗朝宰相房琯在陈陶斜和青坂打了两场大败仗,让唐军损失惨重。杜甫曾经在《悲陈陶》(至德元年[756年])里有一句"四万义军同日死"。部队大概有四万人,四万义军在一天中全死了,太可怕了。杜甫跟房琯两个人是老朋友,时任左拾遗的他为此要疏救房琯,结果一下子得罪了皇上,就回家省亲去了。后又随肃宗还长安,然后被贬为华州司功参军,然后弃官,于是杜甫离开朝廷,开始进入漂泊的生涯,也就是他人生的最后时期,大概是从48至58岁,十年的时间。我们所能知道的杜甫的形象,主要是来自他的漂泊时期。他先是向西漂泊,到达天水、同谷一带,后来到了成都,在严武等人的帮助下筑起草堂,后又离开成都在湖南、湖北这一带漂泊,直到死去。

三 杜甫的晚年形象

1. 孤寂的精神形象

进入杜甫西南漂泊的时期,就进入了杜甫晚年的形象。杜甫晚年的形象,可以分为精神形象、肉体形象两方面。

首先是精神形象。杜甫晚年很潦倒,尽管他得到了高适、严武等人的帮助。他会毫不犹豫地请求后来做了大官的高适的帮助。杜甫48岁时写有一首诗《因崔五侍御寄高彭州一绝》,管高适要吃的:"百年已过半,秋至转饥寒。为问彭州牧,何时救急难?"——你什么时候来帮我呀?现在我们不好意思这样说出口，但当时他们朋友之间可以这么干（杜甫不这么干也没有别的办法）。直到58岁去世之前，杜甫一直在呼吁朋友的帮助。大历五年杜甫诗《奉赠萧十二使君》："不达长卿病，从来原宪贫。监河受贷粟，一起辙中鳞。"这里"长卿"指汉代的司马相如，患有消渴病，也就是糖尿病。杜甫同样患有糖尿病，他甚至在《湘江宴饯裴二端公赴道州》（大历四年）一诗中自称"病渴老"。此处他以"长卿病"自指。在其晚年的诗作中他多次提到自己的糖尿病，这相当于今天的诗人反复在诗里说自己有腰肌劳损或者什么别的病！"原宪"就是子思，穷而不改其操。后两句用《庄子·外物》典："庄周家贫，故往贷粟于监河侯。……庄周愤然作色曰：周昨来，有中道而呼者，周顾视车辙，中有鲋鱼焉。周问之曰：'鲋鱼来，子何为者耶？'对曰：'我东海之波臣也。君岂有斗升之水而活我哉！'"

代宗永泰元年（765年），53岁的杜甫说自己是"飘飘何所似，天地一沙鸥"（《旅夜书怀》）。去世前一年，大历四年，57岁的他在《江汉》这首诗中自谓："江汉思归客，乾坤一腐儒。"虽然有人帮助过他，但他内心里是非常孤独的。与《江汉》写在同一年的《南征》诗中有句曰："百年歌自苦，未见有知音。"杜甫一生的朋友其实都是很高大上的：李邕、李白、高适、岑参、裴迪、元结、李贺的父亲李晋肃（杜甫与李晋肃有远亲关系，也就是与李贺有远亲关系），打过交道的还有王维、颜真卿等。杜甫也与一群画家交好，包括被玄宗皇帝称赞为"诗书画三绝"的郑虔、韦应物的叔父韦偃、曹操的后代曹霸等。韦偃还曾在成都杜甫草堂的墙上画过画。这都是赫赫有名、彪炳千秋的诗人和艺术家。所以杜甫的朋友圈按说是很豪华的，尽管他自己的官不大。杜甫在晚年应该已有较大的诗名，在大历四年《酬郭十五判官受》一诗中他自谓："才微岁老尚虚名。"可是在这样的情况下，杜甫还是觉得"百年歌自苦，未见有知音"，从这里可以看出他晚年的精神面貌。

图3　今人所制三维杜甫像　　图4　广为流传的蒋兆和画杜甫像

大历五年，去世之前，杜甫在《风疾舟中，伏枕抒怀三十六韵，奉呈湖南亲友》一诗中，令人惊讶地提到了一系列的古人：轩辕黄帝、虞舜、马融、王璨、辛毗、扬雄、刘歆（刘棻）、庾信、陈琳、潘岳、苏秦、张仪、公孙述、侯景、葛洪、许靖等等。杜甫提到他们，一方面是在用典，而另一方面，我们也可以感受到他仿佛是被历代人物的身影围裹着，而他自己，这个孤老头，即将成为这重重身影的一部分，仿佛一个人越孤独，他身边影影绰绰的人物就越多。这种写法，在今天是不可能出现的。你若在今天在诗中搬用太多的知识、典故，你的诗歌将难以被大众理解。

大家都知道杜甫有一首诗叫《江南逢李龟年》："岐王宅里寻常见，崔九堂前几度闻。正是江南好风景，落花时节又逢君。"这首诗是杜甫在大历五年58岁时写的，即他临去世的那一年。如果不把杜甫的年纪、精神处境、身体

图5　蒋兆和与其所绘杜甫形象对比

状况和这首诗联系到一起，我们就会把它当成一首寻常的，但写得很好的重逢诗来看待而已。事实上，"落花时节又逢君"的时候，已经是杜甫生命的结尾期了。一旦我们了解了背景，就会知道晚年的杜甫其实是那么孤独，在"未见有知音"的情况下遇到一位老朋友，于是写下这么一首诗。

2. 衰朽的肉体形象

视觉上，今天我们熟悉的杜甫的长相，是画家蒋兆和画的。瘦削的、饱经风霜的杜甫皱着眉头迎风坐在一块岩石上。这幅画的模特其实是画家蒋兆和自己。前几年网络上出现过很多"杜甫很忙"的恶作剧图像，那其实不是"杜甫很忙"，而是"蒋兆和很忙"！那么晚年的杜甫究竟是什么样的呢？熟读杜诗的人肯定会注意到，在《春望》这首诗里，杜甫写道，"白头搔更短，浑欲不胜簪"。这首诗写在肃宗至德二年即757年春，杜甫才45岁——45岁都"浑欲不胜簪"了。杜甫还有一组诗叫《乾元中寓居同谷县作歌七首》（肃宗乾元二年［759年］，47岁），里面有一句，"有客有客字子美，白头乱发垂过耳"，古人把头发都往上盘，他是垂过耳，很狼狈的样子。在《复阴》这首诗里，他说："君不见夔子之国杜陵翁，牙齿半落左耳聋。"——牙已经掉得差不多了，左耳聋，听不见了。这首诗没有明确的纪年，有人把它系于大历二年，也就是767年，杜甫55岁。这一年杜甫写有一首诗直接就叫《耳聋》，诗中说："眼复几时暗？耳从前月聋。"看来他是耳聋在大历二年深秋。从代宗大历元年（766年），54岁的杜甫开始寓居夔州。之后他写下伟大的诗篇《秋兴八首》。在耳聋之前。杜甫一直多病，主要是糖尿病，开始于广德二年（764年），时52岁，他在作于大历二年的那首被元稹称为"铺陈始终，排比声韵，大或千言"的长诗《秋日夔府咏怀，奉寄郑监、李宾客一百韵》中提到："飘零仍百里，消渴已三年。"杜甫的肺也有问题（广德二年《别唐十五诫，因寄礼部贾侍郎》，"病肺卧江沱"。大历二年《秋峡》，"肺气久衰翁"），这些疾病使他"衰颜更觅藜床坐，缓步仍须竹杖扶"（《寒雨朝行视园树》，大历二年）。可就是这样，他还随身佩戴着作为检校工部员外郎蒙皇上赏赐的绯鱼袋（内盛鱼符，上刻官职、姓名）："莫看江总老，犹被赏时鱼。"（《复愁十二首·其十二》，大历二年）这一年他写下《登高》："风急天高猿啸哀。"他的《清明二首》，写在大历四年，他57岁，去世前一年。他在《其二》中自谓："此身飘泊苦西东，右臂偏枯半耳聋。寂寂系舟双下泪，悠悠伏枕左书空。"就是已经半身不遂了，右胳膊抬不起来了，只能伏在枕上，抬起左手在空中写划。他的左耳还是聋的，牙也掉了很多，头发几乎也没了，剩下的就是白发。这时杜甫一家居无定所，住在船上，真是很凄惨——我们民族最伟大的诗人之一！这是晚年杜甫的身体情况，也是他肉体的形象。

3. 哭泣的杜甫

这样的身体情况，与残酷的国家战乱叠合起来，导致杜甫一天到晚忙活一件事，就是哭。至德二年，他被叛军抓住，被禁在长安，但还有点自由，能在城中溜达。他在春天来到曲江池边，写下非常有名的一首诗叫《哀江头》。他说："少陵野老吞声哭，春日潜行曲江曲。""少陵野老吞声哭"的时候实际上杜甫只有45岁，他就把自己叫"野老"。古人好像一过40岁就觉得自己老了。杜甫在44岁的时候，天宝十五年（756年），写过一首诗《送率府程录事还乡》，诗是这样开头的："鄙夫行衰谢，抱病昏忘集。常时往还人，记一不识十。"那时候安史之乱刚开始不久。

后来他遭遇颠簸，到处乱跑，于代宗广德元年即763年写下《天边行》。他说："天边老人归未得，日暮东临大江哭。"在江边上，一个人就在那儿哭。广德二年秋《过故斛斯校书庄二首·其二》："素交零落尽，白首泪双垂。"大历元年《寄杜位》："封书两行泪，沾洒裹新诗。"大历二年《社日两篇·其二》："欢娱看绝塞，涕泪落秋风。"同一年的《又呈吴郎》："已诉征求贫到骨，正思戎马泪盈巾。"不仅杜甫哭，连猴子也跟着人哭。同年《九日四首·其二》："殊方日落玄猿哭。"同一组诗《其四》："系舟身万里，伏枕泪双痕。"同一年《秋日夔府咏怀，奉寄郑监、李宾客一百韵》："别离忧怛怛，伏腊涕涟涟。"大历三年《元日示宗武》："不见江东弟，高歌泪数行。"大历五年，杜甫快要去世的时候，他在《逃难》一诗中写道："归路从此迷，涕尽湘江岸。"同年，他还在《暮秋将归秦，留别湖南幕府亲友》诗中说："途穷那免哭，身老不禁愁。"在颠沛流离的情况下，怎么可能不哭呢？"身老不禁愁"，让我们对杜甫当时的处境有了更深的体会。

有两个问题值得注意，甚至值得深入讨论，我在此只是略微提及：第一，杜甫虽然总是泪流满面，但他的写作却没有因此而指向所谓的浪漫主义,更具体地说,他不是感伤的抒情诗人。第二,杜甫的写作虽然带有强烈的自传色彩,作品中有明确的言说主体,但与此同时,他的这些作品又是非个人的。——这是怎么回事?

还有一点需要提到:杜甫虽遭逢战乱,并且心盼朝纲重振,不吝赞美平叛讨贼的将军士兵,这被认为是"爱国主义",但他自己好像不曾做出过"国家兴亡,匹夫有责"的英雄主义行动。大历元年,杜甫在《宿江边阁》诗的最后写道:"不眠忧战伐,无力正乾坤。"大历四年《野望》:"扁舟空老去,无补圣明朝。"大历五年,在《舟中苦热遣怀,奉呈阳中丞,通简台省诸公》一诗中,杜甫写道:"吾非丈夫特,没齿埋冰炭。耻以风病辞,胡然泊湘岸。"同年,在《回棹》这首诗中,他自谓:"宿昔试安命,自私犹畏天。"杜甫对时局的"无力"感很明显。他不是颜真卿、颜杲卿那样的英雄。但哭、眼泪、自伤、絮叨、悲天悯人,那是杜甫的。

四　杜甫的现实感

今天我们说杜甫是"现实主义者"。现实主义的概念虽然来自西方,但又是经过了苏联的转手。所以我们一说到现实主义就是批判现实主义。我们很多外来的文学史概念都不是直接来自西方,而是二手货,经过了转手。比如浪漫主义也经过了苏联的转手。高尔基对西方文学的解读,把浪漫主义解读成消极浪漫主义和积极浪漫主义两个阵营。所谓积极浪漫主义就是进步的、倾向于革命的浪漫主义。所以今天我们说起浪漫主义诗人,脑子里蹦出来的往往首先是俄国的普希金,英国的雪莱和拜伦,而不会是英国的华兹华斯、柯勒律治、骚塞,法国的夏多布里昂、拉马丁,因为这些诗人被高尔基归入了消极浪漫主义阵营。

在中国,我们接受的更多的是积极浪漫主义一派。说起李白是"浪漫主义",就强调他"安能摧眉折腰事权贵,使我不得开心颜"的这一面——这表明了他对于唐朝权贵的反抗。但与此同时,我们可能忘了李白还有"仰天大笑出门去,我辈岂是蓬蒿人"的一面,那时候皇上召他入宫,他非常高兴。——只强调李白反抗的、不同流合污的那一面,是不够的。同样,只强调杜甫是现实主义诗人也是不够的。如今,我们已经获得了各种文学批评的方法,这时候我们看古代文学,就应该不囿于既有观念,而进入到更多的历史细节,进入历史的此时此刻。

那么要谈论杜甫的此时此刻就不得不看一看安史之乱究竟死了多少人。唐朝的人口峰值是安史之乱之前的754年,正逢盛世,中国人口达到5 300万或者还多一些。安史之乱持续了七八年时间(755—763),等到大局基本安定下来朝廷重新统计人口,发现人口至少减少了一半。死了那么多人,这不是简简单单说哪个诗人是浪漫主义者或者是现实主义者就能对付得了的。多少人的去世才把杜甫推到现实主义的位置上?所以讨论杜甫的现实主义,一定要将杜甫的诗歌和当时死亡的人数挂钩。

"野旷天清无战声,四万义军同日死。"(《悲陈陶》)唐军四万人一下子就没了。广德二年,他写过一首诗叫《释闷》:"豺狼塞路人断绝,烽火照夜尸纵横。"烽火照着夜晚,死尸狼藉,这不是杜甫的想象,一定是他见到的情况。永泰元年,杜甫写过《三绝句》,其中第二首写得至惨:"二十一家同入蜀,唯残一人出骆谷。自说二女啮臂时,回头却向秦云哭。"二十一家人一起逃难进入蜀地,只有一个人出了骆谷,其他人全死掉了。这人遇到杜甫,诉说起自己的逃难经历。"自说二女啮臂时",啮臂就是咬自己手臂咬到出血,古人如果知道这是生离死别,就要"啮臂而别"。想起这些惨痛的经历,讲述人面向着秦地的云彩,号啕大哭。这些事情杜甫全都碰上了,这构成了他强烈的现实感。大历元年秋,杜甫在《驱竖子摘苍耳》这首诗里说道:"富家厨肉臭,战地骸骨白。"大历元年他还写过一首诗叫作《白帝》:"戎马不如归马逸,千家今有百家存。"——基本上活人只剩下十分之一了。大历四年他在《北风》这首诗中说:"十年杀气盛,六合人烟稀。"大历五年,杜甫的最后一年,其《白马》诗句:"丧乱死多门,呜呼泪如霰。"从杜甫的诗里我们可以感觉到一个最醒目的话题,就是战乱流徙中死了多少人。与唐朝其他诗人相比,杜甫直面了这些,所谓"即事名篇",其他人少有做到。所以杜甫孤零零地成了大诗人。——当然他成为大诗人也是因为他"晚节渐于诗律细"(《遣闷戏呈路十九曹长》),而这一点又是他迎着战乱,在逃亡、饥饿、孤独和漂泊中,面向死亡,而做到的。

杜甫在那样一种战乱的情况下,遇到那么多的艰辛、别离、饥饿(《彭衙行》,"痴女饥咬我")、疾病、死亡,可以说他被激发成一位如此独到的诗人。如果我们只是讨论杜甫的现实主义,而不能把现实主义讨论到杜甫的此景此地、此时此刻这个点上,讨论到杜甫本人的现实感这个点上,我们实际上还不能切身感觉到杜甫诗歌的力量,我们读杜甫诗歌的时候就不会起鸡皮疙瘩。

杜甫有很多诗句写到动物。如果不囿于"比兴"的概念,我们也许会看到更多的东西。他写道:

> 猛虎立我前,苍崖吼时裂。(《北征》)
> 熊罴哮我东,虎豹号我西。我后鬼长啸,我前狖又啼。(《石龛》)
> 黄蒿古城云不开,白狐跳梁黄狐立。(《乾元中寓居同谷县作歌七首》)
> 洪涛滔天风拔木,前飞秃鹙后鸿鹄。(《天边行》)

前有毒蛇后猛虎，溪行尽日无村坞。(《发阆中》)

泉源泠泠杂猿狖，泥泞漠漠饥鸿鹄。(《久雨期王将军不至》)

猛虎卧在岸，蛟螭出无痕。(《别李义》)

熊罴咆空林，游子慎驰骛。(《送高司直寻封阆州》)

空荒咆熊罴，乳兽待人肉。(《课伐木》)

虎之饥，下巉岩；蛟之横，出清泚。(《寄狄明府博济》)

风号闻虎豹，水宿伴凫鹥。(《水宿遣兴，奉呈群公》)

入邑豺狼斗，伤弓鸟雀饥。(《移居公安，敬赠卫大朗钧》)

狐狸何足道，豺虎正纵横。(《久客》)

舟中无日不沙尘，岸上空村尽豺虎。(《发刘郎浦》)

看来杜甫对于险境，对于野兽这些东西有着特别的敏感。我相信有的时候是他见到了这些东西，有的时候可能是心里见到了。这让我联想到但丁《神曲》的开篇："在人生的中途，我迷失于一片幽暗的森林。"之后但丁写到，他遇到豹子、狮子和母狼。这里但丁当然有其象征含义。而杜甫在他写到野兽的时候，难道仅仅是描写吗？我斗胆猜测一下，杜甫在唐代就已经摸索到了13世纪末14世纪初的但丁，以及19世纪中后期的法国才有的象征主义的写法。杜甫不光是写动物，他有一首诗叫作《佳人》(乾元二年)，山谷里遇到一个被抛弃的妇女，我觉得那完全是象征主义的写法。他还有一首诗叫《瘦马行》(乾元元年 [758年])，写的是他看见一匹瘦马。虽然写的是马，但实际上写的是他自己和那个时代。如果拿这首诗与布罗茨基的《黑马》做一个比较，一定很有意思。类似的诗还有一首《义鹘行》(乾元元年)、一首《呀鹘行》(大历三年)，后者写一只丑鸟（"病鹘孤飞俗眼丑"），一般少被提及。还有一首《客从》(大历四年)，寓言的写法，很奇怪，不是杜甫的一般风格：

> 客从南溟来，遗我泉客珠。
> 珠中有隐字，欲辨不成书。
> 缄之箧笥久，以俟公家须。
> 开视化为血，哀今征敛无！

像这类作品过去一直被当作现实主义诗歌。我建议把它们的文学意义再放大些。

五　杜甫的时空感

在《唐诗的读法》里我特别强调回到唐诗的现场，切身感受唐代诗人的写作观念。杜甫的诗歌处理的是他的此时此刻和此地。但他所有的此时此刻，又跟百年之前或者百年之后勾连在一起，他喜欢以"百年"作为时间跨度（"百年多病独登台"）。而他的此地此景，又常跟千里之外、万里之外勾连在一起。所以说，杜甫的时空感是非常复杂的。

我在《唐诗的读法》中提到，他的诗歌中包含了三种时间。一种是自然时间，一种是个人时间，一种是历史时间。此时此刻的有血有肉的个人时间，与四季轮回的自然时间，每个诗人都有。但杜甫的历史时间感（其空间感也一样），在其他诗人身上是很少见的。我们发现杜甫经常会使用到一个字，"万"。比如"万里悲秋常作客"。这个字（词）在西方语言里是没有的，西方语言1万就是ten thousand（10千）。即使是一个数词，也能说明中西思维方式的不同。我们看问题的单位是万，人家看问题的单位可能是千。这是个有趣的现象。

杜甫的时空感，是以苍茫的"万"字为基本单位的：

我生何为在穷谷，中夜起坐万感集。(《乾元中寓居同谷县作歌七首》)
窗含西岭千秋雪，门泊东吴万里船。(《绝句四首·其三》)
楚天不断四时雨，巫峡常吹万里风。(《暮春》)
尤工远势古莫比，咫尺应须论万里。(《戏题王宰画山水图歌》)
万里悲秋常作客，百年多病独登台。(《登高》)
万里鱼龙伏，三更鸟兽呼。(《北风》)
万里衡阳雁，今年又北归。(《归雁二首·其一》)
乾坤万里内，莫见容身畔。(《逃难》)
九秋惊雁序，万里狎渔翁。(《天池》)
黄四娘家花满蹊，千朵万朵压枝低。(《江畔独步寻花七绝句·其六》)
著处繁华矜是日，长沙千人万人出。(《清明》)
兵戈不见老莱衣，叹息人间万事非。(《送韩十四江东省觐》)
百年从万事，故国耿难忘。(《遣闷》)
万事干戈里，空悲清夜徂。(《倦夜》)
新松恨不高千尺，恶竹应须斩万竿。(《将赴成都草堂，途中有作，先寄严郑公五首·选一》)
花近高楼伤客心，万方多难此登临。(《登楼》)
群山万壑赴荆门，生长明妃尚有村。(《咏怀古迹五首·其三》)
万姓悲赤子，两宫弃紫微。(《咏怀二首·其一》)
万姓疮痍合，群凶嗜欲肥。(《送卢十四弟侍御护韦尚书灵榇归上都二十韵》)
万古一骸骨，邻家递歌哭。(《写怀二首·其一》)

江涛万古峡，肺气久衰翁。(《秋峡》)

谁怜一片影？相失万重云。(《孤雁》)

三年笛里关山月，万国兵前草木风。(《洗兵行》)

十年戎马暗万国，异域宾客老孤城。(《愁》)

百年同弃物，万国尽穷途。(《舟出江陵南浦，奉寄郑少尹审》)

提封汉天下，万国尚同心。(《提封》)

万国城头吹画角，此曲哀怨何时终？(《岁晏行》)

天下郡国向万城，无有一城无甲兵。(《蚕谷行》)

万象皆春气，孤槎自客星。(《宿白沙驿》)

这是我从杜甫的诗里找出来的一些跟"万"字有关的诗句，还有很多，甚至太多了。这样的大尺度时空与李白的"白发三千丈""飞流直下三千尺""天台四万八千丈"算是旗鼓相当了。这样大规模地使用"万"字，在现代汉语的写作中恐怕是不行的。但我们于此可以感觉到杜甫的时空感，又是此时、此刻、此地，又是极其广阔、无边无际。这也就是有限和无限的交融，是其此时此地和古往今来、天下万国之间的关系。所以，只强调杜甫的此时此地、他的现实感，还不足以讨论杜甫，必须把这两个因素结合在一起。杜甫为什么是集大成者？成就为什么高于别的诗人？就是因为他的诗里充满了辩证法，阴和阳的辩证法、古往和今来的辩证法、此地和万里之外的辩证法，还有言志和载道的辩证法，等等。

讨论杜甫的平仄，讨论杜甫的用韵，讨论杜甫的语词、用典、对仗、拗体、雄浑、巧妙、省俭、铺排，那只是欣赏型的阅读。这种阅读当然是必要的，但我不满足于这样来读古诗。我希望我们读诗的时候，能回到那个时代，能起一身鸡皮疙瘩。这时候，我们就不是在"欣赏"杜甫这样一位伟大的诗人，而是在"体验"一位伟大的诗人。

六 杜甫的趣味

杜甫作为一位伟大的诗人，他的艺术趣味究竟如何？这从他跟视觉艺术的关系就能感受出来。我在书里用了一个拓片作为插图，是《严公九日南山诗》。有人说这是杜甫唯一存世字迹，它是在四川的一个石窟里被发现的，上面写着"乾元二年杜甫书"。启功先生判断这是宋人的仿造。如果是宋人的仿造，那仿造者有模本吗？那个碑的形制——中间有一个窟窿——应该是古制。类似的形制在汉代较常见，例如东汉《袁安碑》。《严公九日南山诗》的字形偏瘦，我猜应该接近于杜甫的书写风格。杜甫曾经称赞过薛稷的书法，而薛稷《信行禅师碑》是偏瘦的初唐书风。杜甫也喜欢褚遂良的书法："褚公书绝伦"（《发潭州》，大历四年）。再看为杜甫所赞慕的李邕的书法，也是偏瘦，见其《云麾将军碑》。杜甫在大历元年为其外甥李潮作《李潮八分小篆歌》曰："峄山之碑野火焚，枣木传刻肥失真。苦县光和（东汉光和年间立于苦县的老子碑碑文书法）尚骨立，书贵瘦硬方通神。"有趣的问题来了：他喜欢颜真卿的字吗？颜真卿审讯过杜甫，在杜甫因疏救房琯而得罪了肃宗皇帝以后。

杜甫的艺术趣味看来偏瘦。玄宗开元二十九年（741年），正值30岁的杜甫写有一首诗叫《房兵曹胡马》："胡马大宛名，锋棱瘦骨成。"杜甫从年轻时代就对瘦马感兴趣。他后来写《瘦马行》，看来也"诗"出有因。

杜甫在寓居成都时曾经给三国高贵乡公曹髦的后代，也就是曹操的后代画家曹霸写过一首中国美术史中绕不过去的诗《丹青引赠曹将军霸》。诗中说："弟子韩幹早入室，亦能画马穷殊相。幹惟画肉不画骨，忍使骅骝气凋丧。"韩幹是唐代画马高手，早年从曹霸学过画。他的画迹或者画迹摹本现在还能看到。从现藏于纽约大都会艺术博物馆的韩幹《照夜白》和现藏于台北故宫博物院的韩幹《牧马图》来看，韩幹的马画得的确肥壮，马屁股浑

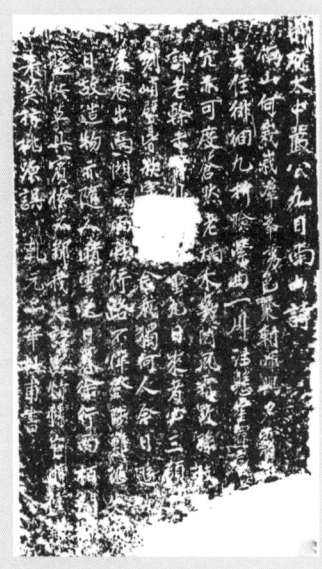

图6 杜甫,《严公九日南山诗》拓片,乾元二年书,121×70厘米

图7 薛稷,《信行禅师碑》

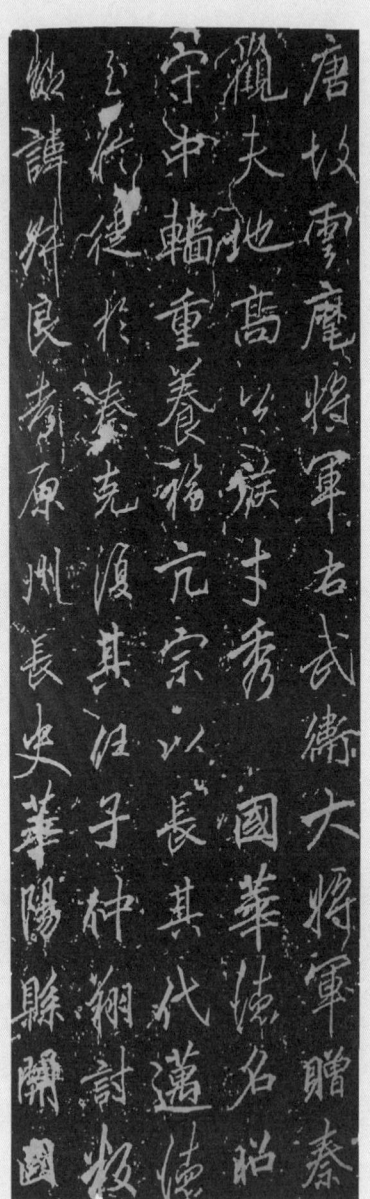

图8 李邕,《云麾将军碑》

图9　韩幹，《照夜白》，纽约大都会艺术博物馆藏

圆。这是杜甫不喜欢的。他认为这样的马没画出骨头，也就失去了"气"。再联想到杜甫说"五陵衣马自轻肥"（《秋兴八首》）的"肥马"，我们对杜甫的好恶、价值判断、审美趣味就很清楚了。

七　结　语

现在，我们慢慢建立起杜甫的形象了。从他"天地一沙鸥"的精神状态，到他衰朽的外貌，从他目睹生灵涂炭的现实感，到他有限与无限相结合的时空观，以及他偏瘦的美学趣味，我们大概就知道了杜甫这个没能活到60岁的"老头"长什么样子了：这是一个看上去悲苦的形象。当然，杜甫也有他稍微高兴的时候。他也写过有意思的诗，像《缚鸡行》《驱竖子摘苍耳》，都写得比较烂漫。

我前面提到过的雷克斯罗特，翻译过中国很多古诗，也翻译过李清照的诗。他对杜甫有一个看法我觉得特别好，我用它来结束今天跟大家的谈话。雷克斯雷特认为杜甫所关心的，是人跟人之间的爱、人跟人之间的宽容和同情，他说："我的诗歌毫无疑问的主要受到杜甫的影响。我认为他是有史以来在史诗和戏剧以外的领域里最伟大的诗人，在某些方面他甚至超过了莎士比亚和荷马，至少他更加自然和亲切。"非常高的评价，这样崇高的诗人值得我们想尽一切办法向他靠近。在靠近的努力当中，当代通行的很多关于杜甫的陈词滥调就被打碎了。

注　释

[1]　本文根据2018年6月2日在北京十月文学院所做讲座的内容扩写而成。

打开金村之门

| 徐 坚

徐 坚

生长于20世纪70年代飘摇而敏感的长沙，充满担当感和苦撑力的湖湘文化是我的文化血液。90年代求学于世界各地，得以管窥不同流派的成功和困惑。这也导致我在未来的职业生涯中同时珍爱多元主义和批判精神。新世纪以来，我先后执教于中山大学和上海大学。

大学时代开始，我就接受考古学的训练，时至今日，我仍然以考古学为业。但是，我的考古学和很多人理解或者想象的并不一样。我从坛坛罐罐出发，但我不会终止于它们，我希望触摸到充满深意地创造和运用它们的人们。因此，我从来不以物质遗存画地为牢。我关心过去，也相信考古学能够关心现在和未来。和从拉康到福柯的哲学家一样，我喜欢作为隐喻的考古学。因此，对我而言，考古学不是躯壳，而是灵魂。

怀履光（William Charles White，1873—1960）[1]《洛阳故城古墓考》（Tombs of Old Lo-yang），1934年上海别发印书馆（Kelly & Walsh Ltd.）印行。

怀履光，一位来自加拿大的圣公会主教，成功地开辟了河南教区，一位在中国近代慈善事业和赈灾史留下名字的政治人物，到20世纪20年代突然狂热地爱上了中国艺术。冠冕堂皇的表白之下，当然有着不愿挑明的原因。在皮毛商人克罗夫特（George Kroft）突然去世之后，怀履光成为位于多伦多的安大略考古博物馆（后来改名皇家安大略博物馆）在中国的代理人。他如此投入，以至于引起教友们的窃窃私语。在为安大略考古博物馆搜寻中国艺术藏品的过程中，怀履光的最大手笔应该是购入1928至1932年洛阳金村大墓盗掘出土的器物了，而《洛阳故城古墓考》就是这次收购过程及其结果的第一手记录。猜测认为，金村大墓的主人可能是东周时期的周天子，金村遗物就代表了东周时期中国艺术的巅峰。皇家安大略博物馆一跃成为流散世界各地的金村遗物的最集中的收藏地点，而怀履光的《洛阳故城古墓考》就是接触金村的最直接的门径。

如果历史如此直白，就不会有任何擦身而过的扼腕，也不会有任何重新发现的喜悦了。至少在中国学者的眼中，怀履光的光芒很快就被同时期的一位日本学者——梅原末治（1893—1983）所掩盖。作为京都学派的第二代代表人物，梅原末治于1937年出版的《洛阳金村古墓聚英》长期以来被认为是窥视金村的不二法门。或许因为梅原末治与中国学术界更为熟络，或许因为梅原末治采取的"聚英"式编辑方法更为中国学者所青睐,或许《洛阳金村古墓聚英》展现的器物更符合大家对"周天子"的预期,或许仅仅因为认知惯性,从学生时代开始,我们就深信不疑,如果要知晓金村,就应该从梅原末治着手。相比之下,虽然怀履光在返回加拿大后出任过皇家安大略博物馆的东方部主任和多伦多大学的兼任教授,我们并没有认可他的学者身份,而且,他的微妙的宗教身份,他在中国的代理生涯,尤其是在收购金村遗物过程中含混不清的细节,都导致他在中国留下了骄横、颟顸,甚至居心叵测的帝国主义文化大盗的形象。

2008年春天,我在巴黎整理流散海外的中国艺术收藏时,像众多前辈一样,我也是从梅原末治的《洛阳金村古墓聚英》开始接近金村的。书中收录的金村遗物不时令我感到惊讶和震撼,精美或者罕见到令人不敢置信的程度。作为一个虔诚的生徒,我会在内心里说服自己,所有的精美绝伦、世不二出可能都是因为金村大墓主人无与伦比的身份导致的呢?这并无逻辑破绽。那些年代明显晚于东周的器物呢?像前辈们一样,我也一厢情愿地选择原谅早期学者所知不多,不免遭受蒙蔽。但是,我们的宽容并没有扩展到怀履光和他的《洛阳故城古墓考》。换言之,我们并没有给予怀履光同样的"学术共同体"的入场券。

在梅原末治的《洛阳金村古墓聚英》刊印一年之后,瑞典汉学家高本汉(Bernhard Karlgren,1889—1978)发表了一篇尖刻的书评,直言梅原末治的不审慎和不可信。高本汉对梅原末治的评判标准和信息来源的批评,以及对怀履光的《洛阳故城古墓考》的褒扬令我意识到有必要将两者进行对比阅读。高本汉一生著述丰硕,这篇书评没怎么引起关注,或许是其中的激烈措辞,使乡愿的后来者选择性地遗忘了它。《洛阳故城古墓考》存世不多,即使在堪称汉学和东方美术渊薮的法国远东学院和吉美博物馆的图书馆里也没有找到,幸亏当时我有学生在伦敦大学,于是请她紧急拍照发给我。几天后,收到照片时,我立即意识到我几乎错过了什么,与此同时,我也意识到我即将打开什么。

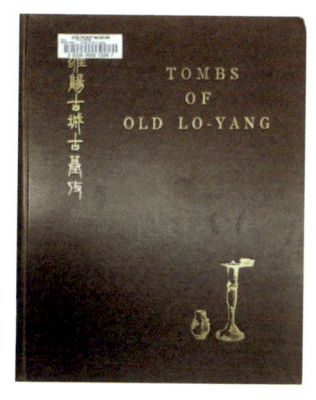

图1 《洛阳故城古墓考》书影

这其实只是学术史上稀松平常,数不胜数的"错过"的一次例外。在此之前五六年,我曾经写道,"我们的学术遗产就像堆满了包袱卷的架子,来者只会惊鸿一瞥包袱卷上的标签,根本无暇打开细看就匆匆而过"。这是一种可怕的惯性和惰性,这也是一种无端的盲信和偏见。如果不愿意质疑梅原末治的权威,如果不好奇怀履光的寂寞,我就无法发现如何打开金村之门。

但是,这又不是一次侥幸的"没错过",因为,这令我进一步意识到,原本被认为注定"错过"的学科——考古学其实是可以"不错过"的。一本教科书曾经用一个比喻形象地说明考古学的工作本质。作为考古学家化身的老学究在图书馆翻看珍稀绝版古籍,他一边在自己的笔记本上奋笔疾书,却一边把古籍一页一页撕掉!这就是考古学。考古学资源是不可再生的,一个考古学家的任何"发现"就是其他人的"错过"。

考古学一度被认为是不可复盘的,除了信任讲述者之外,我们别无选择。而打开金村之门令我意识到,我们实际上有可能重新发现"错过"的世界。在"错过"的美丽传说里,我们该不该赋予讲述者无可置疑的信任度?如果被人轻蔑地驳斥说,子非鱼,焉知鱼之乐时,又该如何回应?我们当然可以理解鱼的快乐,而不必化身为那一条鱼。我们可以重建那一条鱼的生活场景,我们可以比对同时期其他的鱼的记录,我们可以观察池塘里仍在游动的鱼。反过来，我们怎么能够保证，任何刻骨铭心的场景里不会夹带着讲述者的偏见和幻觉呢？正是这样，我们可以接近被"错过"的目标，在考古学上实现了追问："假如没有错过你，世界原本应该怎样？"

注 释

[1] 怀履光，英文名为威廉·查尔斯·怀特，于1873年8月22日出生于英格兰德文郡的艾维布里奇，加拿大圣公会传教士、主教，考古学家，慈善家。曾先后在中国福建、河南地区宣教，担任牧师、河南教区主教；并担任"河南救灾基金会"会长、"河南公共卫生协会"会长、开封"红十字会"会长等职。

弗里达的神秘星球

翟永明

翟永明

我出生在四川成都，一岁之前我一直住在一座古寺——新津崇阳观里。一岁之后的生活发生了重大变化。我随家迁往贵阳，在那里长至八岁。之后又迁回成都，在成都读完小学、中学、大学。小学三年级时的一次迁家使我十数年毗邻本市一家图书馆——西城区图书馆，由此带给我持续终生的阅读兴趣。中学时期的"作文"和课间的一些随意涂抹，构成了我最初的"写作"经验。即使后来的"上山下乡"和进入工科学校读书，我也从未停止过这一爱好。

后毕业于四川成都电子科技大学，就职于某物理研究所，并开始正式的写作，其间也曾探索和实验，也曾变化和调整，偶有结集出版。1981年开始发表诗歌作品；1984年完成组诗《女人》，翌年发表；1986年留职停薪写作；1990年赴美；1992年返回成都，后著有多本诗集和随笔集；1998年与友人在成都开酒吧，名"白夜"，同时潜心写作，并策划了一系列文学、艺术及民间影像活动。

1990年，我住在纽约。一天，在苏荷，一家艺术书店的门口，我无意中翻到了一个女艺术家的画册，那是墨西哥女画家弗里达·卡洛[1]的画册。那时，我从未听人说起过这个名字，尽管我一直混在艺术圈里。可以说，在20世纪80年代，通过各种杂志，我们了解了西方众多艺术潮流、众多重要的现代艺术家。可是，在我出国之前，我从未了解过一个重要的西方女性艺术家。此刻我发现，拿在手上的这本画册，是我一直错过的"女性艺术"，那是我从未见过的、独特而又震撼我心灵的艺术形式。最重要的是：我在其中，发现了自己的影子。80年代，我已完成了作品《女人》《静安庄》。可以说，在弗里达的画作和我的诗歌里，我们都从自身生活和经验出发，从女性视角出发，去认识和描述这个世界。隔着不同的时空，我从她的作品里，印证出自我。

　　弗里达年少时遭遇车祸，一生中，动过33次手术，终身都在与手术和病痛为伴，她的作品，也毫不隐讳地表现了这些伤痛。她因此画出了独一无二的自画像。女性经验和人生创痛，使弗里达本人和她的作品，如同坚韧的破碎之花，散发出最绚丽和独特的艺术之光。当年，毕加索在巴黎看到弗里达的自画像后，曾对弗里达的丈夫迪戈说："无论是德兰，还是你我，都没有能力画出弗里达这种肖像。"

　　在纽约，我买下了那本传记式的画册。那个夏天，我一直在读那本画册，读弗里达·卡洛的画，也读她的生活。她的画，与她的生活，是分不开的。同时，我也读到了"蓝房子"。那个代表了弗里达生活和创作的重要地点。从书上可以看到，它是一个非常独特的地方。

第二年，我和友人取道美国圣地亚哥，去了墨西哥边境的一个小城。那是一个独一无二的海关，一道铁栅，是墨西哥和美国的分界线，随手一推，我们就进了墨西哥。但是以为回美国也是如此容易就大错特错了，当我们晚上从小城回到美国海关，美国人玛丽亚被放进了海关，而我们，在一片说"不"的声音中，被拒绝入境。我绝望地感到我们将要成为一个无国籍之人，护照在美国，出生地在中国，最后在墨西哥，成为一个"悬空者"。

当时，我茫然看着四周，弗里达·卡洛就在这里，这里是她一咏三叹的南美最古老的传统，它就在脚下涌动。我想，要是趁机去墨西哥城，看看卡洛的故居，那多好。可是，我的护照还在纽约呢。目前，寸步难行。

在那个墨西哥小城，我们看到了许多南美民间艺术品，自制的面具、手工艺品、雕刻。它们中的许多意象，曾被卡洛作为自己的创作语汇，在她敏锐的女性视点里，这些原始直率的民间艺术，都是自己绘画的灵感。在一家商店里，我买了几个面具和一个五彩蜥蜴，我曾在画册上看到，当弗里达躺在床上，那个牵拉她背脊的牵引架上，就挂着这样一个五彩蜥蜴。在墨西哥文化里，它代表吉祥。后来，一个美国女官员"大赦"我们之后，我带着面具，回到了纽约，后来，回到了中国。

1994年，我写了一篇关于弗里达的文章——《坚韧的破碎之花》。第二年，我完成了关于弗里达的一首诗《剪刀手的对话》。很长一段时间，她的气质与精神，深深地影响着我。

去墨西哥卡洛故居的愿望，一直萦绕在我心里。那座蓝房子，成了我的神往之地。终于，2006年，我跟随一个艺术家组织，去了墨西哥。我强烈要求在旅行计划中，加入参观弗里达故居的项目。所有女艺术家都支持了我。

逗留墨西哥城的时间里，我们破例地修改了路线，去了弗里达出生地，也是她度过一生的故居：著名的"蓝房子"。也去了"双塔"，那是卡洛和里维拉的工作室。

我们那天非常幸运，并未等太长时间，据说，后来想去参观蓝房子，要排两小时队，且必须在网上预约。也许是电影《弗里达》的传播，也让蓝房子在世界上更加有名。

总之，在这两个博物馆里，我终于看到早就在书里、电影里看到过的那些场景。

蓝房子，是一个典型的墨西哥庭院，卡洛出生在这里。整个庭院是用浓烈的蓝色漆成的，庭院里，有一个相当独特的阿兹台克祭台，因为，弗里达一生都热爱墨西哥原住民的信仰——阿兹台克文明。她的作品与她的日常穿着，都充满了阿兹台克元素。蓝房子里有一间小小的画室，她的许多重要作品，都在这里完成。这里有她长期卧床的病房。当她因车祸致残时，她的母亲在她房间的天花板上，安了一块巨大的镜子，这样她能够躺在床上画画，画自画像。她当时只能长期躺在床上，她说："我画自己，是因为许多时光我都是一个人度过，我最熟悉的主题就是我自己。"

母亲的这个主意，影响了卡洛一生的创作。她后来画了大量的自画像，但是，弗里达的自画像，远远超越了自我，与宇宙、大自然和世间万物连在一起，具有象征和深刻的意义。最重要的是：弗里达的艺术，是独立的，不在西方主流艺术系统里，甚至可以说，是反西方主流系统的。她的资源来自南美印第安历史和神话。

在这个神秘的蓝房子里，她画下了不朽名作。同时，度过了她的余生。那张她躺在护身褡上，画下镰刀斧头的大床，依然还在。里维拉和朋友们，就是从这里，连床一起，抬起她，送她到美术馆，去参加她最后的，也是生前唯一的个展。偏院展区，展示了一组弗里达用过的医疗器械，包括画有镰刀斧头的护身裙。由此可以体会到她一生的病痛，及因此而产生的那些极具特色的画作。

此外，故居也展示了大量弗里达生前穿过的墨西哥传统服装，弗里达年轻时去美国，因为反感美国人造作的穿着，一直身穿墨西哥土著服装，去参加各种聚会和宴会。别的女人争奇斗艳，她却鹤立鸡群。在美国时，她最爱去的是唐人街，在那里买了一件中国传统服装，回国后，经常在蓝房子里穿着会客。

蓝房子非常独特、神秘，曾经，在那里避难的托洛斯基夫人说："到了这里，就像到了另一个星球。"

那天，在弗里达故居博物馆里，我坐在庭院里，看一部关于弗里达生平的纪录片。在我身旁，坐着一位艺术家的女儿叶甫纳，我们俩一直坐到别人催促我们上车，才离去。我对叶甫纳说，我最喜欢的艺术家就是她。她说，我也是。

几年以后，叶甫纳长大了，成为一个成熟的艺术家。有一次，她创作了一个录像作品，模仿和扮演弗里达的著名画作《水之赋予我》。我想：她的灵感，也许就蕴藏于我们默默坐在蓝房子庭院的那一天。

离开弗里达故居博物馆时，我买了一件T恤和一个手工的传统工艺品。两样东西上面，都有我最喜欢的，也是卡洛最著名的画作《两个弗里达》。画中，右边穿着墨西哥传统服装的，是迪戈深爱的弗里达，而左边穿着维多利亚婚服的，是被他抛弃的弗里达。被爱的弗里达手里拿着迪戈的雕像，而被弃的弗里达，右手拿着手术钳掐住了流血的心脏血管。两人的手拉在一起，两个人的动脉，绕过脖子，连在一起。后面的乌云翻涌，象征着她和丈夫的婚姻危机。弗里达通过这件作品，表达自己的双重人格和矛盾心理。

T恤一直被我保留着，有时，我会穿上一穿，两个弗里达贴在我的胸前，好似被她附体。我会穿越到墨西哥，穿越到卡洛的故居——那个曾接纳过无

翟永明 / 弗里达的神秘星球

图1　弗里达·卡洛,《两个弗里达》,1939年　　图2　弗里达·卡洛,《与猴子一起的自画像》,1940年

数名人的庭院。那些曾与卡洛一起生活,并成为她不朽题材的狒狒、小鹿、鹦鹉,也都不在了,留下的,只是石板缝里渗出的沧桑,和满院的鲜花,以及全世界赶来缅怀她的人。我会想起坐在蓝房子里,观看弗里达留下来的影像,在那些被记录下来的时刻里,她依然生机勃勃,她是全世界女性的榜样。

另一件从蓝房子带回来的小工艺品,我一直摆在家中最显眼的位置。前一阵子,它们都派上了用场。为了参加一个手机摄影展,我用这几样道具,在自家阳台上,拍摄了一组照片。我挪用了弗里达的色彩,挪用了弗里达最著名的眉毛,挪用了她最爱穿的墨西哥民族服装;最后,挪用了《两个弗里达》的意象。这组照片的名字,就叫《向弗里达致敬》。

如果说,女性一生中,有一个不容错过的地点,那就是弗里达的"蓝房子"。在那里,你会找到自我,找到生活的激情和坚不可摧的意志;同时,也会找到面对世界的想象力和创造力。

图3　弗里达故居，翟永明摄于2006年

图4　翟永明在弗里达故居，摄于2006年

剪刀手的对话
——献给弗里达·卡洛

1

"对我说吧,僵硬的逃亡"
一根脉络和无数枝叶移动
围绕肝脏　本能地摇摆

"对我说吧,耐心点"
献给卡洛的长形剪刀
导致我肺部的感染

蝴蝶一扑　点燃她满嘴的桃红
女人的颜色来自痛
痉挛,和狂怒

"对我说吧,僵硬的剪刀手
我不会躺在七零八落的敲打中
让那年迈医生的钢针
和他考察病理的目光
为我如此装扮"
"捣碎的脊柱,不如一根铁钉
我已得到足够的治疗"

2

俯身向玻璃　剃刀边缘

察看毛孔的健康状况

和受伤的皮囊

我，流离在五光十色之间

深入……浅出……

"为了美，女人永远着忙"

请看体内的铁钉

在一朵忧郁烈焰的炙烤下

斑斓　怎样变成她胸前的雕花图案

洗涤槽中，血水

与口红的色彩波动

冰冷的上方

我那眩晕的兜售者

从红肿的双眼里

喷出瀑布　蔑视感染

"玻璃或钻石

还有撩拨人的目光

促使她们疯狂"

3

蜂鸟、刺藤的拥抱

掠过她狂热的

流血的脖子　创造美的脸庞

蝴蝶一扑　飞起来

从卡洛冰凉的铁床上

闪光、金黄

吱吱响的四只车轮

目睹了这个女人的战场

一根根向上生长的毛发

和她的浓眉是

内心茂盛繁荣的气象

穿透石膏护身褡

穿透塌下来的一片天

"我已掌握了恐惧的形状"

卡洛俯身向前，低声细语

我听见剪刀轧轧之响

以及石膏、拐杖

它们痛断肝肠

4

剃刀边缘　闪着钻石的光

成为我前胸主动的安排

发式在意仿中变幻　忽长忽短

暗夜的香味浆洗着双眼

双眼　越靠近玻面　越黑

她的呕吐打击着盘旋的光线

令人担忧：欢乐的背面

背面：你来看

浓浓淡淡　黑白的光影

一株植物从最多减到单一

她洗净颜色……

何如一杯在手

"为了美，女人暗暗淌血"

淌血，谁会在乎：

她心中的剪刀正在剪

一个爱的真轮廓　她注视

动物之眼一样犀利

两腿绞动着　发出咝咝声

咝咝　盐一样刺痛的声音
它不是从口中呜咽
也不是在耳边温柔
它是一根舌头绞动无望的花茎

5

在黑暗中　我的腿脚伸出
与卡洛跳舞
"女人们：来，去
蜡烛般烧毁自己的本性"

"不必管那眼神够得着的搜寻
卡洛，我们破碎的脊柱
服从内心性欲的主动"

年幼者取悦漂亮的玻璃
为毁灭的碎片受苦
年长者沉默不语
像坚强有力的石头的灵魂
着魔时，也保持内部的完好无损

"为了美，女人痛断肝肠"

双腿绞动着　剪刀手

修剪黑暗的形状

忙着切开、砍、分割

忙着消毒、闪光

何人如此适合

握住这把手术刀　挂满嘲笑

要对付我们共同的腰病

卡洛——我们怎样区分来自剪刀刀锋

或是来自骨髓深处的痛？

注　释

[1] 弗里达·卡洛（Frida Kahlo，1907—1954）是一位知名的墨西哥女画家。她出生在墨西哥城南部的科瑶坎（Coyoacan）街区。父亲是德裔犹太画家与摄影师，家族来自罗马尼亚的奥拉迪亚（Oradea，"二战"前是匈牙利属地）。

她毕生的画作中有55%是一幅又一幅的、支离破碎的自画像（如器官分离、开刀、心脏等具体的表征，代表画家的痛苦），此外，弗里达也深受墨西哥文化的影响，她经常使用明亮的热带色彩、采用写实主义和象征主义的风格。虽然弗里达的作品有时带有超现实主义的色彩，她也以超现实主义画家之名义参加过几次画展，但是她不认为自己是超现实主义画家。

弗里达·卡洛的主要作品有《与猴子一起的自画像》《我所见到的水中景物或水的赐予》《两个弗里达》和《毁坏的圆柱》等。

越过冗长、怪异的译文段落，期待一些闪亮、通透的思想扑面而来

读詹明信《布莱希特与方法》中文版

| 赵 川

赵 川

1967年出生,近中年开始的大部分工作跟2005年组建的民间戏剧团队"草台班"有关联,通过对集体创作的引导、导演,以及写作和活动策划,讨论历史和社会人生。我的剧场的来路和出路,与国有戏剧院团、戏剧学院和戏剧市场交织起的系统相距甚远,很不一样。一般讲起来,它是迫于环境,只好在最基本的条件下来做戏剧、表演和聚会,是在剧场之外的"剧场"。我们在近似贫穷戏剧的形态里,想要别开生面地激发出思想交流的场域。十多年来,我一直工作在这种蓬勃大环境的边缘。

近年,由于管理严格、戏剧资本化程度大幅提升,这种高度实验性的"业余"戏剧,更难以常规方式演出。因此,我总在寻找不拘一格、通常是剧场之外的思想和方法,来滋养创作和美学探索。它在中国主流戏剧及其"表演术"的压迫环境中锻炼、成长。它的美学,也因此是不断回溯最基本需求的美学。我们的主要作品包括从2006至2017年排演的社会剧场三部曲:《狂人故事》《小社会》和《世界工厂》。

一 《基本姿态》（节选）[1]

（弗雷德里克·詹姆逊　著　陈永国　译）

但是，布莱希特式的基本姿态是最先出现还是最后出现？它是对某事做出总结还是划出表演于中发生的界限？最终——就大部分古典戏剧（或据《高加索灰阑记》改编的传奇）来说——它起到这两种作用：因为它抱着一种按现在可以称之为根本张力或矛盾的线索进行重写的目的概括了古典的原材料。然而，按照现已证实的那种说法，即布莱希特作品中的一切都是不同程度的剽窃，无论是从过去还是从现在，无论是从他人还是从古典作品：那么，基本姿态就意味着布莱希特式"生产方式"的独特性，在这种生产方式中，总是有一种先存的原材料，要求在一种阐释的基础上进行再造。在那个意义上，布莱希特对古典作品的阅读（无论是叫作《试作集》的卓越的十四行诗，还是新上演的《科里奥兰纳斯》和其他伊丽莎白时代戏剧，或下面的《哈姆雷特》阐释）都可以作为他整个"文本生产"的范例。

因此，《哈姆雷特》（原注：参见《戏剧小工具篇》[XXIII，93—94页]，或维莱特，201—202页；还有《习作》中的十四行诗，XI，269页）证明是新的和平商业方式（挪威与丹麦之间就捕鱼权的争端的和平解决，维腾堡的"新科学"）与古代封建社会血腥传统的残余之间的张力拼凑。哈姆雷特的著名的延宕（"思想的苍白的阴影真让人受不了"，等等）并不能归咎于产生于刻板的中世纪的某种强化了的、"现代的"、个人主义的心理或主观性；

而是人们所熟悉的这两种文化的冲突，它们本身就是两种不同生产方式的引力场。因此，这出戏是它们相互重叠相互共存的时刻，对其"从封建主义向资本主义过渡"的特殊瞬间性最好加以共时的思考，将其看作独立的特殊结构，而不是纯粹的年代连续（原注：关于"过渡"的观点，参见埃提安·巴利巴尔，阿尔都塞/巴利巴尔，《阅读〈资本论〉》，第三章，伦敦，1970年）。人们甚至可以说，对哈姆雷特的独特的现代心理的诸多解释（自歌德和柯勒律治至马拉美和乔伊斯）本身就是这部剧作与其主题的组成部分（正如列维—斯特劳斯指出的，弗洛伊德的俄狄浦斯情结也可以加进来，作为对这个古代神话的另一种解释），在那种意义上，这些解释都成了一个新生的现代资产阶级为一个完全不同的过渡和客观的环境所提供的意识形态的证明，在这个环境里，那两种选择（封建男爵的暴力，商人的洽谈）都没有什么积极的价值。但是，现代阐释的任务就是要把一种环境变成一种心理，变成一种新的主观模式，它本身又再度象征着不同"价值"之间或精神状况之间的斗争。而布莱希特想让他的（想象）生产所导出的结果则是这两种不同的生产方式在这部看似个人的戏剧中所起的决定性作用：在最后那场大残杀的戏中，哈姆雷特重又恢复了封建"行为"的理想形象几乎不能构成对剧作家，甚或对这些选择的伦理立场的最终判决；而恰恰是表达这些选择的质的区别的一种方式。

所以我们最后再回到这种判断上来：剧作家并不关心得出什么"寓意"（或者说，如果他的确那样想过，那也是在这个过程的开始，当他推断并阐明基本姿态应向这出戏的新的舞台表演表明它的态度和视觉时）：

在他所回归的封建事务中，[理性的新方法]阻碍了他。

（维莱特，202）

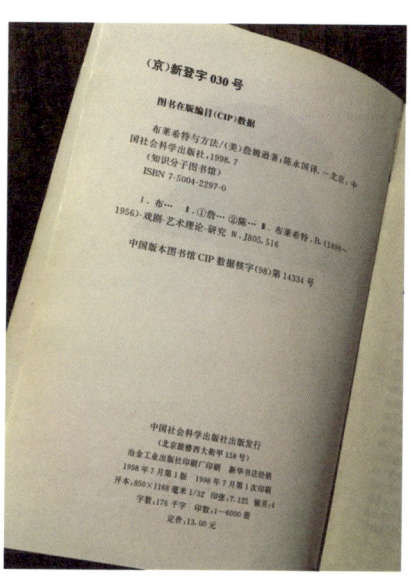

图1 《布莱希特与方法》书影

所以,布莱希特最终似乎宁愿让这个过程敞开,让观众各抒己见,构建自己的寓意,与此同时,又试图强烈地暗示(即便不是固持)这种做法行不通。也许我们不该做出这样的判断——如果在我们想来,"判断"的确从本质上说总是一种伦理判断,因此要赋予正确与错误的终极价值,并给予适当的肯定和否定的话。"仅仅"让我们找出历史环境本身的结构,并依据其比较"客观"的张力来表达剧中的情感和行为,那么,仅就资产阶级传统已经传达了这个概念的意义上,这还算不算是判断呢?抑或这是非常贴近所谓伟大的方法的东西,换言之,即辩证法本身,如马克思和恩格斯在《共产党宣言》中发展的辩证法:作为进步和暴力的一种不可分割性,和将肯定区别于否定的不可能性,而对于这两者我们又都可以以近乎存在的方式视为同一。

事实上,在布莱希特的作品中所有这些问题都聚敛在一起,而形式问题——寓言或道德故事的形式的结构，基本姿态的功能——与内容的问题相遇——辩证法的本质，说教的本质，叙述，以及要求我们必须做出的判断的本质，如果有的话。这些当然是政治寓言，大部分集于《墨翟》或《变化之书》，其中，政治事件和历史人物被置换成一个想象的中国，里面充斥着中国的名字。

二　赵川的说明和随记

以上章节从书中随机节选，希望您阅读愉快。而后，我想讲为什么会去读这本书，如何有意思，怎么读。

近十年前，为了以剧场这种媒介来探索更复杂的历史和现实，想重新学习和研究贝托尔特·布莱希特，包括去读这本弗雷德里克·詹姆逊（汉名詹明信）的《布莱希特与方法》中文译本。这些，都为我2009年开始筹备、在2014年后数年里与草台班同人一起，持续地创作和演出《世界工厂》，带来莫大启发。然而读本书，却是个小挫败。我曾怀极大兴趣，试了早上读、深夜读，或喝了酒读……但终于一次次，在它译文字词句的迷阵中失去耐心，读不下去。没能有序地读完全书，除了没有勇气去直接看英文原著外，我主要归咎于该书译者。以我的标准，这本书译得极差。译者可能以为读懂了原文，但他却欠缺转述的中文能力，遣词造句点逗，处处生硬、不当，能收入丛书出版，也让人诧异。

但世事，早已明白，并不总如我的标准。而我，在与那些缠绕不清的译文的对峙中，居然也总有收获。这些养分及其让我兴奋之处，主要来自书中仍不时析出的，詹明信与布莱希特各自精彩的思想及经验。读不下去的困扰，与雾里看花的引人入胜，吸引着我。所以有一阵子，我就半清醒半糊涂地持续地胡乱地读着，期待越过那些冗长、怪异的中文语句，及由它们结成

图2　2018年4至5月间，草台班及友人在重庆歌乐山，
演出78小时的剧场作品《歌乐山》（摄影：赵川）

的段落，一些闪亮、通透的讯息，会扑面而来。

这些，本是关于一本书的如烟往事。接到这个约稿，因为"错过"的题目，我马上想起它。这时我们正演完2018年的新戏《歌乐山》，强弩之末，无心仔细检索，我做了这个有如达达派的"随机"游戏，随手翻出书中这段小标题为"基本姿态"的段落，一口气读到那句"中国的名字"。恍惚之中，我似已有了不少收获，但仍是恍惚。我错过许多吗？试了再回头读，真是开卷有益。

段落开首即是挑战。文中"基本姿态"的"这两种作用"是什么？读来并不清楚。首先，问题当然不是来自布莱希特。詹明信和译者，我自然倾向于是译者的活不行。再读，"然而"之后，下句内容已是关于布莱希特创作中的"剽窃"（大概类似于挪用，或我们的"山寨"），因此，已不直接接续前面那句。可以依此判断，"这两种作用"应该仍在前句中。只是，我们被那个可能来自原文的"："误导了。那么，"这两种作用"不在冒号后那个纠结的句子中，却只能是在前面貌似提问的句子里，即一是"做出总结"，二是"划出表演于中发生的界限"。拗口的第二项是什么？借助读到后面对"基本姿态"的了解，我大概理解，那是关于表演如何确定它与所处现实的边界。用另一个表述，即"剧"与"场"，戏剧与所处场域，相互间怎样产生张力关系。詹明信下面段落的论述，很多都是围绕布莱希特创作中的这种张力而展开。

不借助詹明信原文，而做破案一样的阅读可是一种乐趣？但读到此，"基本姿态"的意思还根本未明。

关于对古典的"剽窃"，后续的译文里，詹明信解释为"在一种阐释的基础上进行再造"。这让我不得不想起自己刚完成的戏《歌乐山》，却正与布氏的这种"生产方式"类同。这部戏中，我们挪用了卡夫卡的经典段落"在法的门前"，虚拟了苏格拉底对话。剧中，面对用纪录剧场呈现的人们的现实遭遇，我们又以四段戏中戏，回以卡夫卡式对未来的不安，和苏格拉底式的人生追问。

2018年春天，在"五一"这个劳动的节日里，草台班及朋友们与一众制陶者，在山上连续78小时的烧窑过程里，持续铺展出新的剧场作品《歌乐山》。它后来又发展出一个剧场版本，被邀到乌镇戏剧节演出。最初在山上，劳动、饮食、水火、土木、身体、声音、影像、阅读，乃至山村野谈，交错铺陈，相互激发。这个曾演了三天四夜的山中野剧，似乎回到了时间、物质、劳动和仪式的朴素关系里。剧中个人身体伤痛的悲怆，与启示法、理性的卡夫卡故事，以及人们对未来技术飞跃下生命前景的踌躇，相继在炉火前交锋、相互锤炼——古典寓言、现实际遇与未来想象交相辉映。其间，峰回路转，真正的问题到来，当人工智能的、一劳永逸解脱身体和灵魂痛苦的未来方案突然降临，艰难的人之生涯，会转向喜剧吗？……全面理性之下，人的问题还有吗？

　　20世纪上半叶的西方戏剧大师布莱希特借用的古典，"充斥着中国的名字"。记得詹明信在书的前面章节里阐释，面对现代进程中的挫折，布氏的"中国"兴趣，其实代表了他追溯前现代智慧的探索。那么，当我们在炉火前，面对身体苦痛、生老病死和难以完美的人生，演出卡夫卡"法的门前"，法意味了什么？它来自已成了古典的，卡夫卡深刻揭示现代焦虑的文学写作。而转译成汉语的"法"，其字义本源，按钱穆先生讲："法者，水流和平向下，不溃决，不枯竭，永是如此，兼有时间流动义。"卡夫卡面对法的宿命和绝望，在汉语里，则是种更平实客观的表述。或者，这已足以带来不同的提示，我们即便借助科技，永生来临，人真正要面对的，仍是时间。

　　詹明信从布莱希特创作谈开，举出一系列布氏创作的例子，讲时代之间，并非简单接续，而总是以共存的形态，展现出它们间的张力——价值和斗争。但读下去，意外的是，詹明信写道，"剧作家并不关心得出什么'寓意'"。依照他的后现代判断，建构寓意这事，剧作家和观众是共同面对的。在这层辩证的意义上，詹明信随后点出他称作"基本姿态"的基本教义，即布莱希特的方法，是"辩证法的本质，说教的本质，叙述，以及要求我们必须做出的判断的本质"。译文用"说教"，带贬义（我很怀疑在詹明信努力为布莱希特盘点，希望整理出对当下有所帮助的方法时，会这样语带讥讽）。它加上叙述和判断，带出了这个"姿态"的某种行动性倾向。读书到此，通过点明了的"基本姿态"，理解一切原材料或素材的调动，只为在辩证的关系里，言明事理、做出判断，撩动"剧"与"场"的张力关系。对于布莱希特和詹明信来说,借用古典,本身成了这种逻辑、行为的一部分。因此,回到《歌乐山》中,超越肉身的永生讨论,以辩证的立场,在法的门前,有限与无限,我们难道不应该积极迎对?生命仍是一种当下的历程。

注 释

[1] 弗雷德里克·詹姆逊:《布莱希特与方法》,陈永国译,中国社会科学出版社,1998年,第118—121页。

"弗雷德里克·詹姆逊(Fredric Jameson,1934—),美国首屈一指的理论家。生于俄亥俄州,毕业于耶鲁大学,曾留学法国、德国,现为杜克大学比较文学教授,文学系主任。詹姆逊现在是国际上公认的最重要的马克思主义知识分子,他以历史主义眼光阐释当代形形色色的文学文化现象。步入学术界以来,他一直以自己独特的声音站在批评理论的前沿,尤其是在后现代主义讨论中,他获得了一种领导性地位,'他的方向引导着美国人文科学的道路'。在西方,有人称他为'当代三大思想家之一'。其主要代表作有《马克思主义与形式》《政治无意识》《后现代主义或晚期资本主义的文化逻辑》等。《布莱希特与方法》是詹姆逊的1998年新作,中英文版同时在中国和英国出版。这部著作被人称作詹姆逊的又一部传世之作。"(摘自《布莱希特与方法》封底文字)

革命、修身,与爱情:我们在哪儿错过了陈映真的《我的弟弟康雄》?

| 赵 刚

| 赵 刚

美国堪萨斯大学社会学博士,现任教于东海大学社会系,《台湾社会研究季刊》编委。曾做过新竹远东化纤1989年（失败的）罢工事件的社会史调查,以及台中某（已灭的）眷村的社区文化研究。学术上的核心关怀是激进民主,一并关注社会运动、民族主义、多元文化与全球化等关联议题。

著作有《小心国家族》《告别妒恨》《四海困穷》《知识之锚》,译作有《法国1968：终结的开始》等。

一 《**我的弟弟康雄**》[1]

（陈映真）

当我还是个少女的时候，我写日记，也写信。[2] 除此以外，我不曾想过我会写其他别的什么。然而，现在，不可思议的我，竟会在这结婚以后的第二年，拾起笔来记载一些关于我的弟弟康雄的事。两天前，我花了三天的时间，方才读完了我的弟弟康雄的三本日记。我的弟弟康雄死后的一段时间里，甚至于到了婚后的几个月内，每当我展读我的弟弟的日记时，都会叫我哭啊哭的毫无办法。我看见他稚拙的字体，立刻就看见这细瘦而苍白的少年，对坐在我的案前，疲倦地笑着，无名的悲哀便顿时掩盖了我。于是，我就哭着哭着，怎么也不能读完它们了。

两天前，我总算平静地看完了这三本日记。大约是日子渐渐远去了；再次当是婚后的生活使我觉得不仅因为我的被属于一个男人，以至于在肉体上、精神上有了极大的变异，而且这个婚姻也使我突然从贫困匮乏的生活进入了一个非常富裕的家庭里。这个辛德烈拉姬一般的变幻，使我目不暇接了。总之，那种思慕的悲哀，仿佛和我富足的生活正相对地逐渐饿死了。"富裕能毒杀许多细致的人性，"我的弟弟康雄的日记曾这样说，"贫穷本身是最大的罪恶……它使人不可免的，或多或少地流于卑鄙龌龊……"这是我的卑鄙，我的龌龊吗？……我一点也不想抗辩。记得我的弟弟康雄还活着的时候，总讲一些我不懂的，或者一些十分无理的事。但我从来没有抗辩过，一次也没有过。(现在这很使我觉得慰怀的。)

我觉得很怅然。

我在我的弟弟康雄死去的那年的冬天结了婚。离那个满志着颓落和幻灭的新冢³上的初秋还不到四个月。我的突然愿意嫁给我现在的很富足的丈夫，十分使我的可怜的父亲感到惊讶。这件婚事拖延了将近半年的时光，我曾有意地要拖垮它。这一面是因着当时我正远远地恋爱着一个将要在次年夏天毕业的苦读的画家，另外也是很受了我的弟弟康雄的影响。不知不觉中，我竟也跟着毫无理由地鄙夷那些富有的人们了。⁴除此之外，现在的他总是那样敦厚有礼，衣服整齐，说着一些每个字都熨平了的上层人的话语。这些和我的弟弟康雄或者那个远远的小画家都是那样的不同。他们都留着长发，涨红他们因营养不良而尸白尸白的眼圈，讲着他们各自不同的奇怪但有趣的话，或者怯怯地沉默着，半天不发一语。

到了我的弟弟康雄突然死去之后，经过了一阵子的麻木、恸哭、瘫痪而终于冷冷地清醒过来了。仿佛自己在一夜之间变得格外智慧起来了。我用一种近于一个悲壮的哲人一般的声音对自己说：一切都应该让它从此死灭过去罢！我觉得我的弟弟康雄和那个远远的画家，以及他们所代表的一切，真有些一如父亲所说的"小儿病"了。⁵我的可怜的父亲，这个独学而并未成名的社会思想者，转向宗教已有六年之久。⁶我的"安那琪"（Anarchist）⁷的弟弟康雄自杀了，我的远远的小画家也因贫困休学，而竟至于卖身给广告社了。而我这个简单的女孩子，究竟意欲何为呢？（一切都该自此死灭罢！）⁸

于是我这悲壮的浮士德，也毅然地卖给了财富。这颇给予我那在老年丧子的重苦中的可怜父亲一些安慰。他曾努力地劝说我认真地考虑这个丰裕的归宿，因为"人应该尽力地摆脱贫苦这一恶鬼，一如人应努力摆脱犯罪一样"。而另一个原因似乎是因为对方是一个有名望的虔诚的宗教家庭，像是宗教的慈悲，使富者超过了门户之见，而垂顾于如我这样一个小家碧玉。但我并不很想到这些。我答应这桩婚事，也许真想给我可怜的父亲以一丝安慰，叫他看见他毕生凭着奋勉和智识所没有摆脱的贫苦，终于在他的第二代只凭着几分秀丽的姿色便摆脱掉了。从此流着一部分他自己的血液的子孙，该永远种植在一块肥美的土地上了。而事实上，我是存着一分最后的反叛意识，掷下我一切处女时代的梦的。在我的弟弟康雄死后才四个月，我举行了婚礼；一个非虔信者站在神坛和神父的祝福之前……这些都使我感到一种反叛的快感。固然这快感仍是伴着一种死灭的沉沉的悲哀——向处女时代、向我所没有好好弄清楚过的那些社会思想和现代艺术的流派告别的悲哀。然而这最后的反叛，却使我尝到一丝丝革命的、破坏的、屠杀的和殉道者的亢奋。这对我这样一个简单的女子已经够伟大的了。

然而，如今我方始知道：终其十八年的生命，我的激进的弟弟康雄连这样一点遂于行动的快感都没有过。"我这虚无者，却没有雪莱那样狂飙般的生命。雪莱活在他的梦里，而我只能等待一如先知者。一个虚无的先知者是很有趣的。"我的弟弟康雄的日记这样说。那三本日记的一本多的时光，就是这样的等待、等待，而终至于仰药以去了。这年轻的虚无者就是这样童稚地等待着，也同样童稚地吞下了他的青酸加里。这日记除了怀恋的意味之外，最重要的是它叫我无意间寻到了这少年虚无者半生的龙脉。在其余两本多的时光里，第一本写着一个思春少年的苦恼、意志薄弱以及耽于自渎的喘息；第二本的前半，写着这少年虚无者的雏形。那时候，我的弟弟康雄在他的乌托邦建立了许多贫民医院、学校和孤儿院。接着便是他的逐渐走向安那琪的路，以及和他的年龄极不相称的等待。9

日记愈离他绝命时近,我的思慕也更加浓而且重了。我于是真正发现了我的弟弟康雄的真实。我的弟弟康雄死在一个哀伤负罪的心灵里。虚无者的字典里应是没有上帝,更没有罪的。我的弟弟康雄竟而不是虚无者吗?竟而不是雪莱吗?……

那年暑假,我的弟弟康雄在一个仓库那里找到了一份职业,为了筹聚下学期的学费。因此他就赁居在仓库附近的一所专租给劳动者的客寓。客寓的主妇是个"妈妈一般的妇人",我的弟弟康雄这样说。于是他们大约是相恋起来,而且从那样晦涩的字句中也会使人看出我的弟弟康雄已经失去了他的童贞了。因为我的弟弟突然辞去了职业,到邻县的平阳岗去了。我还记得这一段时间他的家书特别多,因为职业无着,又没有能力赁居。我的弟弟康雄终于勉为其难地住进了一间圣堂。此后的日记尽是自责、自咒、煎熬和痛苦的声音。"我求鱼得蛇,我求食得石。"我的弟弟康雄绝望地嚎叫着,"我没有想到长久追求虚无的我,竟还没有逃出宗教的道德的律。""圣堂的祭坛上悬着一个挂着基督的十字架。我在这一个从生到死丝毫没有和人间的欲情有份的肉体前,看到卑污的我所不配享受的至美。我知道我属于受咒的魔鬼。我知道我的归宿。"这些是我的弟弟康雄留下的最后的轨迹。他的自戕是此后约半个月的时日了。这个末日的日记上所印的格言是:

Nothing is really beautiful but truth.

——N. Boileau

因此我感到了一个极大的轻蔑和滑稽的、一种近乎快乐——发现秘密的快乐——的感觉。这世界上没有人知道我的弟弟康雄,连我也在内。但至少如今我已经知道我的弟弟康雄死前挣扎的线索了。甚至我的父亲所只能说出的世上最了解的话，只是如此：他说他的孩子死于上世纪的虚无者的狂想和嗜死。而至于那坚持不肯为我自戕的弟弟康雄举行宗教葬仪的法籍神父，就更加惶惑了："这是不可解的，我亲眼看见他在最近几天，深夜里潜进圣堂长跪……这是不可解的。"但是他们都不知道这少年虚无者乃是死在一个为奸道所崩溃了的乌托邦里。基督曾那样痛苦而又慈爱地当着众犹太人赦免了一个淫妇，也许基督也能同样赦免我的弟弟康雄。然而我的弟弟康雄终于不能赦免他自己罢。初生态的肉欲和爱情，以及安那琪、天主或基督都是他的谋杀者。

（所以我要告状。）

我的弟弟康雄的葬仪，是世上最寂寞的一个。平阳岗里，我们连半个远亲都没有。一个粗制的棺木后的行列，只有一个年迈的老人和一个不伦不类的女孩子。没有人哭泣。这个卑屈的行列，穿过平阳岗的街道，穿过镇郊的荒野。葬仪以后的坟地上留下两个对坐的父女，在秋天的夕阳下拉着孤零零的影子。旷野里开满了一片白绵绵的芦花。乌鸦像箭一般地刺穿紫灰色的天空。走下了坟场，我回首望了望我的弟弟康雄的新居：新翻的土，新的墓碑，很丑恶的！于是又一只乌鸦像箭一般地刺穿紫灰色的天空。

然而这卑屈的感觉却在我的婚礼中得到了补偿。神父和司仪们都穿上了最新的法衣，圣诗班听说是特地选了一批童男为我献唱的。整个仪式中我都抬着头。我要看看这些宗教社会的人们，看看这些有闲者的高级娱乐，看看五彩的嵌镶画……但我却无意间看见了那个挂在木头上的基督。这个虽是男人但超出于性别和生理的裸体，使我立刻想到我的弟弟康雄入殓的一刻。我和父亲走进我的弟弟康雄的房间时，一个仰卧床沿的尸体迎着我们。我的弟弟康雄一手垂在地板上，一手抚着胸，把头舒适地搁在大枕头上。[10] 面色苍白，但安详得可爱。雪白的衬衫染着一些大约是呕吐的血。这个童子曾稚气地在禁园里扮演着一个背德者，稚气地偷尝了情欲的禁果，而终于又稚气地撕掉了自己的生命。如今，我的弟弟康雄的一切都泯没消逝了，但是那童稚的气息，却涂满了整个尸体。我第一次看见了那失去已久的、惯为我所抚爱的亲爱的弟弟。我泪如雨下，而终于泣倒在我的弟弟康雄冷凉的怀里了。清洁的时候，我的父亲几乎不能帮助什么，于是我第一次看见小学以后不曾看过的我的弟弟康雄的十八岁的裸体。他的胴体白皙一如女子，头发多而秀美，眉目清秀，一身未熟的肌肉。

我仿佛看见我的弟弟康雄带着这个未熟的躯体从十字架上下来了，而且温和地对我笑着。突然间我想起了他的一封信，听见他喃喃地说着：

"虽然我是个虚无者，我一定要看你的婚礼，因为我爱着你，深深地爱着你，像爱着死去的妈妈一样。"

顷刻间，我的眼睛为泪所模糊了，但我坚持着。无非是要反叛，反叛得像一个烈士。烈士是不应该哭的。

而于今两年了。我变得懒散、丰满而美丽。我的丈夫温和有礼，而且誉满他们的社会。做弥撒的早上，当他扶着我走上圣堂门口的台阶的时候，我的丈夫显得尤其体贴温柔。我们是注定要坐在最前排的阶级，然而我始终不敢仰望那个挂在十字架上的男体——因为对于我，两个瘦削而未成熟的胴体在某一个意识上是混一的——与其说是悲哀，毋宁说是一种恐惧罢。流泪的哀恸已经是没有了。这使我感到歉然——富足果真"残杀了一些"我的"细致的人性"吗？贫苦果真使我"卑鄙"，使我"龌龊"吗？我一点也不想抗辩，但我尽力企图补偿过；我私下资助着我那可怜的父亲，如今他在一所次等的大学教哲学，一面自修他的神学和古典。至于我的弟弟康雄，我也曾考虑到利用我的得宠于公婆，发动我的有势力的公公通过教会为我的弟弟康雄修个有十字架的墓碑——为的要补偿深藏于我内心的卑屈和羞辱。然而我旋即想到那行为未必是我的弟弟康雄所喜悦的罢。于是我一心要为他重修一座豪华的墓园。此愿了后，我大约也就能安心地耽溺在膏粱的生活和丈夫的爱抚里度过这一生了罢。

二　评　注

1. 初刊1960年1月20日《笔汇》一卷九期，署名"然而"。后收入1975年10月远景出版社《将军族》，1983年11月福建人民出版社《陈映真小说选》，1984年9月远景出版社《山路》，1988年4月人间出版社《陈映真作品集1·我的弟弟康雄》，2001年10月洪范书局《陈映真小说集1·我的弟弟康雄》。

2. 陈映真很少用女性作为小说第一人称叙事者，仅有的三篇都可能是他精神苦闷的尖锐时刻的变装反省。这篇之外，还有《哦！苏珊娜》与《贺大哥》，它们都涉及了左翼、宗教与情爱。

3. 小说最后，姐姐要为他修一座"豪华墓园"。

4. 这间接而忠实地描绘了康雄的"左翼愤青"的眉目姿态——虽然，康雄姐姐始终并不真正也不曾真想了解她的弟弟。她对于她弟弟的"了解"，始终是以她的自我需求为鹄的。被她弟弟的某种处约而兀自狂傲的形象所吸引，因为这个形象对她自己，一个穷人家的漂亮女儿的自尊有支撑作用。所以，她从来不曾"抗辩"过她弟弟的看似仇富的"奇怪但有趣的话语"。

5. 那个和康雄一起说些怪话的小画家的原型是画家吴耀忠，是陈映真少年时期以来的同乡、同学、至交，后来与陈映真一起在1968年入狱。牢狱的摧残使他长期意志消沉，以酗酒为生，屡振屡败，于20世纪80年代末患肝癌离世。陈映真作的挽联里有"少壮共读新书"等语，指出在漫长的50年代末到60年代中，这个画家是唯一稍稍分享他孤危内心世界的人。

6. "社会思想者"约略暗示康雄的激进思想的部分所由来。陈映真也说过，最早启蒙他的是他父亲书架上的一本隐秘藏书——鲁迅的《呐喊》。陈父后来也因为丧子之痛而成为虔信的基督徒。

7. 无政府主义的著作在台湾的白色恐怖年代是被允许的。陈映真显然是钻了这个空子，让安那琪、虚无主义，或是虚无者等名词，来指涉他的中国社会主义革命这样的一个不可言明的左翼信念。

8. 康雄姐姐写这篇文字，就是要与过去告别。这样的一个告别青春期的躁动与不安的主题，无独有偶地同样展现在紧接着的两个月后的下一篇小说《家》中（1960年3月）。

9. 虚无者或虚无主义并不是我们日常语用的意义，而是特指19世纪俄国的以否定一切传统的权威为革命主旨的虚无党。这个虚无主义曾与安那琪以及俄国社会主义革命在中国的20世纪初的语境中被含混交替使用。不如此，我们无法理解一个虚无者为何会有这些乌托邦理想。

10. 让人联想到达维特的名画《马拉之死》。这呼应了康雄姐姐所认定的"谋杀"。

三 总　评

1960年，陈映真开始正式创作，发表了短篇小说《我的弟弟康雄》（以下简称《康雄》），此后篇篇锦绣，那时他23岁，大学三年级。他以青春而又老成的灵魂、低荡而又高压的文字，构筑出一个个阴暗奇诡，仿佛若有光的孤独天地。这些大约持续到1965年的早期篇什，在生死爱欲信疑去留等"永恒"母题之后，似有若无却又戒慎恐惧地表达着一个独特的知识青年在20世纪60年代台湾的一种独特身心困境。"独特"在此并非夸饰词，意指全台唯一；是50年代白色恐怖大清洗后，左翼思想在岛屿上仅存的一个神秘遗腹子。他无传无授，没有组织，当然也没有行动，只能空持理想自我证道。这样一个，唉，能说是"左翼"青年吗？在处处是"小心，匪谍就在你身边"标语的当时台湾，他魂萦梦牵着他想象的彼岸革命，那阳光、号角与鹰扬。多年后，我们才约略明白早期陈映真之所以非得写出这些晦涩迷离、内外交质，且多以死亡为终局的作品，竟是因为作者必得透过创作才能在他郁思浓烈、时刻可能内爆的精神地下室中，为自己打开一扇自救的"抒泄窗口"。这段不妨谓之"左翼地下室笔记"的、在文学表层上似有诸多现代主义元素的"早期陈映真"，和1966年之后，因受"激动的文革风潮"而开启的更明确地以现实与历史为干预对象的数十年文学生涯——从《唐倩的喜剧》到《夜行货车》到《山路》到《忠孝公园》——之间的确有一个显著分野，虽说后者内部差异也甚大，虽说这个分期也不意谓两个陈映真。

指出这个早期特色的人很多，但率多喜用"现代主义"与"现实主义"等来说明这个差异。而又由于推崇现代主义，当代的文学评论者，政治立场不论，又都可以愉悦而包容地谈论着早期陈映真。但有趣的是，不那么现代主义的甚至反现代主义的很多我这个年龄的老一代读者，询及当年陈映真小说感动最深者为何时，很多人指向了《康雄》，而且经常会表达这样的一种感觉："在一种似懂非懂的阅读状态里，我们的胸次被陈映真笔下那空有理想但却只得青涩徘徊，且最后因失伦之情欲而自杀的主人公康雄所重击。"在这样的阅读里，"康雄"成了自己威权时代青春期苦闷的投射对象。时至今日，失闷的年轻读者虽不见得独钟早期陈映真，但《康雄》也一定是任何严肃读者所无法错过的头一篇；《康雄》似乎已成为陈映真文学洞窟的看门兽了。

然而，在岁月已使《康雄》成为一个传奇，且这个传奇让早期陈映真作品敷上重重一层个人主义的、感伤主义的，或现代主义油彩的时候，人们虽说并不曾错过《康雄》的阅读，但却可能错过了《康雄》的意义。经常，读者要不是被作品的表面形式所勾引，从而"以物喜"，就是被作品的"表面内容"所勾动，从而"以己悲"，但不论如何，都错过了挖掘它的深层意义。

我们在哪儿错过了对《康雄》的理解呢？这是我想回答的。

首先，这是一篇探讨理想主义者主体担当的极限的小说。关于一个青年在一个非假设的极端情境下如何继续追求被他的当代所否定的理想与信念的问题。什么情境？一个没有组织、没有同志、没有任何支撑，满城白茫茫尽是搜捕者，唯有凭诸一心才能继续下去的情境。什么理想与信念？白色恐怖年代下的社会主义革命信念。白色恐怖下，作家当然无法明说这个理想主义，只能暧昧地在"安那琪"或是"虚无主义"或是"20世纪的虚无者"这些尚属安全的名词下极限游走。

康雄小子是真的相信——这个基础我们不能怀疑。但是当那些能帮他确认信念的他者（同志与组织），以及他自身的作为实践，都不存在的时候，我们也不必怀疑他会萌生一种驱之不去的自疑。于是我们也不难理解，他会为了驱赶这个自疑，而上下搜寻任何可能的确认线索或征候。小子我何德何能，能及身"等待"到那样一个让我投身的革命的到来？我是先知吗？凭什么我是呢？我不会是患了夸大妄想症了吧！是在孤独的信仰者面对他孤独的怀疑时，我们看到一种类似宗教虔信者的守身如玉。我也许什么都做不了、什么都付出不了，但我至少还能付出我的肉身享乐吧。唯有对世俗的欲望的否定，我才配得。

这很清教徒，但也很屈原。在禁欲主义中，鄙弃世俗之所求，洁白自己的灵魂，以至形容枯槁。正由于长时期自信与自疑交征，主体总是"疲倦"

着。悲剧时刻悄然来临，当康雄与一个年纪连他妈妈都当得上的妇人通奸后，他在长时期身心疲惫下所空想的积木乌托邦，就瞬间为这个道德坍方所崩溃了。一个卑污者如何企求高大？你不是一直觉得举世浊醉而你独清醒吗？

于是我们看到，陈映真在他最初的创作中，就把一种道德的、准宗教的自我修身与改造世界的革命实践给绾合起来了。这个超越了道德与政治二分、公与私二分的起手势，在之后他一生的文学与思想中沛然贯穿。

不诚无物，何况文学？伟大文学的光点总在真诚。烈义之士就没有一点儿挣扎吗？何况康雄还是个20岁不到的孩子。怎么描写这个挣扎呢？康雄告诉我们的不多。但我们是否可以把《康雄》的叙事者——康雄的姐姐，读成康雄的另一个自我，一个时刻将"算了吧！"的轻喃传音入密到那处于信念危机的这一个自我。作者刻意、恶意地将康雄姐姐描述为一个绝对精细于自我保卫工程，既要脱贫又要仇富，既要投降又要潜伏，里子面子她都要，最后还为弟弟（其实是为她自己）建一座让人艳羡的豪华墓园的自恋、虚伪，甚而残忍之人——修一座豪华墓园不是无异于鞭弟弟的尸吗？但这样的恶意书写，难道不是陈映真对那样一个温情呼唤背后的地狱谱系的警觉与呵斥？康雄姊透过书写日记完成了对康雄以及康雄所象征的不驯与求真的昨日的告别——"一切都该自此死灭罢！"而陈映真则是透过姊弟二人萧艾芳草的对照，来驱逐那柔佞而强大的声音——"算了吧！"，来捍卫苍白青稚的弟弟，但当然也就是捍卫作者自己追求理想的初心。写作，于是首先是为了面对自己的脆弱与彷徨。古之学者为己。

透过诚实的文学，我们看到那对"只能等待一如先知者"的引诱与撕扯的力道是多么苛烈。能表达这般撕扯的一个日常句式或许是："我是要追求那个理想，然而……""然而"之前，是史诗的、峥然的陈映真，之后，是颓废的、自省的陈映真。二者皆我所爱，然而尤爱后者。不可不知，《康雄》

1960年初刊版的笔名就是"然而"。对自我道德状况的觉知，所谓不欺暗室、所谓慎独，直面自身的脆弱、自欺、虚无、颓废，首先将自身纳入批判对象，所谓"首在审己"——这是陈映真文学的道德切面的核心，是陈映真对鲁迅传统的一个伟大赓续。想到很多朋友特别喜欢将陈映真比附鲁迅，好比坟啊、看客啊、吃人啊、血馒头啊……但我以为，如果只停留在这些表层的比附，就可能透露了在哪儿错过了陈映真，以及因此之故，鲁迅。

然而，《康雄》也预示了一个重要的政治与道德问题。康雄小子的禁欲主义、洁身以待，毕竟是一个死胡同，而他也的确死了。幸或不幸，康雄得到了那被当代诅咒的真理的召唤，而面对这个召唤却又只能有不幸的、病态的等待，没有行动、没有作为，只有禁忌的阅读与对阅读的单薄对话——这，算是一种乡愁吗！环顾四周，皆是做梦的人、铁屋里的人，甚至都是虫豸……这是一个从孤独感到精英感；到一种莫名其妙的傲慢感的培育过程。这棵孤独之树有毒，结果就是让康雄这样一个左翼男性青年"无能于爱"——早期陈映真高频回复的一个母题。康雄由于背负着左翼的乡愁，无能于爱，最后反而被情欲所反噬。《康雄》反映了一种左翼知识分子生存状态的病理。在陈映真之后的小说里，我们经常看到作者企图克服这样一种因为怀瑾握瑜的傲慢而疏隔于女性、于人民、于大地的病。于是，在与《康雄》同一年的作品《祖父和伞》里，作者意味深长地塑造了一位无能于爱但有着左翼乡愁的男青年，是如何从他与身边的女性的欺罔的关系中，审视到自身比普罗大众还要不诚、还要颓废、还要虫豸的状态。于是，小说结尾有了这么一句话："……乡愁并不就是爱。然而容我开始罢！"

开始是开始了吧，然而，这条从孤独且有些自恋的"左翼男性青年"状态中开脱的路途并不顺遂。一方面，我们看到陈映真继续批判这般左翼男性青年的孤傲虚无与无能于爱，例如《加略人犹大的故事》（1961年）里那滔滔雄辩、工于策略的犹大。另一方面,我们也看到他对是否真要如是开脱的恐惧犹疑,例如《苹果树》(1961年)描写了一个想要传一种有着"苹果的颜色"的福音的大学生,他大概是因为想突破孤独、想接地气而住进贫民窟,但最后没有一个人民群众听得懂他的福音,而"收到"福音的只有一个疯女也就是他的房东老婆,而她在听懂的那一刹那,竟然死了,从而让这个通奸的大学生也精神崩溃了。而大学生所颠倒梦想的苹果树其实只是一株寻常路树罢了。尤有甚者,到了1965年,陈映真的"故事新编"《猎人之死》竟然又返回到康雄困境,变本加厉地将爱神维纳斯定位为承宙斯之命对那梦想要搞革命的孤独猎人阿多尼斯进行色诱绥靖的执行者。猎人指出他与爱神都无能于爱,而所谓爱神其实爱的只是爱情而已,而男女能够自由无惧地相爱得要等到一个全新的时代的来临才可能……

处处有著作者身影的猎人阿多尼斯所自况的"无能于爱"有两层所指,其一是他的主体状况出了问题,其二是社会条件出了问题,而这两者是纠结在一起的。在少数几篇陈映真以男女之爱为主要叙事线索的小说,例如《将军族》(1964年)与《六月里的玫瑰花》(1967年),陈映真对于两个相爱的人无法在一起相爱,并不归结到主体的无能,而是归结到残酷扭曲的社会。但我们注意到,有能力相爱的人从来都与"左翼男性青年"这样的主体无涉。《将军族》的故事是环绕一个随国民党来台的底层退伍军人与一个被人口贩卖的苦命本省女子展开的。而《六月里的玫瑰花》则是发生在越战时期一个来台性度假的美国黑人大兵与一个来自台湾乡下养女出身的酒吧女之间的故事。这些保有爱人的能力的人都是"后街"人物,都不是知识分子。

那么,陈映真是说知识分子这个阶层的无能于爱吗?似又不然。他曾在《一绿色之候鸟》(1964年)这篇小说里塑造了一个动物学教授"季公"的角色,他不以物喜,不以己悲,敬己爱人,在妻子逝去时号啕痛哭、惨怛伤逝。这让小说里的另一个人物赵公肺腑感叹:"能那样的号泣,真是了不起……真了不起。"因此,陈映真不是对知识分子这个阶层提出一个"社会学"观察,说他们无能于爱,而是特有所指,指向革命知识分子与爱的关系。

  对我而言,对男性革命知识分子无能于爱的问题描写的最细致深刻的不是陈映真,而是丁玲。陈映真是在反省这个现象,而丁玲则是在审视这个现象,而后者或许有旁观者清的优势。我对于《韦护》(1930年)的理解正是在于韦护把左翼理想当作一个孤独者的乡愁,百般自恋自虐,但就是不能为亲密者道。他爱上了丽嘉,想向她倾诉内心的一切——除了他的革命与工作。丽嘉一再要求他敞开内心同担困难,但韦护总是以"那男性特有的茹苦的忍耐",拒绝与她分享他真正的难题:革命与爱情如何两全?而他相信是不可能的。这里的韦护与《祖父和伞》里的男子一样,对女性有一种根深蒂固、非关恶意的轻视,总是爱怜地但又鄙视地看到对方在一种"欺罔的幸福中",而且恐惧于对方在善良柔顺的外表后的那让人无法上升的顽强力量。"玩偶之家"的男主人何以必然不是左翼知识分子?韦护因此是浪子,他一再地逃避在与(女)人的密切关系中,跟对方心灵交会,因为一如此就有了责任,不太是爱情的责任,而更是一起成长的责任。他不要做这个选择,因为他其实并不真正盼望与所爱的人一起革命(或追求理想),因为革命于他其实也不过是一个日渐枯槁的乡愁而已。韦护是一个虚伪者,他最盼望的是不负做决定的责任,最好是由丽嘉开口,要求韦护抛弃他对革命的使命,与她一同在情爱的世界中漂泊。但丽嘉并没有如此,她并不是那个维纳斯,她嘉爱韦护而不是爱上爱情。于是韦护只能抛弃丽嘉,虽然后者已经跟他表明了对共产主义的、经过反思后的、积极的态度。很清楚的是,韦护从来都有一个选择——与丽嘉一起工作一起革命,但他选择否定。直到他决定要去革命了,要抛弃丽嘉了,这才透过信件说出他精神上的秘密,然而最终还是以一种独白而非交流的方式说出。韦护放弃了改变他身边的一个渴望要改变的人，而要出去改变全世界。他无法爱具体的人，只能爱人类。韦护无能于爱。

不妨说，韦护就是要逃避革命，才来到丽嘉的梦乡，而他恰恰是要逃避丽嘉、逃避爱，他才又返回了革命。韦护可能再度离开革命。问题的根源仍然是，他把革命与爱对立了。对立的结果就是他成为永恒的漂泊者，一直在出与入，对爱情对革命皆然。

我似乎是在严厉地批评着韦护，然而，我却又是如此同情着他、喜欢着他。为何如此？读者既不感兴趣，我也说不出来，可能是由于一种"男性特有的茹苦的忍耐"吧！读早期的丁玲，似乎让我更加理解了早期的陈映真，以及早期的陈映真所尖锐反思与控诉的"男性的狡狯"，从而让我对《康雄》的理解得到一个更丰富的延展。

我在哪儿错过了陈映真的这篇"嫡长子"小说？而且错过了不止一次。20世纪70年代我初读《康雄》，把它读成一个虚无的青年及其忧郁苦闷的故事，从而震动了我们文青所既体味不出也说不出的忧郁苦闷时，我错过了。21世纪00年代末，我重读陈映真，把《康雄》仅仅读成了一个分析范畴中的"左翼男性青年"，而沾沾自喜于发现了一种阅读陈映真早期作品的渠道时，我也错过了。这两年，当我把陈映真读成一个真实面对自己的颓废与可能的老师，而当这个老师无私地对我展露他曲折的行迹时，我似乎和他打了个照面。希望我不再错过。

理解经常受时代所限，错过是寻常的。伟大的创作却不是，它常常超前时代，等待被错过。向陈映真，以及文学，致敬。

郭士立版《启示录》与洪秀全的"千禧年主义"

| 周伟驰

周伟驰

1969年出生于湖南省常德县,1988年考入中山大学哲学系,研究生阶段就读于北京大学基督教研究专业。大约从2008年开始,我对中国近代基督教思想史发生兴趣。我的研究从太平天国开始,因为它上承新教传教士,下启晚清变革,是近代史的枢纽之一,也是世界范围内千禧年主义的变体;再研究广学会,因为它对晚清维新派、洋务派、保守派和革命派全有影响,其外人的视野和角度迥异于国内知识分子;将来,我还要做新文化运动的思维转变研究,不过是从一个独特的基督教思想史的角度去做。

错过了的人、事、物，有的是我们没有意识到的，有的是我们意识到了的。现在我们能够谈论的，都是我们意识到了的错过。"错过"和"悔过"相连，在"人"的错过上尤其如此。在我的人生经验中，就爱情而论，爱过而错过的人有几个，更为可惜的是，有时"错过"是"现在时"，明明意识到自己正在错过，但还是错过了，余生只能悔过而已。至于"事"的错过，有时是因为自己的懒惰，有时是因为怯弱，有时只是因为自己不那么多事，所以，很多可以参加的事情，可以参与的事件，没能够现场目击，却也并无过分遗憾之情。比如一些典礼、一些大会，过了也就过了。至于"物"的错过，尤其对于我这样在波普尔所谓"世界3"里专门跟观念打交道的人来说，还是大多可以追悔的，因为错过的书可以再次找到重读，错过的电影可以网上寻觅再看，不知名的歌曲可以找人打听找到。东坡说，"人似秋鸿来有信，事如春梦了无痕"，用在人事上固然可以，用在书籍这一类事物上却似是而非。只是，因为我们的忘性和碌碌无为，平时我们不记得把一些该读的书读起来，该看的影视看起来罢了。

　　书的错过，想起来还是不少的。初中的时候，家里有不少书，有一本刘血花《忘却的美》，后来搬过几次家，再也找不到了，但那本薄薄的漫画小册子却给我很深的印象。前几年我在网上也找不到，现在上网一搜，发现有了重版。90年代读研，因为一个女孩的缘故，一度体会到内心话语纷乱的现象，很喜欢罗兰·巴特《恋人絮语》和巴赫金的复调理论，但并没有专门研究。前些年因为看太平天国的书，对于中国一神论传统（基督教和伊斯兰教）如何解释"天命之谓性，率性之谓道，修道之谓教"较为留意，但也并没有刻意搜集以写成文章。这些都是想到却没有做成的事。最近几个月，发现网上资料丰富多样，以前要在世界各地图书馆百方索求的资料，几已唾手可得。太平天国时代可以看到的基督新教资料，在哈佛燕京图书馆、澳大利亚国家图书馆、信望爱等网站都可以下载或浏览，这里面，令我反复重读的是洪秀全等人当年读到并深受其影响的郭士立（实腊）的圣经中译本。其中又以《启示录》最为突出。五年前，当我写作《太平天国与启示录》时，尚未看到郭士立版（《救世主耶稣新遗诏书》，新加坡坚夏书院藏版，1839年），只能用太平天国删改过的圣经版本来推测洪秀全如何读《启示录》，现在，郭士立版可以让我直观地看到千禧年主义对太平天国的影响，再无遗失、错过之憾。

千禧年主义是对millennialism的翻译，"禧"表示吉庆、喜乐，加上"禧"其实是画蛇添足，因为millennialism字面意思只是"千年论"或"千年主义"。"千年"来自《启示录》20:1—6。

郭士立版《圣人约翰天启之传》（即《启示录》）第20章1—8句为：

我看天降一位天使，有深渊之钥，手执大链，遂捉其龙，即老蛇魔鬼、恶敌者，缚之千年也。且投下深渊，禁之，亦封密之，免复迷惑诸国。待千年完全，后可放暂时矣。我看列座，并坐上诸位，又审判托之。且有数灵，素缘证耶稣之名，信上帝之道，甘心受死，总未拜兽像，未带其印号，手里额上者，此等复活，与基督享国千年矣。其余死人不复活，待千年满足矣。此第一复活者也。共享第一复活者，乃圣有福也。

此人不复次死，乃必为上帝基督之祭司，共享国千年矣。且千年完毕，魔鬼可放出牢。亦将出去迷惑诸国，在地之四极，即额与马咯，集之战阵，其数如海边之沙矣。……

这段话，和合本译为：

我又看见一位天使从天降下，手里拿着无底坑的钥匙，和一条大链子。他捉住那龙，就是古蛇，又叫魔鬼，也叫撒旦，把它捆绑一千年，扔在无底坑里，将无底坑关闭，用印封上，使它不得再迷惑列国，等到那一千年完了。以后必须暂时释放它。我又看见几个宝座，也有坐在上面的，并有审判的权柄赐给他们。我又看见那些因为给耶稣作见证，并为神之道被斩者的灵魂，和那没有拜过兽与兽像，也没有在额上和手上受过它印记之人的灵魂，他们都复活了，与基督一同作王一千年。这是头一次的复活。其余的死人还没有复活，直等那一千年完了。在头一次复活有分的，有福了，圣洁了。第二次的死在他们身上没有权柄。他们必作神和基督的祭司，并要与基督一同作王一千年。

那一千年完了，撒旦必从监牢里被释放，出来要迷惑地上四方的列国，就是歌革和玛各，叫他们聚集争战。他们的人数多如海沙。……

早期教会受罗马帝国迫害，急切地盼望基督复临，来为他们主持正义，因此有这个千年情结。在基督教成为罗马国教后，地位变了，就强调这里的说法只是象征地说说，并非基督真的复临在地上来个千年统治，因为教会如今已统治地上了。中世纪偶尔也有几个思想异端（如菲奥雷的约阿基姆［Joachim of Fiore］），会提出基督复临或圣灵时代开始的日子，但都受到压制。直到宗教改革,新教派不断涌现,获得了解经权,才释放出千禧年主义的魔瓶,《启示录》第20章为新阶层、新民族、新国家、新教派的解放运动提供了经文依据,著名的明斯特再洗礼派造反运动就是一例。新教国家之间流行的"大觉醒"运动,推动了基督教的海外传教运动,千禧年主义通过传教运动和殖民主义扩张到了全球。按莫尔特曼的说法,五百年的现代历史就是一部千禧年主义的扩张史,西葡在南美洲、英国在印度和澳洲、美国在北美洲、俄国在西伯利亚、英法德在非洲等地的扩张,都跟千禧年主义作为驱动力有关。

太平天国的领导人洪秀全等人,就接受了千禧年主义。千禧年主义的教义固然多样(前千禧年主义、后千禧年主义、无千禧年主义,前千禧年主义又分为几种类型),但核心的信息却很明确,那就是基督复临地上,与信徒为王一千年,地上将有太平盛世一千年。其差别只是,前千禧年主义坚持字面解经法,认为是在这一千年之前,基督肉身复临。基督复临前有一系列大灾难,坏人(不信者)经受大灾难,而好人(坚信者)则安然无恙。基督复临后和信众一起统治千年,然后才放出撒旦决战,再施行大审判。因此,这一千年就是信众与神在一起的地上神圣时光,是神权统治的时光,是最快乐幸福的时光。由于基督教的上帝是三位一体,因此,也必然是圣父、圣子、圣灵与信众在一起的千年盛世。后千禧年主义则用寓意解经法,认为这一千年里,基督的精神(而不是肉身降世)得到弘扬,福音普传,人类文明蒸蒸日上,道德也达到很高的水平,这千年盛世度完后,基督才肉身复临,再施行大审判。

洪秀全曾经在美国浸信会的罗孝全那里受过三个月的短期训练,罗孝全是一个坚持字面解经的人,洪秀全从他那里得到郭士立版圣经,然后开始自行读经领会圣经大旨了。他对圣经,尤其《启示录》,有诸多的误读,但对其精神主旨还是把握得比较准确的。对于千禧年主义的核心思想，他是念兹在兹的。

由于洪秀全没有正确地领会三位一体的教义，而是将之改造成为天父、天兄（基督）、天王（洪秀全）的"新三位一体"，因此，他的前千禧年主义就变成了天父、天兄、天王在地上施行统治，也即政教合一的神权统治。不仅仅是基督复临了，而且天父也下凡了，他们一起扶助天王下凡，这三位一体来到世间，是为了建设一个地上的新耶路撒冷，一个天国。如果说从16世纪开始的千禧年运动的核心在宣布基督复临了，那么，太平天国在宣布基督复临外，还加上了天父和天王一同下凡的消息。这就属于千禧年主义的中国化，或中国变体了。说它"中国化"，是因为这场千禧年主义的主导权掌握在中国人手里，教义的创新和解释权也掌握在中国人手里，跟后来的"三自教会"相比，它堪称"四自"（自养、自传、自治、自创神学）。

天王的原型是谁呢？洪秀全1837年因科举落榜而做异梦时，尚没有认真读过梁发的《劝世良言》，事后才发现它跟他的梦境相似。我们可以想象，洪秀全的原型大概是张天师斗妖钟馗捉鬼（张天师一手拿剑，一手拿玺）一类，但他在1848年左右写作自传《太平天日》时，将他的梦"圣经化"了，或者说，"启示录化"了。他手里拿的武器剑和玺都是天父送给他的，他跟撒旦战斗，将撒旦逐下天庭。这个场景来自《启示录》。

郭士立版《启示录》12:7—9：

> 当时天上有战，米迦耳及诸天使战龙，且龙并其使役打战，惟战不胜，致天上无处可居焉。遂逐出大龙，即其老蛇，亦称魔鬼、恶敌，诱惑全世者，彼与本役被逐落地也。

这段话和合本译为：

> 在天上就有了争战。米迦勒同他的使者与龙争战，龙也同它的使者去争战，并没有得胜，天上再没有它们的地方。大龙就是那古蛇，名叫魔鬼，又叫撒旦，是迷惑普天下的。它被摔在地上，它的使者也一同被摔下去。

我在写《太平天国与启示录》时，因为未能看到郭士立版圣经，只能看到太平天国版，因此，误将太平天国版《启示录》7:2的"手执永活上帝之玺"当作郭士立版也是这样写的，其实郭士立版用的是"手执永活上帝之印"。由于洪秀全自居为王，因此他将"印"改为了"玺"。当然，这个字（英文为seal）无论译为"玺"还是"印"，都不会改掉它的表示"所有权"和"权属"的本义。执印执玺其实是一个意思。"玺"只是强调不是普通的印，而是天王的印罢了。

从来华的第一代新教传教士马礼逊、米怜到梁发，再到洪秀全，这中间的思想传递值得仔细研究，但目前成果阙如。目前早期新教传教士的资料越来越易得，虽然尚不能完备，但就梁发的阅读视野所及的书籍和刊物而论，基本能够齐全了。比如马礼逊、米怜、裨治文、麦德、高大卫、郭士立等人的中文著作，如何在译经、释经、传教方面影响梁发的心智？他们的这些著作和梁发《劝世良言》一起如何影响到洪秀全和太平天国？一些关键词语的用法和理解（如皇上帝、天国、天堂、遗诏［约］、下凡、降凡、伪师等等），以及一些传教士独有的史观和价值观（如中国异化史观、偶像批判等），如何在太平天国的政策和实践上显露出来？这些仍值得深入思考，很多细节有待充实，很多空缺有待填补，很多线索有待梳理。约200年前的线装书就摆在屏幕里，再也不容我们错过，一个学术和思想的盛世似乎在等待着我们的到来，现在欠缺的，也许只是我们的注意力和意愿而已。